DER HERZENFRESSER

Josef Scherz:
Der Herzenfresser

www.edition-a.at

Cover: JaeHee Lee
Gestaltung: Lucas Reisigl

Gesetzt in der Premiera
Gedruckt in Deutschland

1 2 3 4 5 — 20 19 18 17

ISBN 978-3-90320-002-9

Josef Scherz

Der Herzen fresser

Kriminalroman

Nach der wahren Geschichte eines Seriemörders im österreichischen Kaiserreich

SALOMON

VORWORT

Die zweite Hälfte des 18. Jahrhunderts war eine bewegte Zeit. Ganz Europa war im Umbruch: Die katholische Kirche verlor zunehmend ihre Macht, die Lutherischen marschierten unaufhaltsam vorwärts, das Gedankengut der Aufklärung verbreitete sich und die Industrialisierung begann.

Im österreichischen Kaiserreich regierte Maria Theresia und nachfolgend ihr Sohn Joseph II, der als ›Reformkaiser‹ in die Geschichte einging. Er drängte den Einfluss der katholischen Kirche zurück, entzog dem Adel Privilegien und baute das staatliche Bildungssystem aus. Während die Reformen in den Städten bald wirkten, ging es auf dem Land nur mühsam voran. Hier bestimmten noch immer Glaube, Aberglaube und der unheilige Verbund von Geistlichkeit und Adel das Leben und die Schicksale der Menschen.

Dieser Roman führt in diese Zeit, mitten auf dem Land, und basiert auf einem der grausamsten Fälle der europäischen Rechtsgeschichte. Einige Personen haben tatsächlich gelebt, andere sind frei erfunden.

1

(Anno 1753) Es war stockdunkel. Auf Zehenspitzen schlich Pfarrer Johannes vorsichtig durch den Flur seines Pfarrhauses. Er achtete auf seine Schritte. Schon ein leises Knarren des Dielenbodens konnte ihn verraten. Dann hielt er inne, atmete kurz durch, um gleich darauf seine Ohren zu spitzen. Lange vernahm er keinen Laut, doch auf einmal ein Rascheln. Und nun sah er auch den zuckenden Lichtschein einer Kerze, die durch den Türspalt der kleinen Kammer am Ende des Flurs schimmerte. Er näherte sich lautlos und spähte in die Kammer.

So ist das also.

Ein stattlicher Mann und eine junge Frau küssten sich innig und ließen sich dabei sanft aufs Bett niedergleiten. Der Mann begann, die Frau auszuziehen und liebkoste sie dabei zärtlich überall, wo er sie entblößte.

Dieses unschuldige Ding mit diesem Hurenbock!

Das Herz des heimlichen Beobachters pochte heftig, und er atmete schneller. Ob er es wollte oder nicht, was er sah, erregte ihn. In höchstem Maß. Er war ja auch nur ein Mann, selbst wenn er Gott diente. Verwirrt griff er nach dem Kruzifix an seiner Brust und küsste es – immer wieder.

Vergib mir, oh Herr!

Doch Pfarrer Johannes war unfähig, sich dem Anblick der Liebenden zu entziehen. Zärtlich streichelte der Mann nun die vollen Brüste seiner Gefährtin, fing an, daran zu saugen und schien nicht genug zu bekommen. Gleichzeitig streichelte er sie zwischen den Schenkeln und versuchte sie zu öffnen. Sie wehrte sich nur matt, was den Liebhaber ermutigte. Nun führte er ihre rechte Hand an sein erregtes Glied. Sie stöhnten beide auf, und er schob sich über sie. Ihr entfuhr ein kehliger Laut.

Dem Pfarrer stand der Mund offen, Speichel rann aus den Mundwinkeln. Er fuhr mit der Rechten unter seine Kutte und verschaffte sich Erleichterung. Dabei flehte er lautlos: *Bitte, bitte vergib mir, oh Herr!*

Als es vorbei war, schlich er hinaus in den Hof und richtete seinen Blick in den sternenklaren Himmel dieser lauen Sommernacht. Der Duft von Veilchen aus dem Garten stieg in seine Nase, und fröhlicher Lärm hallte zu der kleinen Anhöhe hinauf, auf der das Pfarrhaus stand. Es war der Tag des alljährlichen Dorffestes von Turnau, einem gottvergessenen kleinen Ort in den steirischen Bergen.

†††

Pfarrer Johannes hatte sich wieder unter die Feiernden im Dorf gemischt. Mitten im Gedränge packte ihn jemand von hinten am Arm und riss ihn herum. Noch ganz benommen, fühlte er sich wie ertappt.

»Endlich treffe ich Sie, Hochwürden«, sagte Gutsverwalter Hubertus Lafer, »der Herr Graf und ich wollten um diese Zeit längst wieder auf dem Rückweg nach Kindberg sein. Wissen Sie, wo er steckt?«

Pfarrer Johannes tat überrascht.

»Keine Ahnung. Er wird sich schon irgendwo hier finden.«

»Eben nicht. Ich habe ihn schon überall gesucht. Seine Frau Agnes wartet zu Hause, sie ist hochschwanger, sie bekommt bald ihr viertes Kind.«

Pfarrer Johannes schaute sich suchend um: »Wissen Sie was, wir beide trinken noch etwas zusammen, und inzwischen wird er schon wieder auftauchen.«

Lafer entspannte sich nicht: »Ihr Wort in Gottes Ohr! Aber Sie kennen die Gräfin nicht. Eine schwierige Person. Sie wird die Schuld bei mir suchen.«

Der Pfarrer hob beschwichtigend die Hand und schob Lafer in eine übervolle, verrauchte Wirtsstube. Am Schanktisch bestellte er zwei Schnäpse, die prompt serviert wurden, und erhob sein Glas. Kaum spürte er das wohlige Brennen in der Kehle, lallte ihm ein Kerl aus der Menge zu: »Grüß Gott, die Herren! Wohl bekomm's!«

Pfarrer Johannes zuckte zusammen und zog Lafer zu sich heran.

»Ich glaube, wir sollten besser wieder gehen.«

Doch es war zu spät.

Der Kerl hatte sich schon zu ihnen durchgedrängt und streckte Lafer die Hand entgegen. »Gestatten, Bräuer mein Name, Andreas Bräuer. Ich versuche mich hier neuerdings als Dorflehrer.«

»Angenehm«, entgegnete Lafer, schlug ein, stellte sich vor und fügte hinzu: »Die Schulpflicht für alle hat Sie wohl zu uns geführt. Wozu diese verrückte Idee unserer Kaiserin gut sein soll, weiß wohl nur sie selbst.«

Bräuer ignorierte die spitze Bemerkung, grinste nur säuerlich und schaute um sich: »Und wo ist unser hochehrwürdiger Graf? Schließlich ist er ja der Ehrengast auf dem Fest.«

»Das habe ich mich auch schon gefragt«, sagte Lafer.

Pfarrer Johannes mischte sich nun ein: »Es war der Wunsch des Herrn Grafen, sich unter die Leute zu begeben.«

Bräuer runzelte die Stirn: »Aha, ganz allein?«

»Ja, ja, ganz allein«, antwortete Pfarrer Johannes.

Bräuer tat, als müsse er angestrengt überlegen, schnippte dann mit den Fingern: »Da fällt es mir justament wieder ein! Ich hab ihn gesehen. Da war er aber nicht ganz allein.«

»Wie, nicht ganz allein?«

Lafer war der süffisante Unterton nicht entgangen.

»Ach was«, sagte Pfarrer Johannes betont gelassen, »er war sicher nur in Begleitung von Maria, meiner neuen Magd am Pfarrhof ... und ... und hat sich von ihr ein wenig herumführen lassen. So, und nun wird Herr Bräuer wohl ohne uns auskommen müssen.«

Darauf zog er Lafer mit sich nach draußen.

»Was ist mit diesem Bräuer?«, fragte Lafer.

»Ach nichts weiter, nur ein unangenehmer Kerl«, antwortete Pfarrer Johannes und hätte sich dabei fast verschluckt.

†††

»Wir sollten uns wieder auf dem Fest sehen lassen, bevor es auffällt«, sagte Maximilian Graf zu Mürze zu seiner Bettgefährtin und schaute ihr liebevoll in die Augen. Dann erhob er sich und schlüpfte in seine schwarze Reithose.

»Dort sind um diese Zeit doch alle längst betrunken, und niemand kümmert sich darum«, entgegnete Maria, die aufgestanden war und nach seiner Hand griff. »Wie soll es mit uns weitergehn?«

Er entzog sich, knöpfte eilig sein weißes Hemd zu und fuhr in seine Stiefel. »Darüber muss ich nachdenken!«

»Nachdenken?«, fragte sie und bekam feuchte Augen.

Er wandte sich ihr zu, strich ihr über die Wangen und die langen blonden Haare. »Du weißt doch, ich habe Frau und Kinder.«

Nun rollten dicke Tränen über ihr Gesicht. Dieser Anblick war unerträglich für ihn. Er nahm sie in die Arme und drückte sie fest an seine Brust: »Beruhige dich doch. Ich verspreche dir, dass ich in Ruhe nachdenken werde, nach dem Fest. So, und jetzt zieh dich an und versprich mir, dass das hier unser kleines Geheimnis bleibt. Niemand darf davon erfahren.«

†††

Während in Turnau auch schon tagsüber gefeiert wurde, suchten nahe der kaiserlichen Hauptstadt Wien Johann Altmanner und seine schwangere Frau Rosa verzweifelt nach einem bestimmten Haus. Sie waren beide von ihrem langen Fußmarsch erschöpft, hungrig und durstig. Das wenige Hab und Gut, das ihnen gehörte, hatten sie in einem verschlissenen Rucksack verstaut, der jederzeit zu platzen drohte. Als sie schon aufgeben wollten, ratterte auf der staubigen Straße, irgendwo zwischen der Stadt und dem kaiserlichen Schloss Schönbrunn, eine prächtige Kutsche daher. Entschlossen stellte sich Altmanner mitten auf den Weg und brachte den Wagen abrupt zum Halten. Der höfisch uniformierte Kutscher ergriff seine Peitsche und schwang sie drohend: »Was fällt dir ein?! Aus dem Weg, oder du bekommst das hier zu spüren!«

Altmanner hob besänftigend seine Arme. »Ganz ruhig der Herr. Ich brauche nur eine Auskunft.«

Er hielt er einen Fetzen Papier hoch: »Ich suche ein Haus mit dieser Adresse?«

Der Kutscher überflog das Schreiben, lachte kurz auf und antwortete: »Brauchst dich nur umzudrehn, stehst direkt davor!«

Aus dem Inneren der Kutsche ertönte nun eine sonore Stimme: »Geben Sie diesen Bettlern eine Münze, und fahren Sie endlich weiter!«

»Sehr wohl Eure Exzellenz, aber ich habe keine Münze bei mir«, gab der Kutscher zurück.

Da beugte sich ein Mann im purpurnen Gewand eines Kirchenfürsten aus der Kutsche und musterte die beiden Gestalten auf der Straße mit scharfem Blick. Seine Augen blieben wohlwollend auf der schwangeren Rosa ruhen: »Na wenigstens belohnt der Herr euch armes Gesindel mit Fruchtbarkeit.«

Der Geistliche kramte in seinen Taschen herum und schnippte dann mit seiner behandschuhten Rechten, an der ein dicker Siegelring prangte, eine Münze auf den Boden. »Nehmt das als Zeichen meiner Barmherzigkeit, Gott sei mit euch!«

Dann gab er seinem Kutscher das Zeichen zur Weiterfahrt.

Rosa wollte sich schon bücken, doch Altmanner hielt sie zurück: »Lass gut sein! Alles, was uns noch geblieben ist, ist unsere Würde. Aber wenigstens wissen wir jetzt, dass wir hier richtig sind.«

Sie wandten sich dem gepflegten, einstöckigen Haus zu, das am ehesten an ein Herrenhaus erinnerte, wie sich die Leute auf dem Land gern ausdrückten. Die Fassade schimmerte in zartem Gelb, kunstvolle weiße Ornamente rahmten die Fenster. Ein paar Stufen führten hinauf zur herrschaftlichen Eingangstür aus schwerer Eiche. Jetzt, wo sie endlich am Ziel waren, war Altmanner plötzlich unsicher, ob sie es wirklich wagen sollten. In ihren staubigen, ärmlichen Kleidern, mit ihren ausgetretenen Schuhen sahen sie ja tatsächlich aus wie Bettler. Und völlig verschwitzt waren sie auch nach dem langen Marsch.

Er wäre froh gewesen, wenn sich alles doch noch als Irrtum herausgestellt hätte. Nachdenklich betrachtete er Rosa, die sich kaum mehr auf den Beinen halten konnte, aber trotz allem versuchte, seinem Blick liebevoll lächelnd zu begegnen.

»Wir haben ohnehin nichts mehr zu verlieren«, sagte er dann entschlossen, stieg die Stufen hinauf und klopfte an.

Eine Ewigkeit verstrich, bevor sich die Tür einen Spalt weit öffnete und eine Dame mittleren Alters mit dichtem blondem Haar, zu einer kunstvollen Frisur geflochten, herausschaute. Das Gesicht war sorgfältig gepudert, sie trug ein prachtvolles Kleid und duftete zart nach Rosenblüten. Misstrauisch beäugte sie Altmanner. Er konnte spüren, was sie dachte: *Arme Leute vom Land, die es mit dem Betteln in der Stadt versuchen wollen. Gebe ich ihnen Almosen, kommen sie immer wieder.*

»Wir sind keine Bettler«, beeilte sich Altmanner zu sagen, um dem unausweichlichen ›Wir-geben-nichts‹ zuvorzukommen.

»Ah so? Wer seid ihr dann?«

»Sind wir hier richtig bei Familie Ferdinand Ludowitz?«

Die Dame war sichtlich überrascht und bejahte mit einem Kopfnicken. Daraufhin überreichte er ihr ein versiegeltes Schriftstück mit den Worten: »Das soll ich euch geben!«

Sie löste das Siegel, überflog das Schreiben und rief dann sichtlich erregt ihren Gemahl Ferdinand zu sich. Ein gepflegter Mann mit feinen Gesichtszügen und gütigen Augen erschien kurz darauf. Er musterte rasch die Altmanners, die am Fuß der Treppe warteten, und las:

Mein lieber Freund Ferdinand!

Wenn Du dieses Schriftstück liest, werden Johann und Rosa Altmanner aus Turnau in der Steiermark vor Dir stehen.
Es sind brave Bauersleute, welche sich nichts zu Schulden haben kommen lassen und Hilfe brauchen. Ich verbürge mich für sie!
Wie alles hergegangen ist, können Dir diese Leute am besten selbst erzählen. Nimm Dir bitte die Zeit dafür.
Als ich damals von Wien weggegangen bin, hast Du mir versprochen, dass ich mich jederzeit auf Deine Unterstützung verlassen kann.
Ich hoffe, dass dieses Angebot auch für meine Freunde gilt.
Bitte hilf! Ich weiß, dass Du über ausreichend Einfluss verfügst.

Dein Freund
Andreas Bräuer

Ludowitz' Gesicht hellte sich auf, er schmunzelte: »Andreas Bräuer, dieser alte Dickschädel und Weltverbesserer! Was macht er eigentlich?«

»Er versucht sich in Turnau als Dorflehrer«, antwortete Altmanner.

Ludowitz atmete tief durch, schaute fragend seine Gemahlin an, welche nur kurz nickte. »Tretet ein und folgt uns.«

Die Besucher wurden durch große Räume geführt, allesamt mit üppig verzierten, kostbaren Möbeln ausgestattet.

Überall an den Wänden hingen Gemälde von lieblichen Landschaften und Jagdszenen neben Portraits irgendwelcher Herrschaften. Alles blitzte vor Sauberkeit, und ein zarter Rosenduft lag in der Luft.

»Bitte nehmt doch Platz, Ihr seht sehr müde aus«, sagte Ludowitz freundlich.

Die Altmanners zögerten, doch der Hausherr deutete auf dick gepolsterte Stühle. »Bitteschön! Darf ich euch Tee und Kuchen anbieten?«

Sie zögerten abermals. Sie kannten diese Form der kultivierten Gastfreundschaft nicht.

»Etwas zu essen und zu trinken wird euch sicherlich guttun«, suchte der Gastgeber ihre Zweifel zu zerstreuen und lächelte freundlich.

»Vielen Dank«, brachte Altmanner verlegen hervor, »und entschuldigen Sie bitte unser Eindringen, aber in unserem Zustand ...«

»Ihr braucht euch nicht zu entschuldigen. Meine Gemahlin Else und mich interessiert viel mehr, wer ihr seid und warum euch Bräuer zu mir geschickt hat. Nur so kann ich beurteilen, ob und wie ich euch helfen kann. Und sollte ich helfen, will ich später keine bösen Überraschungen erleben. Das hätte fatale Folgen für mich – in meiner Position.«

Seine Gattin hatte inzwischen Tee und Gebäck auf den mit Intarsien geschmückten Tisch gestellt. Altmanner ergriff vorsichtig eine Porzellantasse mit seinen geschundenen Händen. »Wo soll ich beginnen?«

»Ganz am Anfang!«, entgegnete Ludowitz.

Sein Besucher räusperte sich. »Das kann aber dauern.«

»Macht nichts. Wir haben Zeit!«

»Also gut. Meine Frau und ich hatten einen Bauernhof weit oben am Berg bei Turnau, einem kleinen Dorf, ein paar Kühe, Hühner und einen kleinen Wald. Es reichte für ein bescheidenes Leben.«

»Sie sind noch sehr jung«, warf Ludowitz ein.

»Ja, fünfundzwanzig. Aber ich hatte den Hof schon vor Jahren von meinen Eltern geerbt. Zu früh. Sie verbrannten hilflos, als während eines Unwetters der Blitz eingeschlagen war. Ich konnte mich gerade noch retten. Viele Leute vom Dorf sind zum Löschen herbeigeeilt, doch alles half nichts. Wir fanden unter den Trümmern nur mehr die verkohlten Leichen. Sie hatten sich im Todeskampf aneinandergeklammert. Mögen sie in Frieden ruhen.«

»Es muss sehr schlimm für Sie gewesen sein«, sagte Ludowitz mitfühlend.

Dieses unerträgliche Gefühl der Trauer von damals kam hoch, das Altmanner unendlich gequält und beinahe in den Wahnsinn getrieben hatte.

»Ich stand vor dem Nichts, doch die benachbarten Bauersleute haben mir Gott sei Dank geholfen, alles nach und nach wieder aufzubauen. Ich habe dann meine Frau Rosa kennengelernt und schon bald danach geheiratet. Seitdem haben wir gemeinsam den Hof geführt.«

Er warf Rosa einen liebevollen Blick zu.

Ludowitz nickte beeindruckt.

»Und die viele Arbeit? Nur ihr beide alleine?«

»Ja, zunächst, aber irgendwann stand eine verzweifelte junge Frau vor der Tür und suchte Obhut als Magd. Die hat uns Gott geschickt, meinte Rosa, und wir nahmen Maria bei uns auf.«

Altmanner schob sich ein Stück Kuchen in den Mund und schluckte hastig hinunter.

»Ein paar Jahre später lernten Rosa und ich den zugereisten Andreas Bräuer kennen. Er hat sich als Lehrer vorgestellt, der erste in unserem Dorf überhaupt!«

Ludowitz lächelte: »Jetzt wird es spannend. Freigeist Bräuer trifft auf gottesfürchtige Bauersleut! War es sehr schlimm mit ihm?«

»Er hatte keinen Respekt vor der Kirche und zweifelte sogar an Gott. Nur die Natur selbst sei die wahre Allmacht, erzählte er überall. Wir dachten zuerst, der Leibhaftige sei in ihn gefahren. Er tauchte dann sogar bei uns am Hof auf und redete auf uns ein. Wir haben ihn erst weggeschickt, doch er kam wieder und bot uns an, uns das Lesen und Schreiben beizubringen. Und damit er endlich Ruhe gab, haben wir zugestimmt, aber nur um die Bibel lesen zu können.«

»Und was war mit dieser Maria?«

»Sie wollte mit alldem nichts zu tun haben. Sie war der Meinung, es reicht, wenn unser Hochwürden, Pfarrer Johannes, lesen kann. Wir vom Volk sind dazu geboren, Gott und dem Adel zu dienen, meinte sie.«

Ludowitz räusperte sich lautstark. Altmanner wusste diese Geste gleich richtig zu deuten. »So war Maria eben. Aber am Ende hat sie es dieser Einstellung verdankt, dass sie nicht vertrieben worden ist, so wie wir!«

»Wie ist es dazu gekommen?«

»Rosa und ich haben immer öfter mit Bräuer beisammengesessen und über Gott und die Welt geredet, im wahrsten Sinne des Wortes. Wir haben immer mehr unsere kirchlichen Pflichten vernachlässigt, immer seltener den Gottesdienst besucht. Bräuer hat uns mit seinen Gedanken verführt.«

»Was der Pfarrer im Dorf natürlich nicht goutierte!«, warf Ludowitz ein.

»Richtig! Er hatte Angst, auch andere im Ort könnten von diesem gottlosen Verhalten angesteckt werden. Und eines Tages hat er mich zu sich ins Pfarrhaus gerufen.«

Ludowitz zog die Augenbrauen hoch: »Was wollte er?«

Altmanner nickte, als ihm Tee nachgeschenkt wurde, nahm die feine Porzellantasse nun beherzter in die Hand und trank den Tee in einem Zug aus. »Er warf mir vor, dass er mich und meine Frau schon lange nicht mehr in der Kirche gesehen hätte, nur unsere Magd Maria. Angeblich machte er sich Sorgen, ob wir vielleicht krank wären?«

Ludowitz rieb sich die Hände: »Was haben Sie ihm geantwortet?«

»Ich verneinte und verwies auf die viele Arbeit. Er meinte, auch andere hätten viel Arbeit, vergessen dabei aber nicht ihre frommen Pflichten. Wie sonst sollten wir das Wort Gottes aus der Bibel vernehmen? Ich sagte dann, wir bräuchten es nicht zu vernehmen, wir könnten es auch selber lesen! Da war er ziemlich verblüfft und schrie mich an, selber lesen würde nicht den Gottesdienst ersetzen. Wir würden doch hoffentlich keine von diesen Lutherischen geworden sein?! Oder Naturgläubige?! Egal was, allesamt ganz üble Ketzer!«

Ludowitz schien nun amüsiert: »Schwere Vorwürfe, mein Herr! Auf alle Fälle reif für den Scheiterhaufen. Hat dieser Pfarrer Johannes nicht gefragt, wer euch das beigebracht hat?«

»Natürlich, aber ich habe es ihm nicht gesagt. Er war deshalb so zornig, dass er mich vom Pfarrhof gejagt hat. Es würde mir noch leidtun, vor Gott Geheimnisse zu haben! Aber er hätte ohnehin einen Verdacht.«

»Geheimnisse vor Gott?!«, rief Ludowitz aus, »da fehlen einem ja die Worte!«

»Aber damit nicht genug. Er hat dann in all seinen Predigten die Dorfbewohner vor uns gewarnt: Gott würde Ketzer und Frevler nicht dulden. Katastrophen würden hereinbrechen, Unwetter, Ernten würden zerstört, Krankheiten würden über alle kommen.

Die Turnauer haben allmählich einen weiten Bogen um uns gemacht. Wir sind sogar beschimpft und mit dem Tod bedroht worden. Dann hat der Pfarrer mich wieder zu sich gerufen und mir alte Schuldscheine vorgelegt.«

Ludowitz schüttelte den Kopf: »Schuldscheine? Welche Schuldscheine?«

Altmanner spürte, wie sein Hals trocken wurde vor Zorn. Er musste ein paar Mal heftig schlucken, damit ihm die Stimme nicht versagte.

»Das dachte ich auch! Angeblich hätten meine Eltern vor ihrem tragischen Tod eine beträchtliche Menge Geld von der Kirche für bestellte, aber nicht gelieferte Waren bekommen.«

»Welche Waren?«

»Das habe ich ihn auch gefragt. Er ist wieder wütend geworden und hat geschrien ›hör auf, hör auf, Gott zu hinterfragen! Das ist frevelhaft!‹ Das Einzige, was er mir zugestanden hat, war, dass alles wahrscheinlich nicht auf Unredlichkeit, sondern auf den unerwarteten und tragischen Tod meiner Eltern zurückzuführen ist und ich deshalb davon nichts weiß. Die Kirche hat aus Respekt ohnehin lange zugewartet, hat er gesagt. Doch auch die Kirche hat die eine oder andere weltliche Pflicht zu erfüllen und kann deshalb nicht auf etwas verzichten, was ihr zusteht. Da sie diese Waren aber nach so langer Zeit nicht mehr brauchen kann, soll ich einfach nur das Geld zurückgeben. Das ist der Wille Gottes, meinte er.«

»Sie hatten das Geld natürlich nicht?«, hielt Ludowitz fest.

»Natürlich nicht! Der Pfarrer hat nur gemeint, Gott ist barmherzig. Die Schulden werden mir im Tausch gegen den Hof gnädig erlassen.«

Altmanner traten Tränen in die Augen, und er fuhr sich mit dem staubigen Ärmel seines Hemds ins Gesicht.

»Ich habe dem Pfarrer geantwortet, dass der Hof mit allem, was dazugehört, doch viel mehr wert sein muss. Da hat er gesagt, dass ich mit Gott nicht verhandeln kann. ›Auch das ist schon wieder ein Frevel‹.«

»Und eure Magd?«

»Sie war für ihn von Anfang an unschuldig. Damit sie keine Nachteile erleiden muss, soll sie als Magd auf seinem Pfarrhof arbeiten.«

»Und da haben Sie Bräuer um Hilfe ersucht.«

»Ja! Er war schließlich der Einzige, der verstanden hat, was vor sich ging. Er meinte, die Kirche gibt ohnehin keine Ruhe und setzt alles daran, uns zu vertreiben. Mit dem Vorwurf, Lutherische zu sein, findet sie viel Gehör, hat er gesagt. Spätestens nach dem nächsten Unwetter wären wir unseres Lebens nicht mehr sicher. Er hat uns deshalb geraten, irgendwo neu anzufangen. Dann hat er uns Ihre Adresse und dieses Schreiben gegeben.«

Altmanner bemerkte, wie Ludowitz seiner Gemahlin einen fragenden Blick zuwarf und sie ihm darauf wohlwollend zuzwinkerte.

»Sehr schlimm, was euch beiden widerfahren ist«, sagte er dann. »Ich will mich dazu vorläufig nicht weiter äußern, aber ich werde euch helfen. Schon meinem Freund Andreas Bräuer zuliebe. In den kaiserlichen Hofställen brauche ich jemanden mit Kraft und Verstand! Jemanden, der es versteht, mit Tieren umzugehen, und der es versteht, zu arbeiten.«

Er hob mahnend den Zeigefinger: »Ich brauche aber niemanden, der mit seinem Mundwerk arbeitet und unbedachte Äußerungen macht. Wir haben einzig und allein den kaiserlichen Hoheiten zu dienen!«

Nun erhob er sich, öffnete ein Fenster und blickte nachdenklich hinaus. Er ließ sich Zeit, schien mit sich zu ringen. »Bräuer und ich kennen uns seit dem Studium. Wir waren beide fasziniert von den neuen Erkenntnissen der Wissenschaften, welche viele althergebrachten Lehrmeinungen und das bisherige Gottesbild ordentlich erschüttert haben. Uns verbindet eine tiefe Freundschaft, obwohl wir unterschiedlicher nicht sein können. Er hat es schon immer als seine Pflicht betrachtet, die Leute endlich aufzurütteln, zu allen passenden und unpassenden Gelegenheiten. Religiöse Gefühle hält er für Humbug, auch sieht er keinen Unterschied zwischen Glaube und Aberglaube. Ich bin da eher ein Mensch, der an die Kraft und Wirkung der gemäßigten Worte glaubt. Anders wäre es auch gar nicht möglich, hier zu überleben. Immer und überall lauert die Gefahr, dass sich die vielen Damen und Herren am Hofe über irgendetwas empören und jede Kleinigkeit zu einem riesigen Skandal auswalzen.«

Altmanner war erstaunt über diese offenen Worte seines Gastgebers ihm, dem kleinen Bauern gegenüber. Er hatte dies nicht erwartet, es gefiel ihm.

»Da ich davon ausgehen kann, dass ihr ohne Unterkunft seid, könnt ihr vorläufig bei uns im Gästezimmer bleiben.«

Ludowitz deutete mit gespielt ernster Miene auf das Bäuchlein der schwangeren Rosa.

»In Zukunft sind anstrengende Fußmärsche tunlichst zu unterlassen, schließlich wollen wir ja alle, dass ein gesundes Kind zur Welt kommt!«

2

(Monate später ...) Vom mächtigen Gebirgsstock des Hochschwab wehte ein unangenehmer, kalter Wind. Ein Vorbote des nahenden Winters. Für November nicht allzu ungewöhnlich in dieser Gegend.

»Was stehst du da vor der Tür herum? Komm doch endlich herein«, sagte Pfarrer Johannes fröstelnd und hielt die Tür auf.

Maria reagierte nicht.

»Komm doch rein, mein Kind!«

Maria trat mit gesenktem Haupt an ihm vorbei in die Stube.

»Was ist denn los? Du wirkst so betrübt?«

Er versuchte sie am Arm anzufassen, doch sie zog ihn schnell zurück. Er wusste sich nicht anders zu helfen, als nach seiner Köchin Edeltraud zu rufen. Sie eilte herbei und bemerkte sofort die angespannte Situation.

»Was ist denn passiert?«, fragte Edeltraud.

»Ich bin so traurig!«, schluchzte Maria und fiel ihr in die Arme.

»Aber was ist denn los?«, fragte Pfarrer Johannes mit betont ruhiger Stimme.

Maria antwortete nicht.

»Du hast doch keinen Grund unglücklich zu sein«, sagte Pfarrer Johannes beschwichtigend und lenkte ab: »Wir sollten uns alle freuen, denn die Ernte ist in diesem Jahr besonders gut ausgefallen, die ganz großen Unwetter haben einen weiten Bogen um die Gegend gemacht. Gott hat uns dafür belohnt, dass diese gottlosen Altmanners verschwunden sind!«

Maria riss sich los und rannte aus der Stube. Edeltraud wollte ihr folgen, doch Pfarrer Johannes hielt sie zurück: »Lass mich machen! Sie braucht jetzt göttlichen Beistand.«

Edeltraud sah ihn mit großen Augen an und murmelte fast unhörbar: »So, so. Göttlichen Beistand.«

»Jawohl, göttlichen Beistand!«, sagte er betont, schickte Edeltraud in die Küche und vergewisserte sich im Flur, dass sie an ihren Arbeitsplatz zurückgegangen war. Dann suchte er Maria in ihrer Kammer auf.

»Ich will allein sein«, greinte Maria, die bäuchlings auf ihrem Bett lag, das Gesicht ins Kissen vergraben.

Er ignorierte ihren Wunsch, zog einen Hocker ans Bett und setzte sich. »Sag mir endlich, was geschehen ist? Ich bin schließlich auch dein Beichtvater. Ich werde nicht eher gehen, als bis du mir erzählt hast, was dir widerfahren ist.«

Maria drehte sich ruckartig um.

»Der Herr Graf und ich werden uns nicht mehr sehen. Es wird keine weiteren Treffen mehr mit ihm geben. Sein Stand erlaube es nicht. Ich verstehe das nicht. Ich liebe ihn doch, und er liebt mich. Ich weiß es, und ich spüre es.«

Pfarrer Johannes wurde zornig: »Du weißt wohl, dass das alles eine Sünde ist?!«

Sie verschränkte trotzig ihre Arme: »Hochwürden sprechen von Sünde?! Wenn das so ist, dann ...«

»Aufhören!«, schrie er sie an und verpasste ihr eine schallende Ohrfeige.

Sie lachte auf: »Züchtigen Sie mich ruhig weiter.«

»Nicht ich habe dich gezüchtigt. Es war Gott. Er hat mich angeleitet.«

Daraufhin bekreuzigte er sich und rannte aus der Kammer nach draußen auf den Hof. Er atmete schwer und betrachtete seine Hände. Er konnte nicht glauben, was er soeben getan hatte.

»Hochwürden?«

Er reagierte nicht.

»Hochwürden?«

Widerwillig drehte er sich um: »Was ist, Edeltraud?«

»Gott sieht alles.«

Mit einem kräftigen Ruck stieß er die Köchin zur Seite und kehrte zu Maria in die Kammer zurück, die sich wieder aufs Bett gelegt hatte und schluchzte.

»Mein Kind, ich glaube, wir sollten miteinander reden.«

Er bemühte sich um einen gütigen Tonfall und strich ihr zärtlich übers Haar. Unwillig drehte sie sich weg. Das schmerzte ihn.

Maria zitterte nun am ganzen Körper, sie war bleich und wimmerte: »Ich fühle mich nicht wohl!«

Einen Moment später wurde sie ohnmächtig.

Nun war es Johannes, der erschrak. Hilflos tätschelte er ihre Wangen, um sie wach zu bekommen. An diesem schönen, bleichen Gesicht konnte er sich kaum sattsehen. Er hielt kurz inne, rief aber dann nach Edeltraud. Und diesmal war sie es, die ihn zur Seite schubste. Sie legte eine Hand auf Marias Stirn, beugte sich über ihre Brust und horchte, ob sie noch atmete.

»Sie braucht kalte Umschläge«, sagte sie dann, »wenn Hochwürden so gütig wären und schleunigst den Dorfbader holen könnten?«

»Den Dorfbader?«, fragte er ängstlich, denn er war es gewohnt, dass Edeltraud für alles immer selbst ein Heilkraut zur Hand hatte.

»Ja, den Dorfbader«, antwortete sie ungeduldig.

»Ich hoffe doch nichts Schlimmes?«

Anstatt zu antworten, bedachte Edeltraud ihn mit einem strengen Blick und bedeutete ihm, endlich zu gehen. Im Gehen hörte er Edeltraud noch sagen: »Oh mein Gott, warum lässt du das alles nur zu?«

†††

»Sie kommt wieder zu sich. Geht und lasst mich jetzt mit ihr allein«, vernahm Maria eine Stimme. Gleich darauf waren hektische Schritte und der dumpfe Knall einer zuschlagenden Tür zu hören.

Langsam öffnete sie ihre Augen und starrte zur hölzernen Decke ihrer Kammer. Da beugte sich jemand mit schmalem, faltigen Gesicht und braunem Vollbart über sie. Sein Mund verzog sich zu einem Lächeln und gewährte ihr einen Blick auf Zahnlücken und allerlei gelbe und verfaulte Zähne, an denen Essensreste klebten.

»Hab keine Angst, Maria. Ich werde dich jetzt untersuchen«, sagte der Dorfbader und verbreitete dabei einen so üblen Mundgeruch, dass sie beinahe erbrechen musste.

Gekonnt öffnete er ihr Kleid und begann den Unterleib mit seinen kalten, rauen Händen abzutasten.

Manchmal zuckte sie ein wenig zusammen, was er mit einem wissenden Brummen quittierte. Er hatte offenbar einen Verdacht.

»Wann hattest du deine letzte Blutung, mein Kind?«

Als sie die Frage mit zitternder Stimme beantwortete, war die Sache für ihn klar: »Liebe Maria, du bist in anderen Umständen, du wirst Mutter!«

Sie konnte seinem schlechten Atem noch immer nicht ausweichen. Nun war es zu viel. Sie begann zu würgen. Er half ihr, sich aufzurichten, und sie erbrach sich.

»Ja, ja! Das ist jetzt ganz normal«, sagte er.

†††

Pfarrer Johannes hatte sich auf einen Stuhl in eine dunkle Ecke seiner Stube zurückgezogen und dachte in sich zusammengesunken nach. So sehr er sich auch bemühte, er konnte keinen klaren Gedanken fassen und starrte reglos auf den Boden. Erst allmählich fand er wieder zu sich. Er war die oberste Autorität im Dorfe. Er war es, der jedes Fehlverhalten schonungslos anprangerte, und nun würde ausgerechnet auf seinem Pfarrhof eine junge, unverheiratete Mutter mit einem Kind der Sünde leben. Noch dazu durfte der Kindsvater niemals öffentlich werden. Aber was, wenn sie es irgendwann doch verriet? Würden die Leute ihr glauben? Die Folgen wären unabsehbar. Sein Blick richtete sich auf das Kreuz an der Wand.

Oh mein Gott! Was soll ich nur tun? Hilf mir!

Da klopfte es an die Tür.

»Ja bitte?«

Edeltraud trat mit einer flackernden Kerze ein und stellte sie auf den Tisch.

»Hochwürden sitzen so ruhig im Dunkeln. Ist ihm nicht ganz wohl zumute?«

Ihre Stimme hat einen gefährlichen Unterton.

»Ich will mit Gott alleine sein«, zischte er und faltete die Hände, als wolle er sich einem stillen Gebet hingeben. In Wahrheit war ihm nicht danach zumute.

Die sonst so bockige Edeltraud folgte seinem Wunsch und wandte sich zur Tür.

»Halt!«, rief er ihr nach, »niemand darf erfahren, was hier los ist.«

Sie drehte sich um.

»Hochwürden, die Schwangerschaft wird sich aber auf Dauer nicht verbergen lassen, und jeder wird sich fragen, wer wohl der Vater ist.«

Er zuckte zusammen.

»Könnte man das Kind nicht ...«

»... wegmachen lassen?«, beendete sie empört den Satz und bekreuzigte sich. »Was für eine Sünde! Außerdem ist Hochwürden wohl nicht bewusst, dass es sich hierbei um eine ziemlich brutale Methode handelt, bei der auch für die werdende Mutter Todesgefahr besteht. Oder will Hochwürden die eine Sünde mit zwei Toten tilgen?! Und das vor dem Angesicht Gottes?«

Sie wies auf das Kreuz an der Wand.

»Was weißt du schon von Gott, du einfältiges Weib? Hier im Dorf bin ich es, der weiß, was Gott will! Hier handele ich nach seinem Willen.«

Edeltraud stürmte zornig aus der Stube und schlug die Tür hinter sich zu.

Pfarrer Johannes war wohl zu weit gegangen. Wieder einmal.

Diese Weiber sind das reinste Unglück auf Erden.

Er erhob sich und begann nervös auf und ab zu gehen. Er hasste es, wenn der Holzboden unter jedem seiner Schritte knarrte, und er hasste es, wenn er dabei im schwachen Kerzenschein seinen eigenen Schatten an der Wand wie einen bösen Geist umherwandeln sah.

Es muss doch noch eine Lösung geben!

Lieber Gott, bitte hilf mir doch!

Er versuchte sich zu konzentrieren, und nach einer Weile erhellte sich sein Gesicht.

»Ja, so könnte es gehen!«, murmelte er und schaute auf das Kreuz. »Ich danke dir, oh Herr!«

†††

Am nächsten Tag ging es Maria schon etwas besser. Pfarrer Johannes rief sie zu sich in die Stube und rückte ihr einen Stuhl zurecht. Er selbst zog es vor, stehen zu bleiben. Mit strenger Miene baute er sich vor ihr auf.

»Du wirst also ein Kind der Sünde gebären.«

Vor Scham verbarg sie das Gesicht in ihren Händen.

Er wandte ihr den Rücken zu und starrte aus dem Fenster.

»Du hast mit deinen Reizen verführt, nur um deine niedrigen Gelüste zu befriedigen. Du hast damit eine große Sünde begangen. Du hast dich vom Teufel leiten lassen.«

Die Worte schlugen auf sie ein wie Fausthiebe. Sie begann zu schluchzen.

»Halte dich zurück!«, forderte er scharf, »dein Geheule nützt dir nichts. Du kannst es nicht mehr ungeschehen machen.«

Er drehte sich wieder zu ihr um, baute sich abermals bedrohlich vor ihr auf und schrie: »Auf einem Pfarrhof ist kein Platz für eine elende Sünderin! Du trägst ein Kind der Schande in dir. Gott wird dich dafür bestrafen. Und wenn es ihm gefällt, bricht auch noch über uns alle, über das ganze Dorf, ein Unglück herein.«

Sie sackte in sich zusammen.

Plötzlich sagte er mit sanfter Stimme: »Aber vielleicht gibt es eine Möglichkeit, Gott gnädig zu stimmen. Du hast es in der Hand.«

Sie schaute zu ihm auf, zog ein kleines Tüchlein unter ihrer Schürze hervor und schnäuzte sich.

»Wie könnte ich Gott gnädig stimmen? Was muss ich dafür tun?«

»Hm ... ja ... du musst ... heiraten. Und zwar so früh wie möglich. Das Kind muss in aufrechter Ehe geboren werden-«

»Heiraten?«, wimmerte sie. »Aber Hochwürden wissen doch, dass es völlig ausgeschlossen ist, den Kindesvater zu heiraten.«

Abrupt drehte er sich wieder um. »Ich weiß, ich weiß. Aber ich ... eh ... Gott hat jemanden für dich.«

Sie seufzte: »Ich soll einen völlig fremden Mann heiraten?«

»Du wirst wohl ein Opfer bringen müssen«, sagte er schroff, »Gott will es so. Es gibt da jemanden, der sich nach einer Frau sehnt, aber zu schüchtern ist, eine anzusprechen. Er hat es mir einmal bei passender Gelegenheit gestanden. Du brauchst einen Mann, und dieser Mann sucht eine Frau. Gott führt auf diese Weise zusammen, was zusammengehört.«

»Ich kann das nicht«, heulte sie auf.

Er fuchtelte wild mit seinen Armen.

»Das ist doch die Höhe! Willst du dich etwa dem Wunsch Gottes verweigern? Begreifst du nicht, du dumme Gans? Du kannst Gott damit milde stimmen. Wenn schon nicht für dich, dann tue es wenigstens für das Dorf. Du musst für deine Sünden die Verantwortung übernehmen.«

»Was verlangt Gott denn da von mir? Warum habe ich die Last dieser Sünde alleine zu tragen? Warum nicht auch der Kindesvater?«

Er lief hochrot an und spuckte bei jedem seiner Worte: »Weil der Kindesvater ein hilfloses Opfer deiner Reize geworden ist. So ist das.«

†††

Wahrscheinlich hat der liebe Gott meine innigen Gebete erhört und alles wird gut, dachte Maria.

Pfarrer Johannes hatte sich in den letzten Tagen rar gemacht, und auch sonst hatte alles seinen üblichen Lauf genommen. Nur diese lästigen Kreuzschmerzen und diese Übelkeit erinnerten sie immer wieder daran, dass sehr wohl alles anders war als sonst. Gelegentlich musste sie sogar ihre Arbeit unterbrechen, um sich in ihre Kammer zurückzuziehen. Sie achtete aber stets darauf, nicht allzu lange abwesend zu sein. Weder Pfarrer Johannes noch der liebe Gott sollten Anlass zur Klage haben.

Als sie sich wieder einmal ausruhte, klopfte es heftig an die Tür ihrer Kammer und Edeltraud trat aufgeregt ein.

»Maria, ein Mann ist soeben hier aufgetaucht und trifft sich mit unserem Herrn Pfarrer in der Stube!«

Maria fuhr erschrocken auf.

»Wer ist es?«

»Ich hab ihn nicht genau gesehn«, antwortete ihr Edeltraud zögernd.

Maria glaubte ihr nicht. Wahrscheinlich wollte sie sie nur vor der furchtbaren Wahrheit verschonen. Sie begann zu schluchzen: »Was ist das für ein ungerechter Gott, der so etwas zulässt?«

»Maria, versündige dich nicht«, warnte Edeltraud und bekreuzigte sich, »Gott ist allmächtig und weiß, was er tut.«

»Warum verschließt er dann seine Augen vor meinem Unglück?«

»Gott sieht dein Unglück, weil er alles sieht. Du musst ihm einfach vertrauen. Er hat sicherlich nur Gutes mit dir vor.«

In diesem Augenblick rief Pfarrer Johannes nach Maria, worauf sie sich schwerfällig erhob und sich die Tränen aus den Augen wischte. Edeltraud warf ihr einen liebevollen Blick zu.

»Fürchte dich nicht.«

Mit gesenktem Haupt schlich Maria hinüber in die Pfarrstube und würdigte weder Pfarrer Johannes noch diesen Mann eines Blickes. Sie sollten ruhig spüren, was sie dachte.

»So mein Kind, setz dich zu uns an den Tisch«, sagte Pfarrer Johannes – und nach einer kurzen Pause fragte er den Mann: »Na, was sagst du zu ihr?«

»Ein ... ein ganz schönes Weib«, antwortete dieser stark lispelnd.

»Siehst du, Gott hat deine Gebete erhört und schenkt dir gerne dieses Weib«, sagte der Pfarrer.

Sie hörte mit immer noch gesenktem Kopf, wie Pfarrer Johannes ihrem künftigen Mann auf die Schulter klopfte. Ihr wurde klar, dass sie nicht weiter so tun konnte, als ginge sie das alles nichts an und wagte aufzuschauen.

Ein kleiner, unscheinbarer Mann lächelte ihr entgegen. Sein Gesicht war sonnengegerbt, sein dunkles Haar hing in fettigen Strähnen bis zu den Schultern herab. Über der Oberlippe wuchs ein kümmerlicher Bart. Seine Kleidung war abgetragen, hier und da zerrissen und dürfte schon länger nicht mehr gewaschen worden sein – so wie der Kerl selbst. Er verbreitete den Geruch von abgestandenem Schweiß, Stall und kaltem Rauch. Es war ihr nicht möglich, sein Alter einzuschätzen.

»Ich werde mich persönlich um die Hochzeit kümmern«, sagte Pfarrer Johannes. »Zuvor solltet ihr euch aber schon ein wenig im Dorf zeigen. Gemeinsam. Die Leute sollen schließlich sehen, dass ihr zusammengehört und Brautleute seid.«

Bei diesen Worten senkte Maria wieder den Kopf und begann bitterlich zu weinen. Pfarrer Johannes ließ sich nicht beeindrucken und wandte sich wieder dem Mann zu: »Wirst sehen, die wird schon noch. Aber jetzt geh hinaus vor das Pfarrhaus und warte, ich komm gleich nach.«

Als der Mann verschwunden war, sagte Johannes: »Na, was sagst du zu deinem zukünftigen Gemahl?«

Ihr gruselte bei dieser Vorstellung.

»Wer ist das überhaupt?«

»Rudolf Reininger.«

Sie hatte von diesem Reininger bisher nur gehört, doch das war schockierend genug gewesen. Im Sommer lebte er als Hirte auf der Turnauer Alm, und die Leute im Dorf erzählten, dass er in seiner Einsamkeit ein Eigenbrötler geworden sei. Einige behaupteten sogar, dass er gar keine Frau bräuchte, weil er es ohnehin mit seinen Tieren treibe.

»Ausgerechnet Reininger soll als mein Ehemann herhalten und als Vater meines Kindes ausgegeben werden?«, fragte sie verzweifelt.

»Beruhige dich, mein Kind! Ich weiß, was die Leute über ihn reden. Doch er hat mir hoch und heilig versprochen, dass dies nur Gerüchte sind. Er spricht mit Tieren, aber nur, weil er sonst niemanden hat, der ihm zuhört.«

†††

»Hast ja selbst gesehen. Maria ist eine fesche und liebe Frau. Du musst gut auf sie aufpassen. Und vergiss nicht, es ist dein Kind, das sie gebären wird. Die wahre Vaterschaft geht dich nichts an. Wehe dir, du hältst dich nicht daran, dann Gnade dir Gott. Hast du das verstanden?«, mahnte Pfarrer Johannes und legte seinen Arm freundschaftlich auf Reiningers Schulter, worauf dieser nur aufgeregt nickte.

Pfarrer Johannes wusste, dass es Reininger in Wahrheit egal war, denn er würde froh sein, bald ein Weib an seiner Seite zu haben, bei ihm auf der Turnauer Alm in seiner armseligen Hütte.

»Brauchst bald nicht mehr mit den blöden Tieren reden. Die verstehen dich sowieso nicht.«

»Die mögen es aber, wenn ich mit ihnen rede«, widersprach Reininger.

»Natürlich. Hast ja recht. Aber mit dir selber reden brauchst dann nicht mehr.«

Pfarrer Johannes spielte dabei auf eine Geschichte an, die ihm zugetragen worden war. Reininger war einmal von einem Dorfbewohner bei einem Selbstgespräch beobachtet und dann ausgelacht worden. Reininger war damals zuerst erschrocken und dann wütend geworden und hatte den unliebsamen Gast mit kräftigen Stockhieben von der Alm vertrieben.

›Der selbstredende Reininger‹, wurde alsbald in den Wirtshäusern zur allgemeinen Belustigung unbarmherzig veralbert.

»Und wenn sie mir davonläuft?«, fragte Reininger.

»Wohin soll sie denn laufen?«

»Naja ... weg!«

Pfarrer Johannes tätschelte ihm die Wange.

»Keine Angst, die kommt nicht weit, da passen ich und Gott schon auf.«

Jetzt machte Reininger ein glückliches Gesicht und leckte sich mit der Zunge über seine ausgetrockneten Lippen.

†††

»Oh, der Herr Bräuer!«, Pfarrer Johannes hob eine Hand zum Gruß. »Was für eine Überraschung!«

Bräuer rang sich ein Lächeln ab.

»Darf ich reinkommen oder reden wir zwischen Tür und Angel?«

Pfarrer Johannes machte keine Anstalten, ihn ins Pfarrhaus zu bitten. Dieser Bräuer sollte ruhig spüren, was er von ihm hielt.

»Sie schwänzen regelmäßig meine Gottesdienste, und nun wollen Sie so einfach zu mir hereinkommen, in mein geweihtes Haus? Was gibt's?«

»Ich will wissen, was hier los ist?«

»Was soll denn los sein?«

»Die Turnauer kommen aus dem Staunen nicht heraus. Ehrlich gestanden, ich auch nicht. Der eigenbrötlerische Reininger heiratet Maria? Wie ist das denn hergegangen?«

Pfarrer Johannes lehnte sich lässig an den Türstock und verschränkte die Arme.

»Haben Sie dagegen etwas vorzubringen?«

»Stecken gar Hochwürden dahinter?«

»Was erlauben Sie sich! Auch ich war überrascht. Die Brautleute sind von sich aus zu mir gekommen und haben um meinen Segen gebeten. Da sie mich von ihrer tiefen Liebe überzeugen konnten, ist es meine göttliche Pflicht, diesen braven Leuten das heilige Sakrament der Ehe zu spenden.«

Bräuer schüttelte den Kopf.

»Das glauben Sie doch wohl selbst nicht!«

Pfarrer Johannes hob warnend den Zeigefinger.

»Wollen Sie mich gar der Lüge bezichtigen? Gott ist mein Zeuge!«

»Gott ist Ihr Zeuge?«, rief Bräuer belustigt aus. »Soll ich jetzt vielleicht in die Kirche rübergehen und ihn fragen?«

»Warum nicht? Vielleicht schadet es gar nicht, wenn Sie einmal in die Kirche gehen«, brüllte Pfarrer Johannes zurück.

Bräuer tippte sich an die Stirn.

»Was soll ich dort? Ich rede doch nicht mit einer Holzfigur!«

Pfarrer Johannes holte tief Luft.

»Sie sind ein Frevler und Ketzer! Sie sollten brennen! Sie glauben wohl, Sie können hier einfach in unser Dorf kommen und die Leute durcheinanderbringen.«

»Von welchen Leuten reden Sie?«

»Ach, tun Sie doch nicht so unschuldig, Herr Bräuer! Sagt Ihnen der Name Altmanner etwas?«

Bräuer wurde zornig.

»Sie sind wohl noch stolz darauf, diese Menschen um ihr gesamtes Hab und Gut gebracht zu haben!«

»Ich habe niemanden um sein Hab und Gut gebracht. Es lag nicht in meiner Hand.«

»Ah so? In wessen Hand lag es dann? Aber kommen Sie mir jetzt nicht mit Gott!«

»Auch, wenn es Ihnen nicht gefällt: Es lag in der Hand dieser Holzfigur, wie Sie es nennen. So, und nun sollten Sie gehen, Herr Bräuer!«

Darauf drehte sich Pfarrer Johannes um und knallte Bräuer die Tür vor der Nase zu.

3

(Wochen Später …) Maria trat vor das Pfarrhaus, um ein wenig frische Luft zu schnappen. Sie betrachtete ringsum die Berggipfel, von denen mittlerweile schon der erste Schnee herabblinzelte. Alle Jahre wieder. Manchmal ein wenig früher, manchmal ein wenig später. Sie genoss diesen Anblick. Auch genoss sie es, dass Pfarrer Johannes gemeinsam mit Edeltraud an diesem Nachmittag in den Nachbarort aufgebrochen war, um Besorgungen zu machen.

Es tat ihr einfach gut, einmal alleine zu sein, nur mit sich selbst und ihren Gedanken. Und derlei schwirrten viele in ihrem Kopf herum, war es doch der letzte Tag vor ihrer befohlenen Hochzeit.

Was wird wohl der Herr Graf dazu sagen? Oder Altmanner, sofern er jemals davon erfährt?

Sie zog sich wieder vor den Kamin der Pfarrstube zurück, schob ihren Stuhl näher an das knisternde Feuer und schloss die Augen. Sie versuchte, sich ihr zukünftiges Leben vorzustellen, als sie plötzlich auf ein leises Knarren aufmerksam wurde. In diesem Hause knarzte und knarrte es andauernd irgendwo. Das lag am vielen Lärchenholz im Gebälk. Doch dieses Knarren war anders. Unnatürlich.

Es knarrte schon wieder. Sie bekam ein mulmiges Gefühl. Schritte. Die Türklinke senkte sich. Ganz langsam wie von Geisterhand. Gänsehaut. Ohne weiter zu überlegen, huschte sie ängstlich hinter die Tür. Dort, so hoffte sie, würde sie nicht bemerkt werden und könnte in einem geeigneten Augenblick fliehen.

Zaghaft öffnete sich die Tür einen Spalt weit, verharrte und ging dann weiter auf. Ganz langsam. Eine Gestalt mit dunklem Umhang und schlapprigem Hut schlich herein. Sofort kroch Maria ein verräterischer Geruch in die Nase.

»Reininger!«, schrie sie auf. »Was willst du hier?«

Die Gestalt fuhr herum.

»Kannst es wohl nicht mehr erwarten, mich zu holen? Bis zur Hochzeit morgen musst du dich schon noch gedulden!«, schimpfte sie.

Reininger hatte Augen und Mund weit aufgerissen und brachte keinen Ton heraus. Sie konnte erkennen, dass er irgendetwas unter seinem Umhang verborgen hielt.

»Was hast du da?«

Er zögerte.

»Hast du nicht gehört? Heraus damit!«

Langsam holte er einen kunstvoll verzierten Stab aus Holz hervor und bot ihn ihr mit zitternden Händen an. Er schluckte ein paar Mal.

»Bitte, nimm diesen Hirtenstab als Geschenk«, stammelte er, »mehr kann ich meiner zukünftigen Frau nicht geben. Es ist alles, was ich hab.«

Er wischte sich Tränen aus den Augen.

Der Auftritt rührte sie.

»Rudolf, ich kann das nicht annehmen.«

Er senkte seine Augen traurig zu Boden und rang nach Worten.

»Ich … ich bin kein schlechter Mensch. Ich will dir ja nichts tun!«

Sie spürte, dass er es ernst meinte und hatte Mitleid mit diesem vereinsamten Menschen, von den anderen wenig geachtet und bei jeder Gelegenheit verhöhnt. Deshalb streckte sie nun doch ihre Hand nach dem Geschenk aus. Er begriff und lächelte überglücklich. Dann machte er sich sofort wieder auf den Weg hinaus.

»Rudolf!«, rief sie ihm nach, »warte!«

Sie trat nah an ihn heran und sah ihm tief in die Augen.

»Durch die Vermählung werde ich zu deiner Frau. Ich werde für dich da sein, aber ich werde dich nicht lieben.«

Er nahm es ohne eine Regung zur Kenntnis und verschwand.

†††

Niemand wusste, wo Reininger steckte. Auch nicht Pfarrer Johannes. Und das ausgerechnet an diesem Tag. Umso peinlicher als Pfarrer Johannes die Vermählung ganz bewusst gleich nach dem allgemeinen Gottesdienst eingefädelt hatte. Alle Turnauer sollten schließlich Zeugen dieses Ehebunds werden. Er kannte seine Schäfchen ganz genau und wusste, dass sie sich dieses einmalige Ereignis nicht entgehen lassen würden.

Nervös blickte er zwischen den Gebeten immer wieder in Richtung Sakristei zu seinem Messdiener, der ihm von dort ein Zeichen geben sollte, wenn Reininger endlich eintraf. Der Messdiener zuckte nur mit der Schulter. Pfarrer Johannes wurde wütend. Innerlich.

Wenn dieser Eigenbrötler nicht kommt, schicke ich ihn persönlich zur Hölle!

Aber irgendwann gegen Ende des Gottesdienstes kam dann doch das erlösende Zeichen, worauf Pfarrer Johannes erleichtert seine Augen nach oben zu Gott richtete und ihm dabei mitten im Vaterunser ein lautes ›Halleluja!‹ entfuhr. Ungewollt störte er damit den monotonen Gebetsfluss der Leute – der schließlich stockte. Alle Augen waren nun nicht mehr auf das große Kreuz am Altar gerichtet, sondern erwartungsvoll auf ihn, den Pfarrer.

»Fürchtet euch nicht!«, verkündete er. »Mir hat soeben Gott eine Frohbotschaft übermittelt!« Etwas Besseres war ihm nicht eingefallen, aber es wirkte, denn die Leute lächelten verzückt.

†††

Reininger hatte sich ordentlich gewaschen, die Haare geschnitten und den Bart sorgfältig gestutzt. Seinen ganzen Körper hatte er über und über mit frischem Rosenwasser eingerieben. Irgendwo in seiner Hütte war er ausgerechnet an diesem Tag auf dieses Fläschchen gestoßen. Weiß der Teufel, von wem er es einmal bekommen hatte. Überdies hatte er sich eine dunkle Festtracht mit einem weißen Hemd und ziemlich steifen Lederschuhen angezogen, die bei jedem Schritt klapperten und seine Füße blutig rieben. Doch er biss die Zähne zusammen. Es waren natürlich nicht seine eigenen Sachen. Woher auch? Er musste dafür einen Bauern beknien und ihm hoch und heilig versprechen, nicht hineinzufurzen und alles gleich am nächsten Tag sauber wieder zurückzubringen. Aber Reininger hätte es sich so oder so nicht unter den Nagel gerissen, denn die Sachen waren ihm viel zu groß. In die Jacke hätte er ohne Probleme ein weiteres Mal hineingepasst, und die Hose musste er am Bund wie einen Sack zusammenschnüren, damit sie ihm nicht hinunterrutschte.

»Hast dich fein rausgeputzt!«, sagte der Messdiener und nickte ihm anerkennend zu.

Reininger verzog keine Miene.

»Wenn die heilige Messe gleich vorbei ist, wird der Herr Pfarrer in die Sakristei kommen und dir den Ablauf deiner Hochzeit erklären!«

Reininger atmete aufgeregt durch.

»Na, na, so schlimm ist es nicht«, beruhigte ihn der Messdiener und grinste schelmisch. Dann trat er näher an Reininger und flüsterte ihm ins Ohr: »Denk einfach an die Hochzeitsnacht! Da kannst du deine Alte so richtig rannehmen und ihr dabei auf die Tutteln greifen! Naja, allzu große Tutteln hat die Maria ja nicht, was man so sieht. Aber macht nichts. Für dich wird's schon reichen. Glaub mir, das tut gut! Naja, vielleicht nicht gleich beim ersten Mal, aber mit der Zeit wird's dann. War bei mir und meiner Alten auch so. Jedenfalls viel besser als Selbermachen oder mit deinen Viechern auf der Alm! Hahaha!«

Reininger schob den Messdiener von sich weg, schaute verärgert und beschämt auf ein großes Gemälde an der Wand, das Jesus Christus mit riesigem Heiligenschein zeigte.

Ob der Heiland das wohl auch gehört hat? Noch dazu aus dem Mund eines Messdieners und ausgerechnet hier an diesem geweihten Ort?

Seine Gedanken wurden jäh unterbrochen, als Pfarrer Johannes schnellen Schrittes hereinpolterte und sich mit einem Tuch den Schweiß von der Stirn wischte.

»Grüß Gott, mein lieber Reininger! Wo warst eigentlich so lange? Egal. Hauptsache, du bist da. Aufgeregt?«

Er nickte.

»Brauchst nicht zu sein! Mache einfach nur, was ich dir jetzt sage. Also: Zuerst gehst du von hier aus vor den Altar, machst eine Verbeugung und bekreuzigst dich. Dann trittst du ein paar Schritte zurück und wartest. In der Eile habe ich den Messdiener zum Brautvater auserkoren, und er wird Maria vom Haupteingang herein bis zu dir vor den Altar geleiten. Die Orgel wird spielen, und wenn sie verstummt, rede nur mehr ich. Du brauchst dann auf meine Aufforderung hin nur mit einem ›Ja‹ zu antworten. Ist doch nicht so schwer, oder?«

Pfarrer Johannes bedeutete dem Messdiener hektisch, endlich die Braut zu holen, die gleich nebenan im Pfarrhof von Edeltraud geschmückt wurde. Unbemerkt von Pfarrer Johannes zwinkerte der Messdiener noch rasch Reininger zu und erinnerte ihn mit einer eindeutigen Handbewegung an das genussvolle Kneten der Brüste.

Pfarrer Johannes ergriff einen Becher, füllte ihn mit Wein und trank ihn in einem Zug aus. Er rülpste herzhaft und schenkte sich noch ein paar Mal nach.

»Wenn alles vorbei ist, lieber Reininger, darfst auch einen Schluck von meinem Messwein trinken. Aber erst danach, denn sonst wirst du mir noch übermütig.«

Jetzt wurde ihm der Becher lästig. Er stellte ihn zur Seite und trank direkt aus der Flasche.

»Heute bin ich ganz trocken im Mund.«

Schon drang der wuchtige Klang der Orgel in die Sakristei.

»So, Reininger, es ist soweit! Du musst jetzt hineingehen«, befahl Pfarrer Johannes, »und denke daran, was ich dir gesagt habe.«

Dem Bräutigam wurde unerträglich heiß, und er begann zu schwitzen. Bald roch er trotz des vielen Rosenwassers seinen eigenen Schweiß und schämte sich erstmals in seinem Leben dafür. Unsicheren Schrittes schlurfte er vor den Altar. Schneidende, dicke Luft. Gelegentliches Husten und Räuspern. Er vermied es, sich zum Kirchenschiff umzudrehen. Er spürte jedoch die vielen bohrenden Blicke im Nacken. Er, der einsam auf einer abgelegenen Alm lebte und bislang von niemandem beachtet worden war, stand plötzlich im Mittelpunkt des Dorfs. Doch er hatte sich nichts vorzuwerfen. Schließlich war es ja kein Geringerer als der Herr Pfarrer höchstpersönlich, der ihn zu dieser Eheschließung angehalten hatte, und damit war ihm der Segen Gottes gewiss.

Pfarrer Johannes folgte betend aus der Sakristei, kniete feierlich vor dem Altar nieder und bekreuzigte sich. Dann wandte er sich um, baute sich mächtig vor Reininger auf und lächelte verzückt.

Ein schwacher Luftzug verriet, dass das Kirchentor geöffnet und die Braut vom Messdiener unter der dröhnenden Orgelmusik hereingeführt wurde. Neugierig wagte Reininger jetzt einen Blick nach hinten, doch Marias schönes Gesicht zeigte keine Regung. In einem bäuerlichen Festtagsgewand schritt sie würdevoll auf ihn zu, mied dabei jeglichen Augenkontakt, schaute nur starr geradeaus. Als sie vor dem Altar angekommen war, ließ der Messdiener ihre Hand los und trat zur Seite. Die Orgel verstummte. Kein Räuspern mehr. Kein Schnäuzen. Kein Husten. Es war absolut still.

Nun streckte Pfarrer Johannes beide Hände nach oben und verkündete mit lauter Stimme und ernstem Gesichtsausdruck: »Der Herr sei mit euch!«

»Und mit deinem Geiste!«, kam es wie aus einem Munde zurück.

†††

Der Graf zu Mürze saß mit seiner Familie beim Mittagessen, als ein Diener eintrat und ihm diskret etwas ins Ohr flüsterte. Es fiel nicht weiter auf, weil die Kinder für hinreichend Lärm und Aufmerksamkeit sorgten und des Grafen Gemahlin Agnes ihr Augenmerk den Kindern schenkte. Außerdem war es nicht ungewöhnlich, dass ihr Gatte beim Essen gestört wurde und in der Folge irgendwelche Pflichten zu erfüllen hatte. Agnes hatte es längst aufgegeben, dagegen zu protestieren. Er hatte ihr bei einem früheren Anlass klarmachen können, dass es eben zu den Aufgaben ihres Standes gehörte, dem Volk Halt und Ordnung zu geben. Und das erforderte manchmal eben Opfer.

Der Diener war kaum gegangen, als sich der Graf mit gespielter Gelassenheit vom Tisch erhob und sich den Mund abtupfte. »Wenn ihr mich bitte entschuldigt. Ich habe mit Lafer etwas zu besprechen.«

Darauf eilte er von dannen. Er lief durch die hohen Flure seines Schlosses ins Freie und überquerte im Laufschritt den weitläufigen Hof. Gleich dahinter gelangte er zum Gutshof, wo ihn Lafer bereits ungeduldig erwartete.

»Ich bitte um Verzeihung, Herr Graf, aber mir ist eine Nachricht von höchstem Interesse zugetragen worden.«

»Worum geht es?«, fragte der Graf.

»Maria hat gestern einen gewissen Rudolf Reininger geheiratet«, antwortete Lafer.

Den Grafen durchfuhr ein kalter Schauer.

»Geheiratet? Rudolf Reininger? Wer soll das sein?«

»Er ist Hirte auf der Turnauer Alm. Unbedeutend. Soll ein ziemlicher Eigenbrötler sein. Niemand im Dorf kann sich so recht vorstellen, wie und wann die beiden ein Paar geworden sind. Nur Pfarrer Johannes tut so, als wäre alles den üblichen Weg gegangen.«

Der Graf seufzte. Er liebte Maria wirklich – noch immer. Manchmal quälte ihn die Sehnsucht nach ihr. Seit der Trennung hatte es Tage gegeben, da wäre er am liebsten unter irgendeinem Vorwand nach Turnau geritten, um sie zu sehen. Und nun konnte und wollte er nicht glauben, dass sie ihn schon vergessen hatte. Die Trennung war zwar auf sein Betreiben hin erfolgt, dennoch fühlte er sich nun in seinem Stolz verletzt.

»Ein eigenbrötlerischer Hirte«, murmelte er vor sich hin und versuchte, sich das bildlich vorzustellen.

»Was hat das alles zu bedeuten? Wir müssen nach Turnau. Ich muss zu ihr! Ich muss wissen, ob sie diesen Hirten wirklich liebt. Ich will wissen, was da dahintersteckt.«

Lafer schüttelte verneinend den Kopf.

»Herr Graf, ich weiß, was Sie empfinden, doch was erwarten Sie sich von einem Treffen? Sie hat geheiratet. Dieser Bund der Ehe wurde vor Gott geschlossen. Sie ist nun die Frau eines anderen Mannes, bis dass der Tod sie scheidet! Ob sie den Hirten liebt oder nicht, ist ohne Bedeutung. Sie haben mit ihr keinen gemeinsamen Weg. Sie haben diesen gemeinsamen Weg nie gehabt. Vergessen Sie diese Frau!«

»Wenn das nur so einfach wäre, mein Lieber«, erwiderte er und kehrte grübelnd zu seiner Familie zurück.

†††

»Ich hoffe, ich habe Sie nicht zu sehr erschreckt«, sagte der schmächtige Mann in schwarzen Reitstiefeln, weißer Reithose und grauem Rock. Seine braunen Haare hatte er hinter dem Kopf zu einem modischen Schwanz zusammengebunden. Altmanner musste kräftig durchatmen.

»Oh doch! Ich hab dich gar nicht kommen gehört. Ich war so sehr in meine Arbeit vertieft.«

Der Besucher verbeugte sich höflich: »Dann bitte ich vielmals um Verzeihung!«

»Schon gut. Kann ich dir irgendwie helfen?«

Der junge Mann überlegte. »Helfen? Nein! Aber vielen Dank für das Angebot. Ich wollte nur ein wenig allein sein.«

»Die kaiserlichen Hofställe sind aber dafür kein guter Ort, noch dazu jetzt am Abend. Es ist nämlich strengstens untersagt, hier ohne Begleitung herumzuschleichen.«

Der junge Mann schmunzelte und sagte: »Dann begleiten Sie mich doch beim Herumschleichen.«

Altmanner gefiel diese Schlagfertigkeit.

»Zuerst musst du mir aber sagen, wer du bist und woher du kommst.«

»Mein Name ist Joseph und ich komme von dort drüben«, sagte er und zeigte dabei auf Schloss Schönbrunn.

Altmanner wurde verlegen.

»Joseph? *Der* Joseph?«

»Ja genau, *der* Joseph!«, entgegnete der junge Mann und lachte spitzbübisch.

Altmanner war darauf überhaupt nicht vorbereitet und merkte, wie er feuchte Hände bekam. Er wusste nicht recht, wie er sich nun verhalten sollte und entschied sich schließlich für einen ziemlich uneleganten Hofknicks, bei dem er fast gestolpert wäre.

»Wie muss ich jetzt zu dir ... äh ... zu Ihnen sagen? Von dort, wo ich herkomme, haben wir keine Erfahrung im Umgang mit kaiserlichen Hoheiten. Die lassen sich dort nämlich nicht blicken.«

Joseph schien amüsiert und fragte: »Woher kommen Sie denn?«

»Aus der Steiermark.«

»Die Steiermark ist groß.«

»Turnau heißt das Dorf am Fuß des Hochschwab-Gebirges.«

Joseph kratzte sich an der Stirn.

»Ich glaube, ich habe davon schon mal gehört. Schließlich und endlich werde ich von meinem strengen Hauslehrer jeden Tag in Heimatkunde unterrichtet – oder vielmehr gequält. Er pflegt immer zu sagen: ›Wer einmal ein Land regieren will, soll es zumindest auf der Landkarte kennen!‹«

Nun mussten beide herzlich lachen.

»Wie sagen die Leute bei euch zu jemandem, der Joseph heißt?«

»Sepp! Einfach Sepp!«, antwortete Altmanner.

»Sepp? Warum das? «

»Ich weiß auch nicht, woher das kommt.«

Joseph streckte ihm die Hand entgegen: »Gut! Dann bin ich für dich der Sepp. Und wie heißt du?«

»Johann! Johann Altmanner. Bei uns sagt man dazu einfach ...«

»... Hans. Ich weiß. Das sagt man hier auch«, warf Joseph ein, »die Sache bleibt aber unter uns. Meine Mutter sieht es nämlich gar nicht gern, wenn ich mich allzu nah beim Volk herumtreibe. Ich glaube, sie hat einfach nur Angst, dass mir etwas zustoßen könnte, weil ich ein gutes Faustpfand abgeben würde. Aber was soll's, jetzt bin ich nun mal da.«

Altmanner war angetan von dem jungen Mann und seiner Art zu reden.

»Hans, wie bist du zu uns nach Wien gekommen?«

»Interessiert dich das wirklich?«

»Ja, sehr sogar!«

Altmanner fühlte sich nicht ganz wohl in seiner Haut. Sollte er wirklich von seiner Vertreibung erzählen? Wie würde es der junge Thronfolger wohl aufnehmen? Er musste an die Worte von Ludowitz denken, wonach er niemanden bräuchte, der mit dem Mundwerk arbeitet und unbedachte Äußerungen macht.

»Erzähle! Ich hör dir zu«, sagte Joseph ermunternd, doch Altmanner hegte weiterhin Zweifel, was Joseph zu bemerken schien.

»Mache dir keine Sorgen, Hans, es bleibt unter uns.«

»Unter uns dreien«, korrigierte Altmanner.

»Wer noch?«

»Ludowitz!«

Joseph lachte auf.

»Bestens! Ludowitz und ich sind Freunde. Und alle Freunde von Ludowitz sind auch meine Freunde.«

Altmanner war erleichtert, doch blieb er vorsichtig. Konnte er Joseph wirklich trauen? Nur weil er Thronfolger war, bedeutete das lange nicht, dass sein Wort auch galt.

»Lieber Hans, jetzt hast du mich neugierig gemacht, und du wirst mich nicht eher los, bevor du mir deine Geschichte erzählt hast.«

Altmanner musste einsehen, dass ihm keine Wahl blieb. Sie setzten sich in eine schummrige Ecke, und er begann zu erzählen. Joseph hörte aufmerksam zu und schüttelte zwischendurch immer wieder den Kopf.

»Vielen Dank für deine offenen Worte. Wirklich unglaublich«, sagte Joseph am Ende, »ich werde alles für mich behalten. Behalte aber auch für dich, was ich dir zu sagen habe.«

Altmanner hob eine Hand zum feierlichen Schwur und war gespannt, was ihm ein junger Thronfolger wohl so Geheimes zu berichten hatte.

»Der kaiserliche Hof ist eine Schlangengrube. Viele Menschen hier sagen nicht das, was sie denken. Ich bin aber daran interessiert, Leute wie dich und Ludowitz als Freunde zu haben. Leute, die mit mir offen reden, die mir sagen, was das Volk denkt, was das Volk wirklich will!«

Altmanner musterte aufmerksam das Gesicht des Thronfolgers, und ihm wurde klar, dass er einen ungewöhnlichen Menschen vor sich hatte, der sich nach selbstbestimmter, wahrer Freundschaft sehnte.

Ein Knarren der Stalltür ließ die beiden aufhorchen. Jemand trat ein und lief umher.

Es blieb ihnen keine Zeit, sich zu verkriechen, weshalb sie regungslos in ihrer Ecke verharrten. Die Schritte kamen immer näher. Dann ein Schatten.

»Oh, ich hoffe doch, ich störe die beiden Herren nicht?«

Ludowitz wirkte erstaunt, dass er ausgerechnet auf Altmanner mit dem Thronfolger traf.

»Naja, ein wenig schon. Wir waren gerade mitten in einer spannenden Geschichte«, antwortete Joseph mit einem Augenzwinkern.

»Spannende Geschichte?«, wiederholte Ludowitz und warf Altmanner verstohlen einen Blick zu.

»Ja, spannende Geschichte«, betonte Joseph abermals. »Warum hast du mir Hans und sein unglaubliches Schicksal vorenthalten? Ich hätte schon erwartet, dass wir unter Freunden offen miteinander reden!«

Ludowitz rieb sich verlegen die Nase.

»Naja, ich dachte ...«

»Ist schon recht!«, sagte Joseph, »aber so gut müsstest du mich schon kennen, dass du mir vertrauen kannst.«

Ludowitz schien es peinlich zu sein.

»Verstehe mich bitte nicht falsch, aber ich war mir nicht sicher, wie der Hof auf einen Vertriebenen reagiert. So etwas könnte Unruhe stiften oder gar einen Skandal auslösen.«

Joseph nickte.

»Das stimmt allerdings. Aber von mir wird niemand etwas erfahren.«

Doch Ludowitz' Sorgenfalten verschwanden nicht von seiner Stirn, und Altmanner verstand warum. Die Geschichte könnte auf unglaublichen Wegen, vielleicht auch nur durch einen dummen Zufall, an die falsche Adresse gelangen. Endlich hätte es dann einen Grund gegeben, Ludowitz in Frage zu stellen und seine begehrte Position durch irgendeinen Günstling neu zu besetzen. Joseph war noch zu jung, um das verhindern zu können.

4

(Monate später ...) »Es ist Zeit aufzubrechen!«, sagte Reininger und blickte besorgt auf Marias Bäuchlein, das beträchtlich angewachsen war. »Wirst du es wohl schaffen, hinauf zur Alm?«

Maria nickte nur. Was blieb ihr auch anderes übrig, als mit ihm zwischen Frühling und Herbst als Hirtin dort oben zu leben? Den Winter hatten sie unten in Turnau in einer kleinen Kammer zugebracht, die ihnen ein Bauer in seinem Haus gnadenhalber zur Verfügung gestellt hatte. Mehrmals hatte er die Brautleute ermahnt, es nur ja nicht allzu oft und zu heftig knarren zu lassen, weil seine Alte sonst ziemlich unrund würde und auch er dann wieder einmal antreten müsse. Er wäre aber lieber im Wirtshaus.

Die Sorge des Bauern war unbegründet, denn Reininger hatte Maria das Bett allein überlassen, während er selbst auf dem harten Boden schlief. Er hatte nicht ein einziges Mal versucht, sich ihr zu nähern, obwohl er ihr ansonsten ein guter und fürsorglicher Ehemann war. Sie hatte sich insofern seiner angenommen, als sie seine Kleidung sauber hielt, flickte und ihren Mann zu regelmäßiger Körperpflege anhielt. Die Veränderung des Hirten entging den Leuten im Dorf nicht. Machten sie sich anfänglich noch darüber lustig, so verstummten sie allmählich. Und nachdem die Schwangerschaft sichtbar geworden war, deuteten sie dieses untrügliche Zeichen: Die Hochzeit dieses ungleichen Paares musste doch etwas mit Liebe zu tun gehabt haben. Genau so, wie es Pfarrer Johannes ja immer behauptet hatte.

Maria verstaute ihre paar Habseligkeiten und Vorräte in einem größeren Rucksack, den Reininger schulterte, und die beiden wanderten los. Der Weg zur Alm war um diese Jahreszeit viel beschwerlicher als sonst, denn abgesehen vom steilen Anstieg war es ein Marsch zurück in den vergangenen Winter, je höher sie hinaufkamen. Im Tal war nämlich alles schon grün, doch hier oben gab es noch reichlich Schnee und Eis. Die wenigen aperen Stellen dazwischen waren zumeist mit Geröll bedeckt und konnten nur mit größter Vorsicht überquert werden. Ein falscher Tritt und die beiden wären verloren.

So ging es stundenlang dahin, bis sie am Ende unversehrt ihr Ziel, die Turnauer Alm, erreichten. Irgendwo zwischen den weißen, hügeligen Weiden fand sich die völlig zugewehte kleine Almhütte.

»So, da wären wir«, sagte Reininger mit einem Anflug von Stolz, als würde sich die Hütte bei näherem Hinsehen als Märchenschloss entpuppen. »Ich werde gleich einmal den Eingang freischaufeln!«

Sie bemerkte, dass er seine Erschöpfung zu überspielen versuchte.

»Kann ich dir irgendwie helfen?«

»In deinem Zustand? Das lasse ich nicht zu! Suche dir inzwischen ein sonniges Plätzchen«, sagte er und tat so, als müsse er angestrengt überlegen, wie er die Arbeit wohl am besten anginge. In Wahrheit versuchte er Zeit zu gewinnen, um Kräfte zu sammeln. Irgendwann war es dann soweit, und er legte los. Er schuftete ohne Unterlass. Der Frühjahrsschnee war ziemlich widerspenstig, zusammengepappt und hart wie ein Brett. Gelegentlich musste Reininger ihn mühevoll abkratzen. Aber irgendwann hatte er es geschafft, stemmte sich mit seinem ganzen Körper gegen die Tür und drang in die Hütte ein. Gleich darauf machte er sich daran, den Kamin einzuheizen, denn obwohl tagsüber die Sonne schon angenehm warm vom Himmel schien, würde es in der Nacht stark abkühlen und draußen wieder alles gefrieren. Bis dahin musste die Stube durchwärmt sein.

»Bitte einzutreten!«, sagte er dann stolz und führte Maria zur einzigen kleinen Kammer gleich neben der Stube. »Das ist ab jetzt dein Reich.«

»Und wo schläfst du?«, fragte sie verwundert.

»Ich mach es mir auf der Holzbank in der Stube gemütlich.«

Sie bekam ein schlechtes Gewissen.

»Rudolf, du bist mir so ein guter Mann, und ich gebe dir nichts zurück. Noch dazu werde ich bald ein Kind gebären, das nicht von dir ist. Wie kannst du damit bloß leben?«

Er begann leicht zu zittern, und seine Augen wurden feucht. Verzweifelt rang er nach Worten. Sie ergriff seinen Arm und sagte tröstend: »Du musst mir nicht antworten.«

Das brachte ihn zum Weinen. Er setzte sich, hielt sich die Hände vors Gesicht, zögerte, legte sie in den Schoß und sah sie an. Dann erzählte er ihr immer wieder stockend seine Geschichte.

»Ich kam auf einem Bergbauernhof weit weg von hier zur Welt und musste schon als Kind hart arbeiten. Mein Vater war ein Trunkenbold, und wenn es ihm gefiel, prügelte er auf alles ein, was ihm in die Quere kam. Auf mich, meine Mutter, die Tiere ... alle! Es machte ihm Spaß, wenn wir uns vor ihm fürchteten. Irgendwann, nach einer ausgiebigen Zecherei im Wirtshaus kam er nach Hause und verlangte von mir, dass ich mich ausziehe. Ich sehe ihn noch heute mit geöffneter Hose vor mir, Er sagte, er will mir nun zeigen, wie er es den Weibern von hinten besorgt. Ich musste mich bücken, und er besudelte mich, damit ich schön feucht bin, ›so wie die Weiber‹.«

»Das ist ja furchtbar!«, rief sie aus.

Er nickte.

»Ja, aber Gott sei Dank konnte ich ihm entwischen. Da hat er sich meine Mutter geschnappt. Doch weil auch sie nicht wollte, hat er sie fast zu Tode geprügelt. Sie brauchte viele Wochen, um wieder auf die Beine zu kommen. Auf einem Auge blieb sie blind. Später hat er im Suff immer wieder damit rumgeprahlt, ›das hat das Luder nun davon, wenn es beim Wetzen nicht stillhält‹.«

Reininger griff nach einem Holzscheit und schob es in den Ofen.

»Er hat sie auch später immer wieder geschlagen, bis sie zum Krüppel geworden ist. Eines Tages, ich war grad auf der Weide, ist er wieder mal stockbesoffen herumgetorkelt und hat gemeint, ich soll mir was ansehn. Ich bin ihm nach in die Scheune ... Mutter hatte sich an einem Balken erhängt. Ab und zu hat ihr Körper noch gezuckt, aber es war zu spät. Er hat nur höhnisch gegrinst und gesagt, ›das ist der Teufel, der sich aus dem nutzlosen Kadaver davonmacht!‹«

Maria saß mit weit aufgerissenen Augen da, musste immer wieder schlucken und hielt sich entsetzt die Hände vor den Mund. Reiningers Stimme hatte versagt. Er holte tief Luft und fuhr sich mit dem Ärmel über die Augen.

Zum ersten Mal erzählte er seine Geschichte, und Maria hörte ihm zu. Nun musste er *alles* loswerden. Es tat so gut, sich jemandem anvertrauen zu können, noch dazu einer Frau, die Mitgefühl zeigte, noch dazu seiner Frau.

Er sammelte sich und fuhr fort: »Weil es eine Sünde war, sich zu erhängen, durfte meine Mutter nicht auf dem Friedhof beerdigt werden. ›Lasst sie doch einfach irgendwo verschwinden‹, hat uns der dortige Pfarrer geraten. Vater und ich haben eine Grube am Waldrand ausgehoben und sie hineingelegt. ›Jetzt hat das Luder auch noch Schande über uns gebracht‹, hat mein Vater gesagt. Danach hat er sich bis zur Ohnmacht betrunken, und ich hab meinen Rucksack genommen und bin fortgegangen. Ich bin viele, viele Tage gelaufen, vielleicht sogar Wochen, und irgendwann bin ich hierhergekommen, nach Turnau. Der alte Hirte von hier oben hat sich meiner erbarmt und mich zu sich genommen. Aber nur für ein paar Tage, hat er gesagt. Daraus sind dann Wochen, Monate und Jahre geworden. Er ist mir ein lieber Vater geworden. Als er gestorben ist, hab ich seine Arbeit ganz übernommen.«

Reininger beteuerte, dass er hier auf der Alm immer eine schöne Zeit gehabt hatte. Hier war er frei, hatte die Natur und die Tiere. Aber trotz allem hatte er sich immer nach einer lieben Frau und nach einer eigenen Familie gesehnt, für die er sorgen konnte. Als diese Sehnsucht unerträglich wurde, nahm er seinen ganzen Mut zusammen und vertraute sich Pfarrer Johannes an. Der versprach ihm, die Sache dem lieben Gott vorzutragen. Allerdings müsste er hierfür eine günstige Gelegenheit abwarten, denn Gott wäre ein vielbeschäftigter Herr und müsste sich um viel wichtigere Dinge kümmern.

Maria war sehr traurig geworden. Als Reininger das sah, sagte er sanft: »Du brauchst keine Angst vor mir zu haben. Ich bin kein böser Mensch. Ich werde für dich sorgen und auch für dein Kind, als wäre es mein eigenes.«

»Und du willst gar nicht wissen, wer der richtige Vater ist?«, fragte sie und schüttelte dabei ungläubig den Kopf.

Er machte eine abwehrende Handbewegung und meinte: »Wichtig ist doch nur, dass wir glücklich sind.«

†††

Mit jedem Tag schmolz jetzt auch auf den Bergen der Schnee dahin. An sich harmlose Bäche füllten sich mit milchigem Schmelzwasser und wurden unten im Tal zu reißenden Fluten. Nur an den sonnenabgewandten Abbrüchen blieben mächtige Schneefelder zurück, die gelegentlich mit ohrenbetäubendem Getöse als Lawinen abfuhren und alles unter sich glatt hobelten. Mitunter rissen sie auch unachtsame Tiere mit, ja, sie ›saugten‹ diese geradezu in sich hinein. Die Turnauer Alm verwandelte sich in wenigen Wochen auf wundersame Weise in saftige grüne Weideflächen, übersät mit duftenden Kräutern und bunten Blumen.

»Rudolf!«, rief Maria, die es sich auf der hölzernen Bank vor der Hütte in der Frühlingssonne gemütlich gemacht hatte, »komm schnell!«

Er stürmte aus der Hütte, wo er gerade Asche aus dem Kaminofen geholt hatte, und fragte besorgt: »Ist es soweit?«

»Ach nein!«, beruhigte sie ihn. »Etwas ganz anderes. Hörst du das?«

Er lauschte: »Sie kommen!«

Eine leichte Brise trug das hohle Scheppern vieler Glocken heran. Es kam immer näher. Die Zeit des Almauftriebs war gekommen. Ein großes Spektakel. Schon viele Stunden zuvor hatten sich die Bauern aus dem Tal mit ihren Tieren auf dem Dorfplatz versammelt und waren von dort losgezogen.

Ein Lächeln huschte über Rudolfs Gesicht: »Die Tiere sind mein Leben. Und von nun an, darf ich es mit dir teilen.«

Bald waren sie von der Herde umringt, und einer der Treiber, ein gedrungener kräftiger Bauer, kam auf die beiden zu: »Passt mir schön auf unsere Viecher auf. Wir wollen sie wieder vollzählig zurückhaben!«

»Wie immer«, sagte Reininger.

»Da wäre noch was«, sagte der Bauer und kratzte sich am Hintern. »Ich hab meine ausgediente Magd, die alte Weinberger Resl, mit raufgenommen.«

»Ah so … und warum?«, fragte Reininger ahnungslos.

Der Bauer schien nicht zu verstehen, was es hier zu fragen gab, kratzte sich am Bauch und sagte: »Dann machst du's also selber.«

Reininger war noch immer ahnungslos: »Was mache ich selber?«

Maria hatte längst begriffen und grinste in sich hinein.

»Na, die Geburt!«, fuhr ihn der Bauer an und kratzte sich im Schritt. »Die Resl soll der Maria eine gute Hebamme sein. Sie kennt sich da aus. Sie hat schon einigen Weibern im Dorf beigestanden. Ich kann sie entbehrn, denn für's Arbeiten bei mir taugt sie ohnehin nicht mehr.«

Inzwischen hatte sich auch die Resl keuchend heraufgeschleppt. Der lange Fußmarsch steckte ihr offensichtlich noch in den Knochen. Sie ignorierte Reininger, ging gleich auf Maria zu und sagte: »Grüß dich Gott schön! Lass dich anschaun, das Kindchen kommt wohl bald.«

»Dann ham wir das wohl geklärt und ich kann wieder gehn«, sagte der Bauer.

Aber etwas musste er noch loswerden: »Weiß der Teufel, warum mich heut der Schweiß so juckt.«

Auf dem von vielen feinen Linien gezeichneten Gesicht der Resl erschien ein schadenfrohes Grinsen: »Dich juckt nicht der Schweiß, dich jucken deine Läuse. Du solltest dich mal ordentlich waschen und deine Kleider wechseln«, krächzte sie. »Du riechst übler als deine Viecher!«

»Meinem Weib macht's nichts aus«, brummte der Bauer missmutig und machte sich auf den Weg.

†††

Gleich als erste Handlung verscheuchte die alte Resl den Reininger von seiner Schlafstelle auf der Holzbank, um sich dort selbst breitzumachen. Seinen viel zu zaghaften Protest ignorierte sie, indem sie sich taub stellte. Ihm blieb also nur der knorrige Bretterboden, der ihm in jeder Nacht ein steifes Genick bescherte. Doch am schlimmsten war Resls lautes Geschnarche und ihr ständiges Furzen, das ihn auch schon mal mitten in der Nacht vor die Hütte trieb. Ansonsten war die Anwesenheit der Alten ein Segen. Sie unterstützte Maria, wo sie nur konnte, und sie hatte für die bevorstehende Niederkunft allerlei bereitgestellt: Eine Schüssel für heißes Wasser, frische Tücher und was sie sonst noch brauchte. Sie ließ Maria niemals aus den Augen, und so konnte Reininger beruhigt seiner Arbeit auf den Bergwiesen nachgehen.

Tage vergingen, und als er irgendwann an einem Vormittag weiter wegmusste, um ein paar verirrte Tiere zu suchen, und erst am späten Nachmittag wieder zurückkam, konnte er schon aus einiger Entfernung erkennen, dass Rauch aus dem Kamin aufstieg. Die Resl hatte offenbar Feuer gemacht. Er hatte so eine Vorahnung und begann zu rennen. Rasch erreichte er die Hütte und hörte schon Marias Wehklagen. Hastig riss er die Tür auf, doch die Resl schrie ihm entgegen: »Draußen bleiben. Es ist soweit.«

Aufgeregt wich er zurück und wartete vor der Hütte. Immer wieder hörte er Marias Stöhnen und Wimmern und die Resl, die Maria dazu anhielt, ruhig zu atmen und zu pressen. Dann polternde Schritte, und das alte Weib schaute kurz nach ihm und meinte: »Es wird schon gutgehn.«

»Aha!«, war alles, was er mit Mühe herausbrachte.

Dann ein Aufschrei. Er lugte besorgt und gleichzeitig neugierig durchs kleine Fenster in die Stube, wo die Resl mit Tüchern geschäftig hin und her huschte, im Topf rührte und sich zwischendurch den Schweiß von der Stirn wischte. Für ihr hohes Alter war sie ziemlich wendig. Er wandte sich wieder ab und spürte, wie sein Herz bis in die Schläfen hinein pochte. Sein Mund war trocken, aber ihm war nicht nach Wasser zumute. Er hätte es ohnehin nicht hinunterbekommen.

Dann wurde es plötzlich ruhig. Unerträglich ruhig. Eine Ewigkeit lang. Und dann ein herzzerreißendes Plärren, das nicht aufhören wollte. Nun ging ein Lächeln über sein Gesicht, und er spürte, wie er sich entspannte. Nie zuvor empfand er solch ein Glück wie in diesem Moment. Er war auf einmal so schwach, dass ihm fast die Beine versagten. Nun wollte er nicht länger warten und öffnete die Tür zur Hütte.

Die Resl bemerkte ihn sofort, obwohl sie noch in Marias Kammer beschäftigt war, und rief ihm zu: »Du bist Vater geworden. Es ist ein gesunder Bub. Auch Maria geht es gut! Der liebe Gott meint es gut mit euch. Aber nun wart noch einen Moment draußen, ich hol dich rein, wenn wir fertig sind.«

Ihm wurde schwindelig vor Aufregung, und er wäre fast zusammengeknickt, wenn er sich nicht gleich wieder draußen auf die Holzbank gesetzt hätte. Wieder verging einige Zeit, bis die Resl ihn holte. Als sie sah, wie bleich er geworden war, herrschte sie ihn an, er solle sich zusammenreißen. Schließlich habe nicht er, sondern Maria ein Kind geboren. Er nickte nur und wankte ehrfürchtig in Marias Kammer, atmete dabei tief durch.

Sie lag schweißgebadet und erschöpft, aber glücklich mit dem schlafenden Neugeborenen im Arm im Bett und lächelte. Dieser Anblick rührte ihn so sehr, dass ihm die Tränen aus den Augen rollten: »Du hast mir einen Buben geschenkt«, sagte er mit zitternder Stimme und strich ihr zärtlich über die Wange.

»Wie wird er denn heißen?«, rief die Resl durch die offene Tür in die Kammer herein. Sie war am Herd damit beschäftigt, Tücher in einem großen Topf einzuweichen. »Ich muss es ja gleich unserem Herrn Pfarrer melden, damit der Bub anständig getauft wird, weil sonst kann er nach seinem Tod nicht ins Himmelreich kommen.«

»Paul«, sagte Maria mit schwacher Stimme und lächelte Rudolf an, »Paul Reininger.«

Die Resl juchzte begeistert auf.

»Wie unser heiliger Apostel Paulus. Da wird sich unser Herr Pfarrer aber ganz besonders freun.«

†††

Pfarrer Johannes tropfte vor Anstrengung der Schweiß vom Gesicht, und auch seine Kutte war vollgesogen. Er konnte nicht ablassen, daran zu schnuppern und sich zu ekeln.

Was soll's. Wenn's getrocknet ist, riecht's eh wieder erträglicher!

Immer wieder blieb er stehen und holte tief Luft. Er konnte sich nicht daran erinnern, wann er zuletzt auf die Alm hochgestiegen war. Es musste Jahre her sein. Aber gleich hatte er es geschafft, er konnte schon das Dach von Reiningers Hütte erkennen. Und dann traf er ihn auch schon draußen auf der Weide an, wo Reininger damit beschäftigt war, etwas zu zimmern. Es sah ganz nach einer Wiege aus.

»Grüß Gott, Rudolf!«, sagte Pfarrer Johannes, und kam dabei nicht aus dem Schnaufen heraus. »Ich komm wegen eurem Bub.«

»Grüß Gott, Hochwürden«, strahlte Reininger und legte den Hammer nieder. »Wenn Hochwürden den beschwerlichen Weg hier herauf zur Alm auf sich nimmt, muss der Bub ja was ganz Besonderes sein ...«

»Lieber Rudolf, jetzt ist nur wichtig, dass du hast, was du immer wolltest. Eine liebe Frau und einen gesunden Bub. Sei glücklich und denk nicht dran, wie alles kam. Meinen Segen habt ihr.«

»Na dann vergelt's Gott.«

»Schon gut, schon gut«, winkte Pfarrer Johannes ab. »Wie steht's um die beiden?«

»Paul ist ein gesunder Bub, und Maria geht's auch gut.«

»Das hör ich gern.«

»Kommen Sie Hochwürden, ich geh mit Ihnen zur Hütte.«

»Nein, nein. Ist nicht notwendig. Lass dich nicht von deinem Tagwerk abhalten.«

Pfarrer Johannes schritt auf einmal eilig weiter und konnte schon bald darauf Maria vor der Hütte sitzen sehen. Sie wiegte liebevoll ein weißes Bündel in ihren Armen.

»Grüß Gott, Maria!«, rief er laut und winkte ihr mit beiden Armen wedelnd zu.

Sie sah nur kurz auf und legte den Zeigefinger an den Mund. Er verstand und näherte sich leise mit einem breiten Grinsen. Sie sah glücklich aus. Maria hob einen Zipfel des weißen Tuchs ein wenig an und gab ihm einen Blick auf den friedlich schlafenden Säugling frei. Er musterte das Gesichtchen und nickte zufrieden.

»Sieht ein wenig aus wie der Vater«, bemerkte sie spitz. Doch er ließ sich nicht provozieren und bewahrte Haltung. Lediglich ein leichtes Kratzen im Hals ließ ihn hüsteln. Sie rückte den Zipfel wieder schützend zurecht, hob das Bündel hoch, legte es behutsam in den Weidenkorb, der neben ihr auf der Bank stand, und brachte diesen in die Stube. Kurz darauf erschien sie wieder, vermied es aber, sich neben ihn zu setzen. Sie blieb direkt vor ihm stehen, verschränkte die Arme und wartete ab, was Pfarrer Johannes wohl vorzubringen hätte.

»Ich spüre, dass du noch immer ein wenig böse auf mich bist. Aber irgendwann wirst du mein Handeln verstehen. So wie es aussieht, ist doch alles zu deinem Besten verlaufen. Rudolf scheint dir ein guter Mann zu sein, und du hast ein Zuhause.«

Er hielt inne und hoffte auf eine zustimmende Geste. Doch Maria erlöste ihn nicht von seinem schlechten Gewissen.

»Liebe Maria, ich bin stolz auf dich, und ich bewundere dich für das, was du alles ertragen hast. Ich werde für dich, deinen Bub und Rudolf beten, damit euch Gott für immer und ewig gnädig ist.«

Da bekreuzigte sie sich und erwiderte scharf: »Und ich bete dafür, dass Gott eurer Seele gnädig ist, Hochwürden!«

Er fuhr erschrocken zusammen. So eine Antwort in diesem scharfen Ton hatte er von ihr nicht erwartet. Doch er fasste sich schnell wieder und tat so, als sei nichts gewesen. Stattdessen öffnete er seine Hand und übergab ihr ein zartes goldenes Halskettchen mit einem kleinen goldenen Kreuz als Anhänger. Sie warf ihm einen fragenden Blick zu.

»Nein, nein! Es ist nicht von mir«, sagte er, »es ist ein Geschenk von ihm. Er ist sehr an deinem Wohlergehen interessiert. Als er von deiner Schwangerschaft erfahren hat, hat er es mir durch Gutsverwalter Lafer überbringen lassen mit dem Auftrag, es dir sofort nach der Geburt für das Kind zu überreichen.«

»Bestellen Sie ihm, ich kann dieses Geschenk nicht annehmen«, sagte sie schroff.

»Aber warum denn nicht?«

»Muss ich das wirklich erklären?«

Er tat so, als hätte sie all sein Mitgefühl.

»Du musst vergessen und vergeben, mein Kind! Sei doch klug, dieses Geschenk könnte dir und deinem Sohn einmal nützlich sein.«

Sie überlegte.

Seine Stimme wurde sanft: »Komm Maria, nimm es an. Wir können ohnehin nichts mehr ungeschehen machen. Und ich bin mir sicher, dass alles mit dem Wohlwollen Gottes geschehen ist, sonst hätte er schon längst ein Unglück über uns hereinbrechen lassen.«

»Gott?!«, rief sie empört mit unterdrückter Stimme und lugte durchs Fenster. Sie wollte das Kind nicht wecken.

»Was für ein Gott soll das sein?«

Er hob mahnend den Zeigefinger.

»Halt ein und versündige dich jetzt bloß nicht. Denk doch an den Buben.«

Sie fauchte kurz, nahm dann aber doch das Geschenk an.

†††

»Ziemlich wertvoll.«

Erschrocken fuhr sie herum. Sie hatte Rudolf gar nicht kommen gehört, so vertieft war sie in ihre Gedanken, als sie das

Geschenk vor ihren Augen baumeln ließ. Rasch legte sie es zur Seite.

»Der Vater des Kindes muss wohl eine echte Herrschaft sein?«

Seine Fröhlichkeit war verschwunden, er schaute traurig drein. Sie zögerte. Beinahe wollte sie sich ihm öffnen, entschied sich aber dann doch zu schweigen. Sie fürchtete, mit der Wahrheit Dinge heraufzubeschwören, die ihr bescheidenes Glück womöglich zerstören könnten. Auch hatte sie den Eindruck, dass es ihm ohnehin schon wieder leidtat, danach gefragt zu haben. Sie ging auf ihn zu und drückte sich liebevoll an seinen geschundenen Körper. »Rudolf, ich will, dass es unser Kind ist.«

Er reagierte nicht, aber sie spürte, wie sein Herz heftig pochte.

»Wichtig ist doch nur, dass wir glücklich sind!«, erinnerte sie ihn an seine eigenen Worte.

Erst jetzt legte er zögernd seine Arme um ihre Hüften.

†††

Der Graf zu Mürze hatte seinen Gutsverwalter diskret zu sich gebeten.

»Was ist los mit Ihnen, Lafer? Ich bemerke doch, dass Ihnen irgendetwas nicht passt.«

»Darf ich ganz offen sprechen?«, fragte Lafer demütig.

Wenn er ihm so kam, wurde es meist unangenehm.

»Ich bitte darum!«

»Die Sache mit dem Geschenk … Im Nachhinein betrachtet war es vielleicht doch überhastet.«

»Warum?«

»Weil damit etwas existiert, womit eine Verbindung zu Ihnen hergestellt werden kann. Mit dieser Hochzeit wäre alles erledigt gewesen und zwar für immer.«

Der Graf fuhr sich nachdenklich über die Stirn.

»Erledigt? Aber dieses Kind ist ja auch mein Kind. Daran führt kein Weg vorbei.«

»Ja, aber ... «

»Aber ... aber ... aber ... Ich konnte nicht anders. Ich musste ihr ein Zeichen geben. Maria würde es nie gegen mich verwenden.

»Maria vielleicht nicht, aber was ist mit Pfarrer Johannes?«

»Was soll mit ihm sein? Ein raffinierter Kerl. Mich hat er mit seinem Plan vor einem möglichen Eklat bewahrt und Maria vor der Schande eines unehelichen Kindes.«

Lafer verzog das Gesicht zu einem schiefen Lächeln: »Ein ziemlich ungewöhnlicher Plan für einen Mann Gottes, finden Sie nicht? Damit stehen Herr Graf in seiner Schuld, und mit dem Geschenk kann er es auch beweisen.«

†††

Zwei Geistliche hatten auf den mit dunklem Damast bezogenen Polsterstühlen Platz genommen und musterten ehrfürchtig die vielen Ornamente und riesigen Gemälde an den Wänden. Der Raum beeindruckte sie – wie überhaupt das ganze Schloss Schönbrunn. Nach einer Weile öffnete sich endlich die Tür auf der Stirnseite des Raums, und draußen erklang laut und deutlich eine kräftige Stimme: »Ihre Majestät, die Kaiserin!«

Sie erhoben sich, verbeugten sich tief, und gleich darauf erschien Maria Theresia in einem prachtvollen hellblauen Kleid mit weißer Spitze und tief ausgeschnittenem Dekolletee, das ihren üppigen Busen betonte.

»Setzen Sie sich doch, meine Herren«, forderte sie in jovialem Ton und begab sich hinter ihren mächtigen, kunstvoll verzierten Schreibtisch.

»Was veranlasst unseren ehrwürdigen Erzbischof von Wien, mir gleich zwei seiner engsten Vertrauten zu schicken?«

»Unser Erzbischof von Wien, Seine Exzellenz Johann Joseph von Trautson, ist in großer Sorge«, sagte einer der beiden unter zustimmendem Nicken des anderen.

Ihre Augen verengten sich, und sie hob eine Augenbraue: »Was ist es, das ihm Sorgen bereitet? Er wird doch nicht erkrankt sein?«

Die Herren antworteten nicht sofort und wechselten Blicke.

»Was ist es? Raus mit der Sprache?«, setzte sie nach.

»Naja, es geht um ... um Joseph, den hochehrwürdigen Thronfolger.«

Sie beugte sich vor.

»Was ist mit ihm? Hat er etwas angestellt?«

»Er soll sehr vorlaut sein und sich wiederholt sehr kritisch über die heilige Kirche geäußert haben.«

Nun schlug sie mit der flachen Hand auf den Tisch: »Sapperlot! So ein Lausbub!«

»Jedenfalls besteht die ernsthafte Sorge, dass er vom rechten Weg des Glaubens abkommt, im schlimmsten Falle vielleicht sogar schon abgekommen ist.«

Die Kaiserin betrachtete nun offensichtlich gelangweilt ihre Hände und sagte dann in einem Tonfall, der keinen Zweifel darüber ließ, dass sie Wichtigeres zu tun hatte: »Lasst den Buben! Er ist ja fast noch ein Kind. Er wird schon noch gescheiter werden.«

Doch so leicht ließen sich die beiden nicht abschütteln: »Wir sind der Ansicht, dass hier mehr Gottesfürchtigkeit angebracht wäre.«

»Und wie stellen Sie sich das vor?«, antwortete sie mit schräg gelegtem Kopf und süffisantem Lächeln.

»Durch mehr Strenge und Disziplin«, riet einer der beiden, während der andere wieder zustimmend nickte.

Jetzt beugte sich Maria Theresia noch weiter vor und sagte mit lauter, fester Stimme: »Soll das etwa ein Vorwurf mir gegenüber sein, dass ich mein Kind nicht richtig erziehe?«

Die Geistlichen rückten nervös auf ihren Stühlen herum und gestikulierten wild mit den Armen: »Um Himmels willen, nein!«

»Was wollt's denn machen?«

»Ja … äh …, unter Umständen wäre die weitere Ausbildung in einem Kloster angebracht, zumindest zeitweise.«

»Aber meine Herren!«, unterbrach sie genervt, »Sie wollen ihn dafür gleich in ein Kloster stecken?«

»Wie uns außerdem aus verlässlicher Quelle zugetragen wurde, hat er auch die Jungfräulichkeit der Heiligen Maria Mutter Gottes auf das Äußerste in Frage gestellt!«

Sie war verblüfft.

»Inwiefern?«

»Unser Herr Jesus Christus wurde ja von der Jungfrau Maria geboren. Wir, die wir den einzig wahren Glauben vertreten, berufen uns dabei auf die Heilige Schrift, und daher entspricht es der Wahrheit. Aber Joseph soll *trotzdem* bezweifelt haben, dass eine Jungfrau ein Kind bekommen kann. Das klingt doch verdächtig nach diesen obszönen Lutherischen – oder diesen gottlosen Aufklärern!«

Ein Schmunzeln huschte über ihr Gesicht.

»Lutherische oder was sich da sonst noch so herumtreibt hin oder her. Wie die Herren sicherlich wissen, habe ich schon mehrere Kinder geboren, und das wäre sicherlich nicht als Jungfrau möglich gewesen. Zumindest kann ich mir nicht vorstellen, wie das hätte gehen sollen. Und ich weiß das ganz genau, denn ich war ja dabei.«

Die Geistlichen konnten ihre Überraschung und Empörung kaum verbergen. Sie hatten schon viel über die Kaiserin gehört, aber das war der Gipfel.

»Majestät, Jesus Christus ist der Sohn Gottes.«

»Und wie soll das hergegangen sein, bitte schön?«, warf sie ein, »etwa durch den heiligen Geist?«

Sie war stolz auf ihre scherzhaft gemeinte Frage und meinte, damit die Herren ordentlich ins Schwitzen zu bringen. Doch stattdessen erntete sie nur heftiges Kopfschütteln.

»Jawohl Majestät! Durch den heiligen Geist.«

Sie spürte, dass die Herren ihren Humor nicht verstanden und machte eine Kehrtwendung.

»Ich nehme Ihr Vorbringen natürlich sehr ernst. Mein Sohn kann doch nicht einfach die Jungfräulichkeit der Mutter Gottes anzweifeln. Ich werde mit ihm sprechen.«

Einer der beiden hob mahnend den Zeigefinger.

»Mit Verlaub! Aber einfach nur sprechen wird nichts nützen. Hier sollte doch mit Vehemenz vorgegangen werden. Nicht auszudenken, wenn er ohne Sinneswandel den Thron besteigt.«

Die Kaiserin überging diese Frechheit und holte zum Gegenschlag aus.

»Ach ja, fast hätte ich es vergessen: Überbringen Sie Seiner Exzellenz Erzbischof Trautson schöne Grüße von mir, und wenn er mir das nächste Mal etwas auszurichten hat, dann soll er sich ruhig selbst blicken lassen!«

†††

Joseph war gerade von seinem täglichen Ausritt zurückgekehrt, als ein Hofdiener aufgeregt an ihn herantrat und eine tiefe Verbeugung machte: »Ihre Majestät die Kaiserin schickt mich, um untertänigst auszurichten, dass ein Erscheinen des hochehrwürdigen Thronfolgers im Arbeitszimmer Ihrer Majestät der Kaiserin dringend von Nöten sei!«

Dringend von Nöten sei?, überlegte Joseph, konnte sich aber keinen Anlass hierfür vorstellen. »Richten Sie aus, dass ich komme, wenn ich hier fertig bin«, entgegnete er gelassen.

»Mit ... mit Verlaub!«, stotterte der Diener und verbeugte sich abermals, »mir wurde aufgetragen, den hochehrwürdigen Thronfolger ohne unnötigen Aufschub höchstpersönlich zu begleiten.«

Joseph wollte den armen Teufel nicht in Schwierigkeiten bringen und übergab sein Pferd einem Stallburschen.

»Na gut. Gehen wir!«

Der Diener war erleichtert, und so machte sich das ungleiche Paar auf zum Schloss. Während Joseph aufrecht dahinschritt, schlurfte der Diener neben ihm her. Der Thronfolger nutzte diese Gelegenheit und musterte ihn aus den Augenwinkeln. Der ältere Mann trug die übliche Livree der Hofdiener, eine weiß gepuderte Perücke mit seitlichen Locken, eine knielange schwarze Hose, weiße Strümpfen, einen roten Gehrock und ein weißes Rüschenhemd darunter. Er hielt den Kopf ständig gesenkt und blickte zum Zeichen der Demut von unten zu Joseph auf. Die ungesunde Körperhaltung hatte ihm über die Jahre einen kleinen Buckel beschert. Joseph musste bei diesem Anblick an die Worte seiner liebgewonnenen Freunde Ludowitz und Altmanner denken.

Jeder müsse irgendwann sterben, und im Tode seien alle gleich, egal ob Kaiser, Bauer oder Bettler.

Joseph blieb stehen und fragte den Diener: »Wie alt sind Sie, guter Mann?«

»Achtundsechzig, Eure kaiserliche Hoheit«, antwortete dieser und verbeugte sich erneut.

»Sie brauchen sich nicht immer zu verbeugen!«

»Sehr wohl, kaiserliche Hoheit!«, entgegnete der Diener und verbeugte sich wieder. Joseph schüttelte unmerklich den Kopf und lächelte still in sich hinein.

Im Schloss angelangt, durchschritten sie unzählige prunkvolle Räume, wobei der Diener dem Thronfolger immer wieder vorauseilte, um ihm jede der vielen Türen zu öffnen und aufzuhalten. Vor dem Arbeitszimmer der Kaiserin stand ein Türsteher, so dass Josephs Begleiter sich verbeugend und dabei rückwärts schreitend entfernte. Der Türsteher klopfte und wartete auf die Erlaubnis der Kaiserin, bevor er die Tür öffnete. Joseph trat ein und nahm Haltung an. Seine Mutter saß an ihrem Schreibtisch, neben sich einen Berg von Schriftstücken, und las. Endlich blickte sie auf und lächelte.

»Da bist du ja, mein Bub!«

Mutter ist in einer guten Stimmung. So schlimm kann es dann wohl nicht sein.

»Komm und setze dich!«

Sie wies auf den Stuhl vor dem Schreibtisch. Joseph musste an die vielen staatstragenden Besprechungen denken, die hier wohl schon stattgefunden hatten und bei denen er später einmal dabei sein würde.

»Ich will es kurz machen, mein Bub! Unser Erzbischof Trautson hat zwei Geistliche geschickt, und die haben mir mitgeteilt, dass sich die Kirche große Sorgen um dich macht.«

»Was für Sorgen?«

»Sie befürchten, dass du im Glauben wenig gefestigt und voller Zweifel bist.«

Obwohl der Ton seiner Mutter nicht bedrohlich war, konnte Joseph seine Anspannung nicht verbergen. Wohl deshalb stand sie auf, ging um ihren mächtigen Schreibtisch herum, trat zu ihm und nahm seine Hand.

»Angeblich zweifelst du an der Jungfräulichkeit der heiligen Maria Mutter Gottes?«

Er wurde vorsichtig. Die Frage war nicht so harmlos, wie sie klang.

»Was meinst du damit?«

»Gibt es irgendwelche Leute, die mit dir darüber reden?«

Nun war es raus. Sie wollte Namen. Er dachte sofort an die vielen Gespräche mit Ludowitz und Altmanner, aber er würde sie nicht verraten. Er konnte sich auf sie verlassen und sie auf ihn, deshalb lenkte er geschickt ab.

»Auch du musst doch zugeben, dass es sehr seltsam ist mit dieser Jungfräulichkeit. Ich habe doch Augen im Kopf und bin mittlerweile alt genug um zu verstehen, woher die Kinder kommen.«

»Du bist ein kluger, junger Mann, und ich bin sehr stolz auf dich. Aber hier geht es um etwas anderes. Ich glaube, es ist an der Zeit, dass wir beide über grundlegende Dinge sprechen, die mit deinen künftigen Aufgaben zu tun haben.«

Sein Gesicht erhellte sich, die Anspannung schwand. Offenbar hatte sie vor, ihn in den Kreis der Erwachsenen aufzunehmen.

»Du musst verstehen, dass unsere Herrschaft auch mit dem Wohlwollen der Kirche zu tun hat. Sie ist schließlich überall, in jeder Stadt, in jedem Dorf. Es wäre ein Leichtes für sie, von der

Kanzel herab gegen uns aufzutreten und Unruhe in das leichtgläubige Volk zu tragen. Die Kirche besitzt die Macht über den Geist der Menschen.«

»Aber du bist doch die Kaiserin«, warf er ungeduldig ein, »kannst du ihr diese Macht nicht einfach wegnehmen?«

»Mein lieber Joseph, lass dir Folgendes gesagt sein: Es gibt Dinge, die brauchen Zeit.«

»Was meinst du damit?«

»Aufklärung, Bildung ...«

»Dann gehen wir doch hinaus und klären das Volk auf«, rief er aus.

Die Kaiserin hob beschwichtigend die Hand: »Nicht wir müssen das Volk aufklären. Wir müssen Aufklärung und Bildung zulassen.«

Joseph verstand nicht. Noch nicht.

5

(Drei Jahre später …) Der kleine Paul war zu einem gesunden, munteren Buben herangewachsen und hatte in diesem Frühling beim Aufstieg zur Hütte den größten Teil des Weges auf eigenen Beinen zurückgelegt. Auf dem letzten Drittel verließen ihn dann doch die Kräfte, so dass Rudolf ihn auf die Schultern nahm. Wie jedes Jahr war es oben in den Bergen noch sehr viel kühler, und sie mussten auch einige Schneefelder queren.

Als sie den Aufstieg endlich geschafft hatten, blieben sie schnaufend vor der Hütte stehen, sahen sich um und genossen den vertrauten Blick ringsum auf die Berge. Hier wartete nicht nur die Arbeit, sondern auch der Sommer, die Bergwiesen und die Freiheit, unbeobachtet und frei von den Dorfbewohnern leben zu können. Maria hatte ihr Schicksal längst angenommen und war zufrieden mit dem einfachen und harten Leben auf der Alm.

Rudolf schaufelte die Eingangstür der Hütte vom Schnee frei, und sie betraten ihr Zuhause. Er machte sich zuallererst daran, Feuer zu machen. Dann wandte er sich dem kleinen Paul zu und meinte: »Bis das Essen fertig ist, schauen wir zwei Männer uns draußen ein wenig um«, und nahm ihn an der Hand. Sie liefen zur nächstgelegenen Anhöhe. Nicht allzu weit entfernt breitete sich das mächtige, schneebedeckte Hochschwab-Gebirge aus.

Paul war nicht nur sehr quirlig, sondern auch sehr wissbegierig. Rudolf erzählte ihm, dass über die Flanken dieses wuchtigen Berges noch niemand aufgestiegen sei. Daher wäre es ungewiss, ob dort oben nicht irgendwelche bösen Geister wohnten. Mit Sicherheit aber lebten dort zottelige Bären und Adler. Es sei daher besser, dem Hochschwab mit Ehrfurcht zu begegnen.

Dem Bergmassiv gegenüber lag ein stark bewaldeter Höhenzug, was Paul zunächst weniger interessant erschien. Einzig die Tatsache, dass dieser Höhenzug über einen Pass zu bezwingen sei, ließ ihn aufhorchen. Was ein Pass ist, hatte ihm Rudolf schnell erklärt.

»Dieser Pass heißt Pogusch, und da steht ein Wirtshaus, damit sich die Leute nach dem anstrengenden Anstieg ordentlich erholen können. Drüben geht es wieder steil bergab durch eine lange, finstere Schlucht. Am Ende kommt dann ein breites Tal mit ganz vielen Dörfern. Es heißt Mürztal, weil dort der Mürzfluss fließt.«

Die beiden spazierten gemächlich weiter, überquerten Wiesen, die zum Teil noch mit Schnee bedeckt waren. Schließlich gelangten sie zu einem Schneefeld, das steil über eine schattige Flanke abfiel.

»Da darfst du niemals drüberlaufen«, warnte Rudolf in strengem Ton. Doch als er bemerkte, dass der kleine Paul ihn nicht verstand, hob er einen faustgroßen Stein auf und schubste ihn auf das weiße Feld. Der Stein kam sofort ins Rollen, und sie beobachten, wie er immer schneller wurde und am unteren Ende des Feldes ungebremst in die Weite hinausschoss und verschwand.

Rudolf kauerte sich vor den Buben und sah ihm fest in die Augen: »Das kann auch mit dir passieren, wenn du über das Schneefeld läufst. So, aber nun gehen wir zurück. Mama hat sicher schon etwas Gutes gekocht und wartet auf uns.«

†††

»Was sind das für Lichter?«, fragte Paul und zeigte zum Himmel hinauf, der an diesem Abend besonders klar war. Maria schaute ihr Söhnchen an, das zwischen ihr und Rudolf auf der Holzbank vor der Hütte saß: »Das sind Engelchen im Himmel mit ihren Laternen.«

»Was sind Engelchen?«

»Das sind besonders brave Kinder, die da oben beim lieben Gott, seinem Sohn Jesus Christus und dem heiligen Geist wohnen.«

»Ich möchte auch ein Engelchen sein«, entgegnete Paul.

Maria begann zu lächeln und zwinkerte Rudolf zu.

»Dann musst du immer folgsam sein und viel beten.«

Sie zog ihr wollenes Tuch fester um ihre Schultern. Die Abende waren noch immer sehr kühl. Dann erhoben sich die drei und gingen ins Warme. Es war Zeit zum Schlafengehen. Paul war jener Wiege, die ihm Rudolf seinerzeit gezimmert hatte, längst entwachsen. Er schlief mittlerweile in einem schmalen Holzbett, das in Marias Kammer gerade noch Platz gefunden hatte. Rudolf hatte sich dauerhaft auf der Holzbank in der Stube einen Schlafplatz hergerichtet.

Die Nächte auf der Alm waren gewöhnlich still. Nur gelegentlich hörten sie das leichte Rauschen des Windes. Schlimm wurde es nur, wenn in Sommernächten ein Gewitter über die Alm hinwegbrauste. Sturm, Blitz und Donner setzten der kleinen Hütte dann erheblich zu. Jetzt im Frühjahr gab es gelegentlich noch einen Schneesturm, der Verwehungen hinterließ, die am nächsten Tag nur mühsam weggeschaufelt werden konnten. In solchen Nächten heulte der eiskalte Wind bedrohlich und pfiff durch jede noch so kleine Ritze. Doch in dieser ersten Nacht nach dem langen Winter blieb es ruhig. Die Familie schlief tief und fest.

Als der Morgen dämmerte und die ersten Sonnenstrahlen in Marias Kammer fielen, erwachte sie, blieb noch eine Weile mit geschlossenen Augen liegen und genoss die Wärme unter ihrem Federbett. Dann blinzelte sie hinüber zu Pauls Bettchen. Abrupt setzte sie sich auf. Er war nicht da.

Wahrscheinlich ist er zu Rudolf gegangen.

Mit einem Satz sprang Maria aus dem Bett und lief in die Stube. Rudolf lag allein auf seiner Bank und schnarchte. Sie schaute sich um und spürte einen kalten Luftzug. Die Tür nach draußen stand einen kleinen Spalt offen. Während sie laut rief »Rudolf aufwachen«, schlüpfte sie in ihre Schuhe und rannte hinaus. Keine Spur von ihrem Sohn. Eilig lief sie in die Hütte zurück, wo Rudolf sich gerade einen Stiefel zuschnürte.

»Rudolf, Paul ist weg!«

»Was? Weg?«, stammelte er und beeilte sich, in den anderen Stiefel reinzukommen.

»Wir müssen ihn suchen«, flehte Maria nun mit tränenerstickter Stimme.

»Maria, du musst dir erst etwas anziehen, du wirst dir sonst den Tod holen!«

Sie schaute an sich hinunter und bemerkte erst jetzt, dass sie in ihrem Nachthemd in die Kälte gerannt war.

Vor der Hütte riefen die beiden dann in alle Himmelsrichtungen Pauls Namen, aber außer einem verhaltenen Echo kam keine Antwort. Sie trennten sich und suchten die Alm ab, liefen zu allen Wiesen, Weiden, über alle Wege, die sie mit Paul schon gegangen waren. Doch es gab keine Spur von ihm. Schließlich sank Maria erschöpft auf die Bank vor der Hütte.

»Wo kann er nur hingegangen sein?«

Maria war nahe daran, völlig die Nerven zu verlieren. Sie schluchzte: »Bitte denk nach. Was kann für einen kleinen Buben so interessant sein, dass er allein aufsteht und rausgeht – mitten in der Nacht?«

Rudolf schüttelte verzweifelt den Kopf.

»Ich hab ihm gestern ein wenig die Alm gezeigt«, und während er es sagte, dachte er an das Schneefeld, zu dem sie gelaufen waren.

»Oh mein Gott!«

Er rannte los, Maria folgte ihm mit großer Mühe. Als sie das Feld erreichte, stand Rudolf vornübergebeugt, die Arme in die Taille gestemmt, heftig atmend da und schaute mit vor Entsetzen geweiteten Augen auf das Feld. Kleine Fußabdrücke führten steil nach unten und verloren sich an der Kante. Maria erbleichte und stürmte los ohne zu überlegen. Rudolf gelang es nicht mehr, sie aufzuhalten. Schon nach wenigen Schritten stürzte sie und rutschte mit dem Kopf voran ab. Auch er selbst hatte das Gleichgewicht verloren, konnte sich aber im harschen Schnee gerade noch festkrallen. Ein entsetzlicher Schrei aus Marias Kehle schnürte ihm die Luft ab.

†††

Ludowitz hatte alle seine Leute vor den Hofställen versammelt und ihnen befohlen, auf ihn zu warten und sich nicht von der Stelle zu rühren. Dann war er ohne weitere Erklärung zum

Schloss geeilt. Nach kurzer Zeit kam er zurück, eine auffällige Gestalt an seiner Seite.

»Habt ihr so etwas schon gesehen?«, sagte einer von seinen Leuten leise, und stieß seinem Nachbarn mit dem Ellbogen leicht in die Seite.

»Der kann ja direkt vom Boden aus in den Sattel steigen, ohne die Haltebügel zu benutzen.«

Ein ungewöhnlich großer Mann mit wuchtigem Körper begleitete Ludowitz. Ein wahrer Riese. Er war etwa Mitte zwanzig und hatte schulterlange hellbraune Haare und einen kurz geschnittenen dichten Vollbart, die Augen strahlend blau. Sein ganzes Gehabe drückte Entschlossenheit aus. Bekleidet war er mit einer grob gearbeiteten schwarzen Jacke aus dickem Wollstoff. Darunter trug er ein weißes Hemd mit großem, weit geöffneten Kragen, das den Blick auf seine behaarte Brust freigab, sowie eine abgetragene enganliegende Hose aus braunem Leder. Die schwarzen Stiefel reichten ihm bis zu den Knien. Diese Bekleidung entsprach keinesfalls der, die in der höfischen Gesellschaft als schicklich und angemessen galt.

»Meine Herren!«, begann Ludowitz ohne Umschweife und deutete auf den Riesen. »Auf Wunsch unserer Kaiserin darf ich euch Vinzenz vorstellen.«

Der Angesprochene grüßte wortlos, indem er seine linke Hand, groß wie eine Bärenpranke, hob. Er verzog keine Miene.

Die anderen grüßten nickend zurück.

»Vinzenz wird ab sofort hier arbeiten. Die Kaiserin und ich erwarten, dass ihr ihn herzlich aufnehmt.« Er hielt kurz inne, sagte dann aber etwas Erstaunliches: »Bei Tätigkeiten, die er körperlich nicht ausführen kann, ist er tunlichst zu unterstützen.«

Seine Zuhörer tuschelten.

»Ich will es kurz machen. Vinzenz hat sich durch seinen Mut auf dem Schlachtfeld auf das Allerlöblichste ausgezeichnet. Unter größter Aufopferung für die Sache unseres Kaiserreichs hat er alle Finger der rechten Hand verloren, als er mit bloßen Händen das Bajonett eines Feindes abwehren musste.«

Sofort richteten sich alle Augen neugierig auf die rechte Hand des Riesen. Wegen der fehlenden Finger sah sie auf den ersten Blick aus wie eine geballte Faust.

Vinzenz verzog weiterhin keine Miene.

Es war schließlich Johann Altmanner, der hervortrat und auf ihn zuging: »Ich freue mich, dass du bei uns bist, Vinzenz. Herzlich willkommen!«

Er ergriff er die unversehrte Hand des Neuen und schüttelte sie kräftig, gerade so, als sei es die normalste Sache der Welt. Nach und nach taten es ihm die anderen gleich. Ludowitz beobachtete die Szene mit zufriedenem Gesichtsausdruck, zog Altmanner zu sich heran und flüsterte ihm ins Ohr: »Kümmere dich um ihn. Ich glaube, er ist ein guter Mann.«

†††

Bitte lieber Gott mach, dass das alles nur ein böser Traum ist und ich endlich aufwache! Reininger war wie gelähmt, und in seiner Panik fiel ihm nichts Besseres ein, als zu beten. Doch dann sagte ihm sein Verstand, dass er rasch handeln musste. Er schob alle Bedenken beiseite und tastete sich mit allen Vieren auf dem Schneefeld nach unten.

Nur ja nicht ausrutschen!

Ganz langsam kam er der gefährlichen Kante näher. Er kroch nach vorne und schaute hinab.

Es ging senkrecht hinunter, die Kante aber glücklicherweise nicht höher als eine Mannslänge. Darunter breitete sich in einem weiten, etwas flacheren Bogen ein Schneefeld aus, das vor einer Geröllhalde endete.

Dort konnte er zwei reglose Gestalten im Schnee erkennen. Sofort hangelte er an der Kante hinab. Mit äußerster Vorsicht kroch er Meter um Meter weiter. Nach kurzer Zeit, die ihm selbst aber wie eine Ewigkeit vorkamen, erreichte er die beiden.

Sie lagen wenige Meter voneinander entfernt auf dem Bauch, die Gesichter in den Schnee gedrückt. Behutsam drehte er Paul um und rief gleichzeitig Marias Namen so laut er konnte. Paul atmete! Vorsichtig hob er ihn an, schloss ihn in die Arme, entledigte sich dann seiner Jacke und wickelte den unterkühlten kleinen Körper darin ein. Nun kroch er zu Maria. Sie wimmerte.

Er drehte sie um, tätschelte ihre Wangen, und sie öffnete ihre Augen.

»Paul lebt«, beruhigte er sie, »alles wird gut. Kannst dich bewegen? Sei vorsichtig, krieche hinter mir her.«

Langsam krochen sie zu Paul. Maria streckte ihre Arme nach dem Buben aus und drückte ihn zärtlich an sich. Sanft streichelte sie ihm über den Kopf, küsste ihn immer wieder auf die Wangen und flüsterte ihm Liebkosungen ins Ohr.

Lieber Gott, ich danke dir, dass du mir meine Familie gelassen hast, dachte Reininger und bekreuzigte sich.

Pauls Atem wurde langsam kräftiger, und zaghaft öffnete er die Augen: »Mama!«

»Mama ist bei dir. Alles wird gut«, hauchte Maria.

Rudolf mahnte: »Wir müssen rasch weg von hier! Komm, gib ihn mir.«

Dann kroch er mit dem Kleinen im Arm vorsichtig zurück bis unter die Kante des oberen Schneefelds. Maria kam schwerfällig und stöhnend hinterher.

»Es ist wohl besser, wenn du da zuerst hinaufkletterst«, sagte er zu ihr, worauf sie all ihre Kräfte sammelte und sich mit seiner Hilfe und viel Mühe hochstemmte. Er reichte ihr den Buben nach und machte sich dann selbst daran, die Kante zu erklimmen. In dem Moment hörte er ein verräterisches Ächzen.

Rudolf, der sein ganzes Leben in der freien Natur verbracht hatte, kannte es nur zu gut und hielt inne.

»Maria, bring dich und den Buben in Sicherheit! Schnell!«

Da brach auch schon die gefrorene Schneedecke unter seinen Füßen und donnerte mit ihm hinab.

†††

»Eine furchtbare Verletzung«, sagte Altmanner und zeigte auf Vinzenz' rechte Hand. Der jedoch zuckte nur mit den Schultern. Er hatte sich offenbar damit abgefunden, und Mitleid schien er nicht zu mögen. Altmanner spürte seinen Unwillen und sagte rasch: »Soll ich dir etwas Ungewöhnliches zeigen?«

Vinzenz schaute ihn nur fragend an.

»Komm mit!«

Sie liefen in die Stallungen, vorbei an unzähligen Pferdeabteilen bis Altmanner vor einem großen Gatter anhielt.

»Das ist unser größtes Pferd im Stall.«

Vinzenz musterte fasziniert das imposante Tier mit seinen langen, dichten Zotteln an den Unterläufen.

»Dieser Hengst sowie die beiden Stuten dort hinten kommen ursprünglich aus Frankreich und gehören zur Rasse der

Percheron. Prachtvolle, starke Tiere. Wir verwenden sie auch gern für die schweren Arbeiten«, fügte Altmanner hinzu.

Das Tier musterte die beiden misstrauisch, worauf Vinzenz ihm langsam die Rechte hinhielt, es daran schnuppern ließ und es dann behutsam zu kraulen begann. Die beiden waren Riesen, und beide waren stark. Das schien sie zu verbinden.

»Wir wollen ihn schon lange dazu bringen, mit seinen beiden Weibern Nachwuchs zu zeugen. Bis jetzt ohne Erfolg. Vielleicht hört er ja auf dich«, sagte Altmanner und lächelte Vinzenz zu.

»Ich werde mich bemühen. Wahrscheinlich ist er nur zu schüchtern.«

Dann wandte er sich voll und ganz dem Tier zu.

»Brauchst aber nicht zu sein, mein Schöner! Die Weiber mögen dich, das habe ich schon gesehn.«

»Mit Pferden kannst du offensichtlich umgehen«, sagte Altmanner, »ich überlege, wo du uns noch dienlich sein könntest.«

Vinzenz verzog sein Gesicht und lächelte säuerlich: »Ist schwierig mit einem Krüppel, oder?«

Altmanner versuchte erst gar nicht zu heucheln.

»Es macht die Sache jedenfalls nicht einfacher. Aber ich will nicht, dass dich die Leute hier als Krüppel sehen, und ich will schon gar nicht, dass du dich selbst so siehst.«

Da streckte Vinzenz Altmanner die rechte Hand entgegen.

»Meine Finger sind weg. Da ist leider nichts zu machen.«

»Wir müssten irgendwas über deine Hand stülpen und am Arm befestigen. Irgendwas, womit du diese Hand wieder gebrauchen kannst.«

Vinzenz schüttelte ungläubig den Kopf: »Und was soll das sein?«

»Ich hab da vielleicht eine Idee«, sagte Altmanner und bat ihn, ihm zu folgen. Sie liefen zu einem Schuppen, in dem allerlei Kram und altes Zeug lagerte. Altmanner begann, in einer großen Holzkiste zu wühlen. Schließlich zog er einen Gegenstand heraus, der aus vielen Eisenplättchen zu einem Ganzen gefügt war. Vinzenz griff danach.

»Ein eiserner Handschuh einer alten Ritterrüstung.«

Ihn schien die Sache eher zu belustigen.

»Anprobieren«, forderte Altmanner.

Vinzenz stülpte das schwere Eisengewebe über seine Hand und machte damit ein paar ruppige Bewegungen.

»Es gehört befestigt, sonst fliegt es davon.«

»Und Eisen auf nackter Haut, das ist auch nicht gut«, ergänzte Altmanner.

»Vielleicht sollte ich zuerst einen Lederhandschuh anziehen?«

»Das könnte gehen ... Ja, ich bin mir sogar sicher, dass das geht!«

†††

Gerade noch das Getöse der abgegangenen Lawine und nun diese bedrückende Stille. Nur Marias Herz pochte laut. Sie hatte das Gefühl, als sei soeben die ganze Welt erstarrt. Sie wollte ihren Mann rufen, doch sie brachte keinen Ton heraus. In ihrer Verzweiflung presste sie den kleinen Paul noch enger an sich und schloss erschöpft die Augen.

Plötzlich hörte sie eine Stimme schreien.

»Maria!«

Sie hielt die Augen geschlossen.

Jetzt nicht!

»Maria!«

Die Stimme wurde lauter.

»Maria, hörst du mich?«

Da wurde sie kräftig am Arm gepackt.

»Maria, ich bin es.«

Sie schaute in das Gesicht des Bauern, bei dem die alte Weinberger Resl gearbeitet hatte. Sie wollte ihm erklären, was passiert war, doch er hatte die Situation längst erfasst und nahm ihr Paul aus dem Arm.

»Maria, rühr dich nicht von der Stelle!«, befahl er und stieg geschickt mit dem Kind im Arm bis ganz nach oben. Dort wartete die Resl. Dann kehrte er zurück und sah ihr tief in die Augen.

»Maria, reiß dich zusammen. Wir müssen da hinunter und versuchen, Rudolf rauszuholen. Alleine schaff ich das nicht!«

»Ja, Rudolf rausholen …«, stammelte sie und krallte sich im Schock an ihm fest. Darauf gab er ihr links und rechts eine schallende Ohrfeige.

»Du Grobian!« rief die Resl herunter.

»Halt's Maul!«, rief er zurück, »sie muss wieder klar werden im Kopf.«

»Wenn du so fest zuschlägst wird sie nicht klar, sondern blöd!«

»Ach was«, rief der Bauer, »ihr Weiber seid doch alle zäh und haltet das schon aus!«

Tatsächlich brummte Maria gewaltig der Schädel. Aber die grobe Behandlung schien zu wirken, denn sie schüttelte sich und sagte mit fester Stimme: »Du darfst Paul nicht allein lassen.«

»Keine Sorge«, entgegnete er, »schau hinauf und überzeug dich. Die Resl passt auf ihn auf. Und nun hör mir zu: Wir steigen jetzt da runter zu Rudolf.«

Sie deutete verzweifelt auf den Lawinenkegel.

»Wie sollen wir ihn da bloß finden?«

»Wird schon irgendwie gehen. Komm jetzt!«

Er tastete sich vorsichtig voran, und sie folgte ihm. Eine Weile ging alles gut, doch dann war sie nur einmal kurz unaufmerksam und verlor das Gleichgewicht. Zum Glück reagierte er sofort und fing sie auf.

»Wenn du jetzt auch noch abstürzt, trag ich dich sicher nicht hinauf. Viel zu gefährlich. Musst dann hier an Ort und Stelle verrecken und dann kommen die Geier. Kein schöner Anblick«, schimpfte er.

Sie hielt sich an seinem Arm fest, und so schafften sie es bis zur Unglücksstelle.

»Was jetzt?«, fragte sie.

Er überlegte.

»Wir müssen zuerst an der Oberfläche nach irgendwelchen Hinweisen suchen. Viel Zeit bleibt uns aber nicht.«

Er krabbelte auf den Schneehaufen und begann eifrig herumzustöbern, Meter für Meter, und fand tatsächlich einen Stiefel. Mit bloßen Händen begann er nun wie wild zu buddeln und rief plötzlich triumphierend aus: »Ich hab ihn!«

Sofort kroch sie herbei, und mit vereinten Kräften legten sie schließlich Rudolfs Kopf frei. Der Bauer beugte sich hinab und horchte.

»Er atmet schwach ... sehr schwach.«

»Rudolf«, rief Maria ängstlich.

Sie kniete sich nieder, nahm liebevoll Rudolfs bleiches Gesicht in ihre Hände und streichelte ihn.

»Rudolf, bitte bleib bei deiner Familie! Wir brauchen dich so sehr«, flehte sie weinend.

Rudolfs Atem beschleunigte sich ein wenig.

»Rudolf! Rudolf! Komm' mach die Augen auf, ich bin es, deine Frau!«

Seine Lippen bewegten sich leicht, und unter größter Anstrengung hauchte er leise: »Ich bin kein schlechter Mensch.« Danach tat er einen letzten schweren Atemzug.

»Mein Rudolf, du bist ein guter Mensch, und ich liebe dich! Jawohl, ich liebe dich ... hörst du?«, schrie sie ihn an, doch Rudolf Reininger war in der Gewissheit gestorben, in seinem Leben nie wirklich geliebt worden zu sein.

†††

Nach vielen Versuchen hatten es Altmanner und Vinzenz endlich geschafft, die eiserne Hand an Vinzenz' Unterarm mit Lederriemen zu befestigen.

»Damit wirst du dich bei der Arbeit auf alle Fälle leichter tun«, sagte Altmanner.

Die anderen begutachteten skeptisch Vinzenz und seine eiserne Hand.

»Ob das wohl hält?«

»Lasst es uns ausprobieren! Kommt und zieht daran«, forderte Vinzenz und nahm es gleich mit drei Männern auf. Es gelang ihnen nicht, ihm den eisernen Handschuh zu entreißen.

Dann kam ein kräftiger Mann mit einem Holzbrett daher und platzierte es zwischen zwei Tischen.

»Hau drauf!«

Vinzenz zögerte zunächst, holte dann aber kräftig aus und schlug zu. Kurzes Knacken, Splitter flogen durch die Luft, und das Brett war in zwei Teile zerborsten. Die Männer nickten anerkennend.

»Nimm jetzt das!«, forderte ein schmächtiger Blonder und legte ihm zwei Bretter übereinander hin. Vinzenz holte abermals aus. Lautes Krachen. Trümmer.

»Nicht schlecht! Schaffst du auch drei?«

Vinzenz schlug mit voller Wucht zu. Kein Problem.

»Ab heute nennen wir dich nur mehr Eisenvinz«, lachte Altmanner und klopfte ihm auf die Schulter.

†††

»Komm Maria, wir müssen ihn ganz ausgraben und hinauf zur Hütte schaffen!«, sagte der Bauer.

»Ich kann nicht, ich hab nicht genug Kraft«, schluchzte sie.

»Dann mach Platz!«

Schweren Herzens wandte sie sich ab, und der Bauer legte den Leichnam allein frei. Dann packte er ihn an den Füßen und zog ihn aus dem Schnee heraus.

»So, das wäre geschafft«, sagte er, als hätte er gerade einen Sack Getreide zur Seite gelegt. Nach einer kurzen Verschnaufpause ergriff er die Arme des Toten und zerrte den Körper schrittweise den Hang hinauf.

Als er es schon fast geschafft hatte, verlor er kurz den Halt, fiel auf die Leiche und rutschte mit ihr in bizarrer Umarmung ein wenig ab. Er blieb auf dem toten Körper liegen, bis klar war, dass er nicht weiter abzurutschen drohte, und richtete sich vorsichtig wieder auf.

»Ein Weib wäre dem Rudolf jetzt sicher lieber gewesen als ich«, sagte er, doch Maria hatte für diesen Galgenhumor kein Verständnis. Ihr liefen Tränen übers Gesicht.

Unbeeindruckt schleppte der Bauer den Leichnam ohne weitere Zwischenfälle bis nach oben und setzte sich schweißüberströmt erst einmal auf den Boden. Maria nutzte die Gelegenheit, um ihrem Rudolf liebevoll durch die Haare zu fahren.

»Ich lieb dich ja so«, schluchzte sie und küsste ihn auf die kalten Wangen.

Bei diesem Anblick trieb es selbst dem hartgesottenen Bauern die Tränen in die Augen.

»Er war wohl immer sehr gut zu dir?«

»Ja. Er war ein herzensguter Mensch.«

»Wer hätte das gedacht«, sagte er und holte tief Luft, »so, aber nun sollten wir weiter. Die Resl wartet mit deinem Bub sicher schon in der Hütte auf uns.«

Darauf hob er den Toten hoch und trug ihn unter großer Anstrengung bis vor die Tür der Hütte.

»Wo ist mein Bub?«, wollte Maria von der Resl wissen.

»Er schläft. Er ist erschöpft, aber es geht ihm gut«, sagte sie und bekreuzigte sich beim Anblick des Leichnams mehrmals.

»Wir sollten ihn so rasch wie möglich ins Tal bringen, bevor er runzlig wird«, drängte der Bauer.

†††

Pfarrer Johannes öffnete die Tür und beäugte das seltsame Häufchen Elend.

»Was ist los?«

Statt einer Antwort begannen Maria und die Resl laut und unverständlich zu jammern, während der Bauer auf einen alten Karren zeigte. Pfarrer Johannes eilte sofort herbei, schob die Decke ein wenig zur Seite und klatschte die Hände zusammen.

»Maria und Josef!«

Dann fiel er auf die Knie und murmelte ein Gebet. Unterdessen sackte Maria in sich zusammen und musste vom Bauern und der Resl gestützt werden. Der kleine Paul, der nicht recht wusste, was hier vor sich ging, klammerte sich ängstlich an ein Bein seiner Mutter.

Pfarrer Johannes rückte die Decke wieder zurecht und verschwand wortlos im Pfarrhaus. Der Bauer folgte ihm unverzüglich.

»Er ist tot. Aus. Ende.«

»Das sehe ich selber!«, brüllte Pfarrer Johannes und schluckte heftig, »wie ist das hergegangen?«

»Die Resl und ich waren schon früh auf der Alm, um Nachschau zu halten.«

Der Bauer berichtete den ganzen Vorfall und fragte abschließend: »Hochwürden, wann soll er beerdigt werden?«

»So rasch wie möglich, ich hoffe nur, dass wir ihn der geweihten Erde des Friedhofs übergeben können.«

Der Bauer griff sich grübelnd ans Kinn: »Was soll das heißen?«

»Es bestehen Zweifel, ob Reininger das Sakrament der Taufe empfangen hat. Niemand im Dorf wird es bezeugen können, da er ja nicht von hier war. Ohne Taufe darf er keinesfalls in geweihtem Boden begraben werden. Was würden die anderen dazu sagen? Die hätten keine Freude mit ihm.«

»Welche anderen?«

Pfarrer Johannes rieb sich nervös die Hände.

»Die anderen eben ... die, die schon in der Erde liegen.«

Der Bauer riss die Augen auf.

»Die reden noch? Also wenn ich am Grab meiner Eltern steh, hab ich noch nie jemanden reden gehört. Nicht mal meine Mutter, und die hat ständig über alles gemeckert.«

Pfarrer Johannes fuchtelte wild mit den Armen.

»Du verstehst überhaupt nichts! Das hast du nun davon, wenn du bei den Gottesdiensten immer schläfst.«

»Das stimmt nicht, ich schlafe ja gar nicht.«

»Lüge mich nicht an, ich seh doch, wie du einnickst. Also: Wenn sie gestorben sind, werden ihre Körper der geweihten Erde übergeben, aber ihre Seelen leben weiter. Und die reden dann, weil sie es nicht mögen, wenn neben ihren Körpern irgendwelche Leute wie der Reininger liegen. Reininger hätte noch zu Lebzeiten alle Zweifel selbst ausräumen können, aber er hat es ja nicht getan.«

Der Bauer kratzte sich am Kopf.

»Ausräumen? Wie?«

»Durch besonders eifrigen Kirchgang zum Beispiel.«

»Aber Hochwürden! Als Hirte konnte er doch die Tiere auf der Alm nicht einfach sich selbst überlassen.«

»Willst du mir damit sagen, dass die Tiere wichtiger sind als Gott? Hüte deine Zunge!«

Der Bauer war verstört und wandte sich zum Gehen. Doch Pfarrer Johannes hielt ihn zurück:

»Halt! Bis die Sache geklärt ist, verbiete ich dir, mit jemandem darüber zu reden, hast du verstanden?«

Der Ermahnte brummte nur ein paar unverständliche Worte und verschwand. Da platzte auch schon Edeltraud herein. Ihr Gesichtsausdruck verhieß nichts Gutes. Sie hatte gerötete Augen, und ihre Lippen waren zornig zusammengepresst.

»Ich will allein sein«, herrschte Pfarrer Johannes sie an.

»Nicht jetzt!«, fuhr sie ihn an.

Er wusste nur allzu gut, dass er sie nicht weiter reizen durfte, deshalb sagte er mit betont gütiger Stimme: »Nimm doch erst einmal Platz und beruhige dich, mein Kind.«

Sie lehnte mürrisch ab. Stattdessen presste sie ihre Hände in die Hüften und baute sich direkt vor ihm auf.

»Ich habe gehört, dass Reininger nicht auf dem Friedhof beerdigt werden soll. Haben Hochwürden etwa vergessen, wer ihn für die Hochzeit mit Maria bestimmt hat? Hierfür war er gut genug? Hierfür brauchte er nicht das Sakrament der Taufe?«

»Aber mein liebes Kind«, versuchte Pfarrer Johannes sie zu besänftigen, doch sie geriet nur noch mehr in Rage und schrie: »Er war ein braver Mann und hat ein Recht auf eine anständige Beerdigung! Er hat Maria auf Händen getragen, und er hat auch den kleinen Paul geliebt, als wäre es sein eigenes Kind! Oder soll jetzt jedermann erfahren, wer der leibliche Vater ist?!«

»Glaubst du wirklich, dass die Leute *dir* mehr Glauben schenken als mir?«, gab er provozierend gelassen zurück.

Edeltraud lachte bitter auf.

»Da gibt es aber auch noch eine andere Person außer mir!«

»Wer soll das denn sein?«, höhnte er.

»Maria! Sie wird doch wohl noch wissen, wer der leibliche Vater ist. Sie war ja dabei. Schon vergessen? Oder glauben Hochwürden wirklich, dass sie beim Schwur auf die Bibel lügen würde?! Und zuletzt gibt es da ja auch noch Gott, den Allmächtigen. Oder würde Hochwürden nicht davor zurückschrecken, vor Gott zu lügen?!«

Diese Worte verunsicherten ihn, aber das wollte er nicht zeigen. Er tat, als lenke er ein: »Also gut. Ich werde Gnade vor Recht walten lassen und davon ausgehen, dass Reininger wohl in einer anderen Pfarre getauft worden ist.«

»Da bin ich mir ganz sicher, dass es so war, Hochwürden«, pflichtete sie ihm ironisch bei.

Widerwillig begab er sich daraufhin vor das Pfarrhaus, wo sich noch immer das ganze Häufchen Elend um den Leichnam geschart hatte und in stille Gebete versunken war.

»Hört!«

Er hob eine Hand und fuhr mit sanfter Stimme fort: »Ich habe mit Gott dem Allmächtigen Zwiesprache gehalten! Mmmh ja … Er war es, der unseren geliebten Reininger allzu früh zu sich ins Paradies gerufen hat. Es ist der ausdrückliche Wunsch des Herrn, unseren lieben Verstorbenen schon morgen der geweihten Erde unseres Friedhofes zu übergeben, damit er in Frieden ruhen kann.«

Nach einer kurzen Pause deutete er auf den Bauern: »Ich wäre dir sehr dankbar, wenn du Maria und den Buben jetzt in ihrer Not ein wenig auf deinem Hof aufnehmen könntest, bis ich eine Lösung gefunden habe. Ich werde dich dafür ganz besonders innig in meine Gebete einschließen und vor Gott lobend hervorheben.«

Ein zufriedenes Grinsen huschte über das Gesicht des Bauern.

†††

»Ja, ja!«, rief der Graf zu Mürze genervt, als es schon wieder an die Tür seines Arbeitszimmers klopfte. Seit er sich an den Schreibtisch gesetzt hatte, wurde er ständig unterbrochen. Einmal war es seine Frau Agnes, dann wieder eines seiner Kinder. Doch diesmal trat zur Abwechslung Lafer ein. Er wirkte aufgeregt.

»Herr Graf, ich habe Neuigkeiten aus Turnau!«

Mit einem prüfenden Blick zur Tür vergewisserte sich der Graf, dass diese auch wirklich geschlossen war.

»Ich hoffe doch nichts Schlimmes?«

»Ich fürchte doch! Ich habe nämlich durch einen Boten von Pfarrer Johannes die Kunde erhalten, dass es ein Unglück auf der Turnauer Alm gegeben hat. Rudolf Reininger ist in einer Lawine zu Tode gekommen.«

Der Graf erhob sich, ging ans Fenster und schloss die Augen.

»Was ist mit Maria und dem Kind?«

»Beiden wäre es beinahe gleich ergangen. Sie sind aber gerade noch glimpflich davongekommen, weil die Weinberger Resl und ihr Bauer ...«

»Und wo sind die beiden jetzt?«, unterbrach der Graf.

»Auf dem Bauernhof, bei dem auch die Resl ihr Dasein fristet.«

»Können sie dortbleiben?«

»Darüber hat der Bote nicht gesprochen.«

Die Zweifel in Lafers Worten waren nicht zu überhören.

»Auf die Alm hinauf können sie sicher nicht mehr. Eine Frau allein mit einem kleinen Kind, völlig ausgeschlossen.«

Der Graf öffnete seine Augen und drehte sich um.

»Bevor wir etwas tun können, müssen wir abwarten, was mit den beiden geschieht.«

»Sollten wir nicht doch vielleicht schon vorher ...«, warf Lafer ein.

Doch der Graf winkte ab.

»Wir müssen Ruhe bewahren. Durch voreiliges Handeln könnten unabsehbare Folgen ausgelöst werden. Wir werden die Sache genau beobachten.«

†††

Es war im Morgengrauen, als sich Pfarrer Johannes unbemerkt bis ans andere Ende von Turnau schlich und mehrmals kräftig an die Tür eines heruntergekommenen Häuschens pochte.

»Poldl, mach auf!«

Nichts tat sich. Pfarrer Johannes schlug mit der Faust dagegen. Immer wieder. Erst nach einer Weile hörte er eine verschlafene Stimme.

»Wer ist es?«

»Ich bin's«

»Wer ich? «

»Pfarrer Johannes.«

»Was ist? Zum Teufel verflucht noch mal.«

Pfarrer Johannes wurde ungehalten.

»Lass bloß den Teufel aus dem Spiel! Wirst jetzt wohl endlich aufmachen!«

Er hörte lautes Gähnen und schlurfende Schritte. Poldl, der Totengräber oder vielmehr Poldl der Knochenklauber, wie ihn die Leute nannten, öffnete halbnackt. Pfarrer Johannes fiel sofort die stark verschmutzte, löchrige Unterhose auf, die vorne spitz wegstand.

»Was hast denn gerade gemacht? Ich hoffe doch nicht ... Du weißt wohl, dass das eine Sünde ist? «

Der Poldl blickte unschuldig an sich hinunter und gab sich erstaunt.

»Na, da schau her!«

Pfarrer Johannes ergriff sein Kinn und hob es an.

»Schau mich an und hör mir zu: Ein Grab ist auszuheben.«

»Wer kommt denn rein? «

»Rudolf Reininger.«

Der Reininger? Dann ist ja die Maria wieder zu ham«, sagte Poldl grinsend. »Geht's nicht später? Ich war gestern nämlich länger im Wirtshaus. Mir brummt der Schädel.«

»So schlimm kann's aber nicht sein, denn diese kleine Schweinerei hast auch grad gemacht.« Pfarrer Johannes schnippte ihm dabei vorn auf die Unterhose.

»Auweh«, zuckte Poldl zusammen.

»Und angeschissen und angebrunst hast dich auch«, schimpfte Pfarrer Johannes und hielt sich die Nase zu.

Poldl machte eine wegwerfende Handbewegung.

»Ah, das trocknet schon auf! Wenn ich erst mal meine Hose drüberzieh, geht vom Gestank nichts mehr durch. Und außerdem ...«

Pfarrer Johannes klatschte die Hände zusammen.

»Außerdem was?«

»Außerdem weiß ich wenigstens, wo hinten und vorn ist, hahaha!«

»Schön für dich! So, und nun verlier keine Zeit mehr.«

Poldl verschränkte ablehnend seine Arme.

»Dem Reininger macht es sicher nichts aus, wenn er erst später unter die Erde kommt.«

Pfarrer Johannes tätschelte nun Poldls rechte Wange und fletschte dabei die Zähne.

»Aber mir macht's was aus, mein Lieber! Wer viel säuft, kann auch viel arbeiten. Der Reininger wird noch heut am Vormittag hinuntergelassen, noch bevor er zum Stinken anfängt, so wie du! Und ab jetzt keine Widerrede mehr!«

Poldl murrte noch ein wenig herum, fuhr sich mit einer Hand in die Unterhose, um sich zu kratzen, sagte aber dann zu, sich gleich an die Arbeit zu machen.

Bei nächster Gelegenheit werd ich mir den Poldl aber richtig vorknöpfen, schwor sich Pfarrer Johannes und malte sich in seiner Fantasie aus, wie er ihn zur Strafe vor sich knien ließ, bis er um Gnade flehte.

Doch insgeheim wusste er, dass es auch diesmal wieder nur bei einer Fantasie bleiben würde. Zu widerspenstig war er, dieser Knochenklauber.

†††

Maria war klar, dass sich die paar Turnauer nur aus purer Neugier um das Grab versammelt hatten. Reiningers Ableben war ihnen nicht wirklich nahegegangen.

Die grob gezimmerte Holzkiste, in der Rudolf in die Erde hinabgelassen wurde, hatte sie von der Weinberger Resl geschenkt bekommen. Eine Kiste, die sich das alte Weib eigentlich für ihren eigenen Tod zusammengespart hatte. Aber sie überließ sie Maria aus Mitgefühl. Sie meinte, dass es für sie selbst ein billiger Sack auch täte, in dem es eben nur ein wenig feuchter sei.

Pfarrer Johannes sprach tröstende Worte, rief Gott an, den Verstorbenen in sein Reich aufzunehmen und versprengte Weihwasser. Danach zerstreute sich die kleine Trauergemeinde rasch wieder. Auch deshalb, weil das übliche Totenmahl nicht stattfand, da es sich Maria nicht leisten konnte und sich auch sonst kein Gönner fand.

Auf dem Weg nach Hause überkam es sie dann, und sie griff nach Resls Hand.

»Ich hab Rudolf geliebt. Er war so ein liebevoller Mann und Vater. Wir waren eine so glückliche Familie. Hoffentlich geht es ihm jetzt gut.«

Die alte Resl strich Maria über die Wange.

»Ich bin mir sicher, dass er jetzt bei Gott im Himmel ist und nicht beim Teufel in der Hölle.«

»Wer ist der Teufel?«, plapperte Paul dazwischen.

Die Resl schnitt eine finstere Grimasse.

»Der Teufel ist ein grässlicher Geselle mit Hörnern auf dem Kopf! Er hat einen normalen Fuß und einen Pferdefuß. Alle Leute, die nicht brav sind, holt er zu sich in die Hölle.«

»Die Hölle?«

»Ja ... eh ... die Hölle ist ein furchtbarer Ort, wo immer ein großes Feuer brennt und wo die bösen Menschen zur Strafe auf immer und ewig in der Hitze schmoren müssen. Manche kocht der Teufel sogar in einem Topf mit heißem Wasser.«

Paul stand die Angst im Gesicht. »Und wo ist die Hölle?«

Die Resl musste nicht lange überlegen.

»Hinter der Turnauer Alm auf der Rotsohl-Alm. Deshalb sagen die Leute hier zum Teufel auch Rotsohler.«

Paul schluckte. Aber auch die Resl hatte offenbar bei der Vorstellung von dem, was sie da gerade erzählt hatte, ein ungutes Gefühl bekommen und wischte sich den Schweiß von der Stirn.

»Hast du den Rotsohler schon mal gesehn?«, fragte Paul.

»Ich ... eh ... Gott sei Dank noch nicht! Aber im Dorf gibt es Leute, die ihm schon begegnet sind. Ich glaube, Pfarrer Johannes ist auch einer von denen. Er hat uns deshalb davor gewarnt, den Gottesdienst zu schwänzen. Wir sollen immer fleißig beten und immer gehorsam sein gegenüber der Kirche. Dann kann uns nichts geschehn.«

Allmählich erreichten sie Resls Hof. Der Bauer hatte sie offenbar schon kommen gesehen und ging ihnen entgegen. Der ansonsten so gelassene Mann wirkte sehr aufgekratzt.

»Kommt gleich rein in die Stube. Es gibt was zu essen.«

Maria, Paul und die Resl folgten ihm wortlos und nahmen um den Tisch Platz. Die Bäuerin stand noch an ihrem gemauerten, von Ruß geschwärztem Herd und röstete in einer großen eisernen Pfanne eine Masse aus Mehl, Wasser, Salz und kostbarem Schweinefett zu Sterz. Es zischte und rauchte, und bald war die ganze Stube von einem angenehmen

Duft erfüllt. Gekonnt rüttelte die Bäuerin die Pfanne noch ein paar Mal ordentlich durch und stellte sie dann in die Mitte des Tischs, von wo sie jeder mit seinem Holzlöffel erreichen konnte.

»Vergelt's Gott, und möge er Reiningers Seele gnädig sein«, sagte der Bauer mit ehrfürchtiger Stimme, bekreuzigte sich und gab damit das Zeichen zum Essen. Auch die anderen bekreuzigten sich schnell. Aber schon nach kurzer Zeit sagte der Bauer ohne aufzublicken und ohne das Essen zu unterbrechen: »Maria, ich hab mit dir zu reden.«

Sie legte ihren Löffel zur Seite, sie hatte ohnehin keinen Appetit und nur lustlos im Essen herumgestochert. Er schluckte einen Bissen hinunter und spuckte einen Essensrest, der ihm in einer Zahnlücke geklebt hatte, zur Seite auf den Boden.

»Du und dein Bub müsst euch baldigst umschauen, wo ihr unterkommen könnt. Unser Hof hat schon die Resl mitzutragen. Mehr geht nicht.«

»Wir werden aber helfen, damit ihr beide ein neues Zuhause findet«, warf die Resl sofort beruhigend ein.

»Versprich' nicht zu viel, altes Weib«, wies der Bauer sie schroff zurecht, »soviel ich weiß, können die anderen Höfe hier in der Gegend auch niemanden aufnehmen.«

Maria hatte nicht einmal mehr die Kraft loszuheulen, geschweige denn, etwas zu erflehen. Sie legte nur einen Arm um ihren Buben, der unbeirrt weiteraß und zum Glück noch nicht verstand, worum es hier ging.

»Vielleicht solltest du mit dem Herrn Pfarrer reden. Du bist ihm ja früher auch schon mal zur Hand gegangen«, schlug der Bauer vor und spuckte wieder aus. Die Resl rückte nun näher an Maria heran und drückte sie tröstend an sich.

»Wir beide gehn gemeinsam zum Herrn Pfarrer. Gleich morgen!«

»Gott wird euch schon beistehn«, war der Bauer überzeugt, rülpste herzhaft und ließ einen lauten, übelriechenden Furz fahren, was die Bäuerin zur Bemerkung veranlasste: »Wenigstens schadet das Essen nicht!«

†††

»Hochwürden, Maria und die Weinberger Resl ersuchen um Gehör. Sie haben ein dringendes Anliegen.«

Edeltraud hatte zwar angeklopft, war jedoch ohne abzuwarten gleich in die Stube hereingeplatzt.

»Jetzt hab ich erst den Reininger eingesegnet, und schon kommen die Weiber wieder. Was soll ich denn *noch* alles tun? Sag ihnen, ich bin beschäftigt und hab keine Zeit. Sie sollen ein anderes Mal kommen.«

Edeltraud herrschte ihn an: »Ich schlage vor, dass Hochwürden es den Weibern gleich selbst sagt.«

»Dich wird noch mal der Teufel holen«, rief er aus und haute mit der Faust auf den Tisch, »wozu hab ich dich denn?«

»Um Hochwürden zu verleugnen wohl nicht.«

Darauf bekam er einen hochroten Kopf und knurrte widerwillig: »Also gut! Aber du bleibst draußen, ich werde allein mit ihnen reden.«

Sie machte ein zufriedenes Gesicht und winkte Maria und die Resl herein.

»Was kann ich für euch tun?«, fragte er und tat so, als habe er nicht ewig Zeit.

Demütig begann die Resl und nahm damit Maria die Last des Redens ab: »Hochwürden, es geht um Maria und ihren Buben.«

Es durchzuckte ihn wie ein Blitz. Dennoch versuchte er, ruhig und gelassen zu bleiben, so wie es sich für einen Mann Gottes gehörte.

»Sprich, mein Kind.«

»Mein Bauer ernährt mich weiter, obwohl ich längst unnütz geworden bin. Gott vergelt's ihm. Aber wenn er jetzt auch noch die Maria und den Paul …«

Er hob eine Hand und brachte sie damit zum Schweigen.

»Betet innig zu Gott, und er wird euch den richtigen Weg schon weisen. Vertrauet ihm. So und nun gehet hin in Frieden.«

Er segnete sie hastig mit einem Kreuzzeichen und hoffte, sich damit billig aus der Affäre gezogen zu haben. Aber die alte Resl blieb standhaft.

»Vielleicht könnte Hochwürden die Maria auch wieder in die Dienste des Pfarrhofs stellen. So wie früher.«

»Und was ist mit Paul«, fragte er streng.

Die Resl zupfte und zerrte verlegen an ihrer Schürze herum.

»Paul ist ein lieber, braver und gottesfürchtiger Bub. Er braucht nicht viel.«

Wieder hob Pfarrer Johannes abwehrend eine Hand.

»Raus mit dir, ich will mit Maria unter vier Augen reden.«

»Aber ich nicht«, warf Maria mutig ein und wollte schon mitgehen.

»Was?«, schrie der Pfarrer empört auf, du weigerst dich, mit einem Mann Gottes allein zu reden? Versündige dich nicht!«

»Das soll eine Sünde sein?«, gab sie zurück.

»Hier bestimme immer noch ich, was eine Sünde ist.«

Jetzt wirkte sogar die gottesfürchtige Resl verwirrt und bekreuzigte sich.

»Also gut«, sagte er dann, »Edeltraud soll reinkommen.«

»Und was ist jetzt mit mir?«, fragte die Resl.

Er griff sich mit beiden Händen an die Stirn.

»Ihr macht mich noch wahnsinnig! Du gehst hinaus, schickst die Edeltraud herein und bleibst selbst draußen und komm ja nicht auf die Idee, an der Tür zu horchen. Sonst holt dich der Teufel!«

Die Resl verschwand. Gleich darauf trat Edeltraud ein und schloss sorgfältig die Tür hinter sich.

»Stell dir vor, liebe Edeltraud, Maria und Paul können nicht am Hof der Resl bleiben.«

Er seufzte laut auf. Nach einer Weile faltete er beide Hände wie zum Gebet, erhob sich und ging ein wenig auf und ab. Schließlich setzte er sich wieder hin und bekreuzigte sich mit einem kummervollen Blick nach oben, so, als habe er gerade eine göttliche Botschaft empfangen.

Er wandte sich Maria zu.

»Der Herr ist mein Zeuge. Ich will dir und dem Buben ja helfen, doch vor Gott ist der Bub ein Machwerk der Sünde.«

Da verlor Maria die Fassung und vergaß für einen Moment ihre tiefe Trauer.

»Aber ich hab doch Rudolf noch vor der Niederkunft geheiratet, damit das Kind in aufrechter Ehe geboren wird und Gottes Segen hat! So wie es gewünscht wurde. Damit sollte diese Schuld getilgt sein.«

»Mitnichten!«, rief Pfarrer Johannes dazwischen, »hast du eigentlich schon mal drüber nachgedacht, warum Rudolf vom lieben Gott so vorzeitig und gleichzeitig so tragisch aus unserer Mitte gerissen wurde? Vielleicht hat uns der allmächtige Herr damit ein Zeichen gesetzt und sein Missfallen zum Ausdruck gebracht. Eine Warnung, jawohl eine Warnung! Ich muss das ernst nehmen, sehr ernst nehmen! Wie könnte ich euch da ausgerechnet einen Zugang zum Pfarrhof gewähren? Wer weiß, welches Unglück da womöglich über uns alle käme.«

Da brauste Edeltraud auf: »Aber was soll aus Maria werden? Soll sie mit ihrem Kind als Bettlerin herumziehen und von Almosen leben? Soll sie alle Schuld allein tragen? Ich schwöre bei Gott, ich werde Tag und Nacht dafür beten, dass dem Kindsvater alles erdenkliche Unglück widerfährt.«

Er fuhr erschrocken zusammen. »Weißt du was, du böses Weib? Lange wirst du dafür nicht beten können, denn ich werde dich gleich persönlich zum Teufel bringen, auf die Rotsohl-Alm. Dann soll er mit dir dort machen, was er will!«

Die Drohung prallte an Edeltraud ab, und ihm blieb nichts anderes übrig als klein beizugeben.

»Also gut, Maria und Paul dürfen vorerst hierbleiben, bis ich eine Lösung gefunden habe. Bleibt nur zu hoffen, dass uns Gott derweilen gnädig ist.«

†††

Obwohl er sich redlich bemühte, konnte Altmanner seine Aufregung nicht verbergen.

»So ergeht es jedem beim ersten Mal«, tröstete ihn Ludowitz.

Für Altmanner wurde das Warten unerträglich, weshalb er aufstand und im prunkvollen Salon auf und ablief. Den Diener vor der großen Türe schien das überhaupt nicht zu kümmern. Er verzog keine Miene, seine Augen blieben starr noch vorne gerichtet.

»Komm und setze dich wieder hin«, sagte Ludowitz und lächelte verschmitzt.

»Wenn ich wenigstens wüsste, worum es geht«, sagte Altmanner und warf Ludowitz einen vorwurfsvollen Blick zu.

Dieser winkte aber nur ab. »Ich sage nichts. Es ist eine Überraschung.«

Endlich wurde die Türe geöffnet, und der Diener forderte die beiden auf, einzutreten. Altmanner schritt Ludowitz unsicher hinterher und wäre in diesem Augenblick am liebsten wieder umgekehrt. Doch stattdessen machte er es wie Ludowitz und verbeugte sich tief.

»Mein lieber Ludowitz«, sagte die Kaiserin zur Begrüßung und trat gemeinsam mit ihrem Sohn Joseph auf die beiden zu: »Und Sie müssen dieser Johann Altmanner sein?«

»Jawohl«, sagte Altmanner verlegen und blickte zu Joseph, der ihm nur zuzwinkerte. Die Kaiserin deutete auf eine Stuhlgruppe.

»Setzen wir uns doch, da redet es sich leichter. Herr Altmanner, Sie wissen worum es geht?«

Er verneinte mit einem Kopfschütteln. Irgendwie schien sie das zu amüsieren.

»Dass hier im Hause etwas geheim bleibt, grenzt nahezu an ein Wunder. Aber es spricht für den lieben Ludowitz, der Dinge offenbar noch für sich behalten kann. Also, mein Sohn hat mehrfach den Wunsch geäußert ...«

»Ach Mutter, sag doch wie es wirklich war«, fiel ihr Joseph ins Wort, »ich habe dich genervt!«

»Stimmt! Mein Sohn hat mich genervt, Sie, Herr Altmanner, doch in seine persönliche Leibgarde aufzunehmen.«

Sie wandte sich Joseph zu.

»Zufrieden?«

Joseph nickte, und dann richteten sich alle Blicke gespannt auf Altmanner.

Er musste sich eingestehen, dass er völlig überfordert war. Die Überraschung war zweifellos gelungen. Nun war er an der

Reihe. »Ich bin sprachlos, Majestät«, war alles, was ihm dazu einfiel, und es war die Wahrheit.

»Macht nichts«, sagte die Kaiserin, »viel reden müssen Sie ohnehin nicht, Sie müssen nur meinen Sohn beschützen. Dafür benötigen Sie aber eine harte Ausbildung. Wollen Sie das?«

Ludowitz gab Altmanner einen kleinen Schubs.

»Ja, natürlich!«

»Sehr gut! Und dieser … wie nennt ihr ihn alle?«, fragte die Kaiserin.

»Eisenvinz«, antworteten Joseph und Ludowitz im Einklang.

»Ach ja, Eisenvinz. Komischer Name …«, sinnierte sie, kam dann aber wieder auf den Punkt. »Wie auch immer. Auch er kann in die Leibgarde eintreten, wenn er will. Wie ich höre, sollen Sie und dieser Eisenvinz ja unzertrennlich sein.«

†††

Wortlos übergab Lafer dem Grafen ein Schreiben mit einem Gesichtsausdruck, der nichts Gutes verhieß. Hastig überflog dieser es und schob es nachdenklich zur Seite.

»Er setzt mich unter Druck.«

»Ich habe diesem Pfarrer Johannes nie wirklich über den Weg getraut«, sagte Lafer, »die Sache mit dem Geschenk …«

»Da hatten Sie wohl recht«, wimmelte der Graf gleich ab, »aber ich kann es jetzt auch nicht mehr ungeschehen machen. Was schlagen Sie vor?«

Lafer hatte offenbar vorausgedacht, denn ohne zu zögern antwortete er: »Wir haben ohnehin keine Wahl. Wer weiß, was er sonst im Schilde führt.«

Der Graf raufte sich verzweifelt die Haare.

»Wenn das nur gutgeht!«

Er murrte noch ein wenig herum, dann fiel sein Blick wieder auf das Schreiben.

»Ab jetzt wird jeder Beweis vernichtet. Das darf niemals irgendjemandem in die Hände geraten. Also gleich weg damit.«

Lafer nickte und nahm den Brief an sich.

†††

Seit Tagen regnete es in Strömen, und selbst um die Mittagszeit ließen dicke Wolken nicht mehr als ein dämmriges Licht zu. Der Mürzfluss war schon an einigen Stellen über die Ufer getreten, und auch die vielen kleinen Zuflüsse waren inzwischen zu gefährlich reißenden Bächen angeschwollen. Sie rissen alles mit sich, was den Fluten im Weg war. Seitenwege waren teilweise unpassierbar geworden, aber auch der Hauptweg durchs Tal war an einigen Stellen unter einer zähen Schlammschicht begraben.

Ungeachtet dessen verließen zwei Reiter Kindberg und bahnten sich auf kräftigen Norikern den Weg. Mit schwarzen Überhängen aus dicker Wolle bekleidet, trotzten sie dem Regen. Ein wenig außerhalb des Ortes passierten sie zuerst einen markanten Felsvorsprung, auf dem weithin sichtbar die Kirche zum Heiligen Georg – oder einfach nur Georgikirche – mit ihrem Pfarrhof thronte. Mächtig und schön zugleich.

Ihr Weg führte die Reiter an Feldern und Wiesen vorbei, bis sie den Eingang zu einem schluchtförmigen Seitental erreichten. Ab jetzt hatten sie den schwierigsten Teil vor sich, denn sie mussten hindurch und dabei den steilen Aufstieg auf den Pogusch, eine abgelegene Passhöhe, bewältigen. Der Weg war schon bei schönem Wetter beschwerlich, doch bei starkem Regen war er fast unpassierbar. Ein gewöhnlich harmloser Bach war zu einer reißenden Bestie angeschwollen.

Die Reiter zögerten und schätzten die Lage ab. Schließlich nickten sie einander entschlossen zu. Das Tosen des Wildwassers wurde zum bedrohlichen Begleiter. Der schmale Weg war bereits übersät von Geröll, an manchen Stellen unterspült oder gänzlich weggerissen. Hier mussten sie sich unter größtem Kraftaufwand einen Umweg im steilen Gelände suchen, wo auch schon ganze Baumgruppen entwurzelt waren und kaum überwindbare Hindernisse bildeten. Als die Reisenden spürten, dass die Pferde verängstigt und fast am Ende ihrer Kräfte waren, stiegen sie ab und zogen die Tiere hinter sich her. Nach all diesen Mühen gab es irgendwann nur mehr einen letzten gefährlichen Anstieg, der am Fels entlangführte. Sie erreichten schließlich erschöpft den Pogusch mit seinem Wirtshaus oder, treffender, ein bäuerliches Anwesen, in dessen Stube die Bauersleute Trank und einfache Speisen ausschenkten. Kein schlechtes Geschäft, denn obwohl das Haus abgelegen war, kamen regelmäßig Händler, Handwerker und wandernde Mönche vorbei, die diesen Weg als Abkürzung vom Mürztal nach Turnau und weiter über das Hochgebirge Richtung Norden nahmen.

»Wollen die Herrschaften nicht ablegen?«

Der Wirt vom Pogusch, ein schrulliger Kerl mit wenig Haaren auf dem Kopf, aber dichtem braunen Vollbart, trat auf sie zu. Um seinen Bauch hatte er eine naturfarbene Leinenschürze voller Flecken gewickelt, darunter ein weißes, grob gewebtes Hemd mit aufgekrempelten Ärmeln. Seine kräftigen Arme stützte er in die Hüften.

»Na, was ist?«

Die Gäste nahmen ihre durchnässten Umhänge ab, hängten sie an einen Haken an der Wand, und setzten sich auf eine Holzbank in der düsteren Gaststube. Nur durch kleine Fenster drang ein wenig Licht in den Raum. Daher bemerkten sie erst jetzt, dass sie nicht die Einzigen waren. In einer dunklen Ecke saß eine Gestalt mit übergezogener Kapuze und rührte sich nicht. Sie schien vor sich hin zu dösen.

»Wenn ihr warmes Essen wollt, müsst ihr euch gedulden! Ich muss erst Feuer machen. Auf alle Fälle bringe ich aber etwas zu trinken, wenn es recht ist«, sagte der Wirt und verschwand.

Da schien die Gestalt in der Ecke zu erwachen und schlich sich zu den Neuankömmlingen. »Wie ich sehe, hat euch der Allmächtige trotz aller Widrigkeiten sicher hierhergebracht.«

»Oh, der Herr Pfarrer«, sagte Lafer leise, und der Graf grüßte mit einem kurzen Kopfnicken.

Inzwischen war der Wirt zurückgekehrt und stellte einen Krug mit Wein auf den Tisch.

»Wie ich sehe, haben sich die Herren schon zusammengefunden. Sehr gut.«

»Ja! Aber du, mein lieber Wirt, hast nichts gesehen und nichts gehört«, wies ihn Pfarrer Johannes gleich zurecht.

»Ich bin verschlossen wie ein Grab. Auf dass mich sonst der Rotsohler hole!«

Er verschwand sogleich wieder.

»Ist auf ihn Verlass?«, wollte der Graf wissen.

»Hier oben könnte ich mich der körperlichen Sünde hingeben, und niemand würde es erfahren«, behauptete Pfarrer Johannes, während ein süffisantes Lächeln über sein Gesicht huschte.

Die Männer schenkten sich Wein ein und nahmen einen kräftigen Schluck.

»Trotz dieses Sauwetters sind wir gekommen«, hielt Lafer fest und sah Pfarrer Johannes erwartungsvoll an.

Dieser faltete demütig die Hände und sagte: »Manchmal sind Gottes Wege unergründlich. Auch für mich. Was habe ich nicht alles getan, um die Sünde des Herrn Grafen wiedergutzumachen und zu vertuschen. Ich war mir Gottes Segen sicher, und dann das!«

Der Graf fand diesen Zynismus unerträglich und zahlte mit gleicher Münze heim.

»Aber vielleicht will Gott uns damit nur anleiten, Maria und ihren Sohn ab jetzt in besonders frommer Umgebung gedeihen zu lassen?«

Pfarrer Johannes lachte böse auf.

»Herr Graf möge mir verzeihen, aber der kleine Paul ist ein Kind der Sünde, und die Sünde hat auf einem Pfarrhof nichts verloren. Da könnte ich genauso gut den Teufel an meinen Tisch bitten.«

»Aber dann sind natürlich auch Maria und ich große Sünder«, sagte der Graf trocken und wollte Pfarrer Johannes damit herausfordern, doch dieser ging darauf nicht ein, sondern senkte nur vielsagend seinen Blick.

»Was wollen Sie vom Herrn Grafen?«, fragte Lafer gereizt.

Pfarrer Johannes bekreuzigte sich und machte ein sorgenvolles Gesicht.

»Mir geht es trotz allem um das Wohlergehen von Maria und dem Kind. Allerdings kann ich für all das nicht mehr die Verantwortung übernehmen. Mir sind ab jetzt von Gottes wegen die Hände gebunden.«

»Und was, wenn ich mich weigere?«, wollte der Graf wissen.

»Um Gottes willen!«, fuhr Pfarrer Johannes mit gespielter Empörung hoch, »nicht auszudenken, wenn das Wissen um ihr Geschenk in falsche Hände geriete!«

Diese unverblümte Rede ließ den Grafen innerlich zusammenzucken und machte ihm deutlich, dass es zum Äußersten kommen würde. Es blieb ihm nichts anderes übrig als einzulenken und rasch Klarheit zu schaffen.

»Den Buben werden wir auf meinem Gutshof unterbringen. Er soll eine gute Ausbildung erhalten. Maria soll wieder Magd auf einem Bauernhof werden. Es gibt da einen Hof, nicht allzu weit weg von meinem Schloss. Sie hat damit die Möglichkeit, das Kind so oft zu sehen, wie sie will.«

»Nicht nur das Kind«, zwinkerte Pfarrer Johannes ihm kumpelhaft zu.

Doch der Graf ließ die Spitze an sich abprallen und sagte, »dann wäre nur noch zu klären, wie wir die beiden ohne Aufsehen nach Kindberg bringen.«

»Daran habe ich bereits gedacht«, sagte Pfarrer Johannes und schenkte sich als Einziger zufrieden Wein nach.

†††

Der Wind peitschte den Regen unaufhörlich an die Fenster. Und aus der Ferne war Donnergrollen zu vernehmen. Maria sah Pfarrer Johannes ungläubig an.

»Es regnet doch schon seit Tagen! Bei diesem Wetter sollen wir uns auf den Weg machen?«

»Es ist Gottes Wille, und er duldet keinen Aufschub«, sagte er streng und mied ihren Blick.

Sie hatte geahnt, dass ihm das Wetter gelegen kam, denn niemand von den Turnauern würde sich im Freien herumtreiben und etwas mitbekommen. Und so verließ sie schließlich mit Paul und Edeltraud den Pfarrhof. Hastig durchquerten sie in dicke Wolldecken gehüllt das Dorf und erreichten den Anstieg auf den Pogusch, welcher von hier weit weniger gefährlich und anstrengend war, als von der anderen Seite aus, dem Mürztal. Sie waren noch nicht weit gekommen, als Pfarrer Johannes stehen blieb und sagte: »So, meine liebe Maria.

Edeltraud bleibt noch eine Weile bei euch. Gott segne dich und den Buben.«

Die knappen Worte unterstrich er hastig mit einem Kreuzzeichen und kehrte ohne sichtbare Gefühlsregung um.

»Komm, gehn wir weiter, und kränke dich nicht«, sagte Edeltraud tröstend.

Was für den Buben anfänglich ein Abenteuer war, forderte bald seine Ausdauer.

»Mama, ich will nach Hause«, jammerte er.

»Du musst dich noch ein wenig gedulden. Wir werden schon bald ein neues Zuhause haben.« Sie drückte ihn liebevoll an sich.

Nach langem Marsch erreichten sie die Passhöhe und sahen schon das Wirtshaus. Sie traten ein. Kein Gast war zu sehen. Lediglich der Wirt lümmelte schlafend an einem Tisch und wurde von Edeltraud mit einem »He du!« unsanft wachgerüttelt.

»Hätt ich nicht gedacht, dass ihr bei diesem Wetter noch kommt«, gähnte der Wirt und stieß dabei so sauer auf, dass die Frauen die Nasen rümpften.

Edeltraud wandte sich Maria zu und schloss sie fest in ihre Arme.

»Ich werde gleich wieder runtergehn. Gott möge euch beide beschützen.«

Ein letztes Mal strich sie Paul liebevoll über die Wangen, unterdrückte dabei offenbar ihre Tränen, und verließ rasch die Gaststube.

Da zupfte Paul Maria an der Hand und fragte: »Mama, hast du mich lieb?«

In seinen kindlichen Augen las sie die große Sorge ab, die ihn plötzlich quälte.

»Ich hab dich sogar sehr lieb«, antwortete sie in sanftem Ton, wobei sie sich vor ihn hinkauerte und ihn in die Arme schloss. Sogleich spürte sie, wie der kleine Körper weich wurde und sich entspannte.

»Gehen wir jetzt zu Papa in den Himmel?«, fragte er.

Auf diese Frage war sie nicht gefasst und blickte hilfesuchend zum Wirt, der nur ratlos mit den Schultern zuckte.

»Nein, zu Papa in den Himmel gehen wir erst viel später. Der Weg dorthin ist noch viel, viel weiter!«

»Wie weit?«, ließ der Bub nicht locker.

Jetzt mischte sich der Wirt ein: »Es ist so weit, dass man dorthin nicht zu Fuß gehen kann.« Paul dachte kurz nach und gab sich damit zufrieden.

»Also von mir aus können wir gleich weiter«, sagte Maria.

»Meine Kutsche steht bereit«, entgegnete der Wirt und deutete auf einen mickrigen einachsigen Holzkarren draußen vor der Tür, der seine besten Jahre längst hinter sich hatte.

Maria und Paul zogen sich wieder ihre Wolldecken über und nahmen auf dem Gefährt Platz. Sie setzte sich gleich vorne neben dem Wirt auf den Kutschbock, der nur aus einem verwitterten Holzbrett bestand. Paul kauerte sich dahinter auf die kleine Ladefläche. Dabei ächzte und knackte es an allen Ecken und Enden.

Sie seufzte laut, worauf der Wirt sie beruhigte: »Keine Sorge, mein Karren hält das aus. Er ist erst einmal zusammengekracht, als ein Rad gebrochen ist. Da hat sich zum Glück nur mein Hund auf der Ladefläche das Genick gebrochen. Schade, war ein lieber Hund. Ich hab ihn gleich am Wegesrand begraben, damit ihn nicht die wilden Tiere fressen. Das hätt er nicht verdient.«

Sie war entsetzt: »Komm Paul, setz dich hier vorne neben deine Mama.«

»Das wird dann mit der Zeit aber eng«, murrte der Wirt.

»Lieber eng als tot! Und noch was: Was ist mit dem Gaul los?«

Sie zeigte auf den seltsam gekrümmten Vorderlauf.

»Was soll sein?«, tat der Wirt verwundert, »ach so, du meinst... Da hat er sich schon vor Jahren das Bein gebrochen und ist schief zusammengewachsen. Er hinkt ein wenig, aber bis heute hat es damit noch nie ein Problem gegeben. Kannst dich gleich selbst überzeugen.« Er zog kurz an den Zügeln und das Pferd humpelte los.

Gleich hinter dem Wirtshaus folgte ein kurzer Anstieg und danach ein schmaler Weg, der mit der Entfernung zum Wirtshaus immer holpriger wurde. Er schlängelte sich durch dichtes Geäst, über Lichtungen und querte kleine Gräben, die durch das Schleifen gefällter Bäume entstanden waren. Der Boden war tief und morastig, er brachte das Pferd gelegentlich in Bedrängnis. Geriet dann auch noch der Karren in eine gefährliche Schieflage, sprang der Wirt ab, nahm das Tier vorne am Geschirr und zog es hinter sich her.

Nachdem der Regen für eine Weile aufgehört hatte, begann es wieder zu schütten, und dichter Nebel kam auf und verwandelte den Wald in eine gespenstische Landschaft.

»Mama, ich hab Angst«, flüsterte Paul.

»Brauchst nicht zu haben, ich beschütze dich«, beruhigte sie ihn und drückte ihn fest an sich.

»Beschützt du mich auch vor dem Rotsohler?«

»Wenn du immer brav bist, brauchst du vor ihm keine Angst zu haben«, redete der Wirt dazwischen. »Und sollte er trotzdem kommen, dann bin ich ja auch noch da, um ihn zu verjagen, kleiner Mann.«

Er ballte seine Hand zur Faust. Paul musste schlucken.

Stundenlang quälten sie sich schweigend dahin, bis sie endlich eine Wiese mit einer kleinen Hütte erreichten. Der Wirt hielt davor an.

»Da drinnen werden wir ein wenig rasten. Auch mein Pferd braucht jetzt Erholung. Gebt mir eure nassen Decken, damit ich sie ein wenig auswringen kann.«

Mit aller Kraft machte er sich an die Arbeit und setzte sich dann neben Maria und Paul in die Hütte auf eine Holzbank. Gemeinsam lauschten sie dem Regen, der aufs Dach prasselte, aber allmählich wieder nachließ und irgendwann ganz aufhörte.

»Wir sollten diese Gelegenheit nutzen«, sagte der Wirt.

Zunächst ging es noch über flaches Gelände, aber bald ein ganzes Stück bergab und wieder in den Wald hinein. Der Weg war kaum noch zu erkennen, nur einzelne Spuren zeugten davon, dass hier hin und wieder jemand vorbeikam. Mit einem kräftigen Ruck hielt der Wirt den Karren plötzlich an, stieg ab und schritt zu Fuß ein Stück voraus. Dann winkte er Maria zu sich. Sie wollte auch Paul mitnehmen, doch er war inzwischen friedlich eingeschlafen.

»Schau«, sagte er und beschrieb mit seiner Hand einen weitläufigen Bogen, »von hier siehst du das Mürztal.«

»Und wo ist Kindberg?«

»Gleich da unten! Der Ort ist zwar groß, aber du kannst ihn noch nicht sehen, weil er ausgerechnet an der engsten Stelle liegt.«

Sie überkam ein mulmiges Gefühl.

»Hier trennen sich wohl unsere Wege?«

»Ja. Aber habe keine Angst, es wird schon alles gut werden. Du brauchst nur da entlanggehen, und schon nach kurzer Zeit wirst du das Schloss und den Gutshof über dem Ort sehen.«

»Danke für alles«, sagte sie und machte sich daran, Paul zu holen, als der Wirt sie sanft zurückhielt.

»Maria, ich hab alles gemacht, worum mich Pfarrer Johannes gebeten hat, ohne Fragen zu stellen. Aber du sollst wissen, ich hab es nur für dich getan. Willst du mir nicht wenigstens erklären, worum es hier geht? Warum dieser Aufwand? Warum diese Geheimniskrämerei?«

Sie presste ihre Lippen aufeinander und senkte den Kopf. Doch aus irgendeinem Grund wollte sie ihn nicht völlig im Ungewissen lassen, holte das schlafende Kind herbei und knöpfte den Kragen auf. Sofort fiel ihm das wertvolle Halskettchen auf.

»Wohl ein Geschenk des Herrn Grafen?«

»Reininger war kein reicher Mann«, sagte sie knapp und sah ihm dabei fest in die Augen.

†††

Lafer hatte das leise Pochen an seiner Tür vernommen. Wäre heute nicht dieser besondere Tag gewesen, hätte er sich noch ein wenig bitten lassen. Aber so hüpfte er sofort auf und öffnete.

»Ah! Da seid ihr ja! Kommt schnell rein und legt eure feuchten Sachen ab. Ich werde den Herrn Grafen sofort verständigen.«

Er vergewisserte sich, dass die Luft rein war und rannte zum Schloss, dort durch die Gänge bis vor das Arbeitszimmer des Grafen. Nach einem vereinbarten Klopfzeichen trat er ein.

»Sie sind da, Herr Graf!«

Der Graf wurde von einem Augenblick auf den anderen bleich im Gesicht, trommelte mit seinen Fingern nervös auf den Tisch und seufzte: »Wenn das nur gutgeht!«

Lafer rang sich ein ermunterndes Lächeln ab und sagte: »Wir werden das schon hinkriegen, irgendwie.«

Dieses Irgendwie war ihm so herausgerutscht und musste für den Grafen wie ein Faustschlag gewesen sein, denn damit wurde ihm die ganze Misere noch einmal treffend vor Augen geführt. Nun würde die ganze Zeit über das Damoklesschwert über seinem Kopf schweben. Dennoch richtete er sich tapfer auf und nahm Haltung an.

»Gehen wir!«

Gemeinsam machten sie sich dann auf den Weg zurück. Schweigend. Vor dem Gutshof hielt Lafer noch einmal inne.

»Sind Sie bereit?«

Der Graf atmete ein paar Mal tief durch und nickte ihm zu. Darauf drückte Lafer die Klinke hinunter und ließ ihn vorangehen. Jeder seiner Schritte war unsicher, zögernd. Auch wenn er alles unternahm, es nicht so aussehen zu lassen. Als der Graf Maria sah, stockte er und wagte sich nicht weiter. Auch sie schien wie gelähmt. Beide starrten sich nur an. Kein Wort des Grußes. Da zwängte sich Paul neben seine Mutter, was den Grafen veranlasste, von ihr abzulassen, auf den Kleinen zuzugehen, sich niederzuhocken und ihn ausgiebig zu mustern. Paul war das Interesse des Fremden bald unangenehm. Er suchte Schutz hinter dem Rock seiner Mutter, zupfte daran herum und fragte flüsternd: »Mama, wer ist das?«

Sie beugte sich zu ihm hinab und sagte: »Das ist der Herr Graf zu Mürze. Er wird sich ab jetzt um uns kümmern.«

6

(20 Jahre später ...) Es war ein lauer Abend im Spätsommer. Vollmond. Ruhe lag über Kindberg. Aus dem Wirtshaus gleich hinter dem Markt kam ein Mann, den schlapprigen Hut tief ins Gesicht gezogen. Er wankte aus der Gasse, überquerte den menschenleeren Marktplatz, wo tagsüber geschäftiges Treiben herrschte. Menschen von überall her kamen wegen der zahlreichen Schmiedebetriebe nach Kindberg, um sich die Pferde beschlagen zu lassen oder Sicheln und Sensen für die Ernte zu erstehen.

Der Wirtshausbesucher strebte zum Ortsende und folgte dann einem schmalen Feldweg. Hin und wieder stolperte er und hielt an, um neue Kräfte zu sammeln. Die frische Luft tat gut, aber auch der Alkohol zeigte nun deutlich seine Wirkung. Der Boden schien unter den Füßen des Wanderers zu schwanken, die Bäume am Wegesrand schienen sich zu drehen. Er verlor das Gleichgewicht und stürzte zu Boden. Eine unsichtbare Kraft hielt seinen Körper dort fest, und nur mit äußerster Anstrengung gelang es ihm, wieder auf die Beine zu kommen.

Kaum hatte er dieses Kunststück vollbracht, rebellierte sein Magen. Er übergab sich, und danach war ihm ein wenig leichter. Schon sah er auf einem Felsvorsprung im bläulichen Licht des Mondes die Georgikirche. Sein Weg nach Hause auf den Herzogberg führte an ihr vorbei. Er rastete keuchend und fragte sich wieder einmal, ob da wohl was dran wäre, was die Leute so erzählten. Ein magischer Ort sollte die Georgikirche sein, an dem es mitunter nicht mit rechten Dingen zuging.

Ach was, alles dummes Geschwätz!

Er stapfte weiter, aber seine Beine waren schwer wie Blei und machten den Anstieg zur Qual. Er verlor die Lust und suchte sich ein wenig abseits vom Weg einen Baum, legte sich nieder und schlief sofort ein.

Er mochte schon eine Zeitlang geschlafen haben, als ihn ein dumpfes Stampfen hochschrecken ließ. Er schaute sich um, konnte aber nichts Ungewöhnliches wahrnehmen und legte sich wieder hin. Doch als sein Ohr den Boden berührte, war es wieder da. Abermals richtete er sich auf und horchte. Nichts. Mit dem Ohr auf dem Boden aber hörte er es. Eindeutig. Ein schweres, dumpfes Stampfen.

Noch immer bekam er seine Sinne nur schwer zusammen. Doch das Geräusch war da, und es machte ihm Angst. Nun verkroch er sich ein wenig weiter im Gebüsch, von wo er freie Sicht auf die Georgikirche hatte. Und tatsächlich, das Stampfen war nun auch so zu hören. Kurze Zeit später tauchten ein paar Reiter mit dunklen Umhängen auf. Über ihre Köpfe waren große Kapuzen gestülpt. Vor der Kirche hielten sie kurz an und ritten dann weiter zu einem markanten Felsbrocken, ein wenig abseits hinter der Kirche.

Auch aus anderen Richtungen kamen nun Reiter hinzu, und es waren nun etwa zehn, die sich dort versammelten und nach und nach Fackeln entzündeten. Ein tiefes Gemurmel war zu hören. Aber so sehr der Beobachter sich auch anstrengte, er konnte kein Wort verstehen.

Oh du Allmächtiger! Die müssen direkt aus der Hölle gekommen sein. Vielleicht ist doch alles kein dummes Geschwätz.

Die Leute erzählten sich, dass in früherer Zeit auf jenem Platz, als es da noch keine Kirche gab, ungläubige Barbaren ihren Göttern unschuldige Kinder geopfert hatten, um für eine gute Ernte zu bitten oder nach Naturkatastrophen um Gnade zu flehen. Seither trieben die armen Seelen der Geopferten dort ihr Unwesen. Da half es auch nicht, an diesem Platz eine Kirche zu errichten, um dem Geistertreiben Einhalt zu gebieten. Wobei nicht auszuschließen war, dass der Teufel selbst die Kirche geplant haben könnte. Warum sonst hatte das Gebäude eine so ungewöhnliche Ausrichtung? Das Kirchenschiff verlief nicht wie üblich von Ost nach West, sondern von Nord nach Süd, wobei der Eingang im Norden lag. Also dort, wo sich bekanntlich das finstere Reich der Toten befindet und der Teufel bequem eintreten konnte.

Einer der Reiter stieg von seinem Pferd, schritt mit seiner Fackel direkt vor den Felsenbrocken und rammte sie in den Boden. Dann hob er beide Arme, und das Gemurmel verstummte.

Das ist sicher der Anführer!

Er sprach ein paar Worte, und die anderen antworteten wie mit einer Stimme. Dann entwickelte sich ein lebhaftes Gespräch, von dem zwar einzelne Wortfetzen bis zum Beobachter durchdrangen, aber keinen Sinn ergaben.

Ich muss erfahren, was hier vor sich geht.

Er nahm all seinen Mut zusammen, kroch aus seinem Versteck, und pirschte sich etwas näher heran.

Plötzlich hallten zwölf Glockenschläge von der Kirche. Er schrak auf.

Mitternacht! Ob es jetzt wohl zu einem Opfer kommt?

»Genug für heute!«, hörte er die Stimme des Anführers, »bedenket: Die Zeit für unser Wissen, für unser Denken, für die

Wahrheit lässt sich nicht mehr aufhalten. Sie wird kommen. Noch ist es zu früh. Wir müssen daher unsichtbar bleiben. Nur das gibt uns Macht und schützt uns vor Verfolgung.«

Darauf erloschen die Fackeln, und die Reiter verschwanden so rasch wie sie gekommen waren.

Er wagte es vorerst nicht, sich zu rühren und wartete ab. Als er sich sicher fühlte, erhob er sich. Sein Herz pochte heftig. Seine Trunkenheit schien auf wundersame Weise verflogen. Er nahm sich vor, das Geheimnis um diese Reiter zu lüften. Aber wie sollte er das bloß anstellen? Er konnte sich doch nicht einfach auf ein Pferd setzen, eine Kapuze über den Kopf ziehen und sich in der nächsten Vollmondnacht unauffällig unter sie mischen und so tun, als gehöre er dazu. Es musste einen anderen Weg geben.

†††

In der nächsten Vollmondnacht, gleich nach Sonnenuntergang, kauerte er sich in der Nähe des Versammlungsplatzes auf den Boden und überwarf sich mit Moos, Laub und Reisig. Das war notwendig, denn er würde den Reitern gefährlich nahe sein. Nichts sollte ihm dieses Mal entgehen.

Anfänglich hatte er Angst vor seinem eigenen Mut und konnte nur mit Mühe sein Zittern unterdrücken. Fast schämte er sich dafür. Die Zeit schien nicht vergehen zu wollen. Seine ungemütliche Körperhaltung rang ihm besonders viel Geduld ab. Immer wieder drückte er ein Ohr fest auf den Boden. Dann war es endlich da, das verräterische Stampfen. Und es kam rasch näher. Wie beim ersten Mal versammelten sich die geheimnisvollen Reiter mit ihren Kapuzen am Felsbrocken und entzündeten ihre Fackeln.

Vielleicht ist der Anführer gar der Teufel selbst. Aber wo ist Gott? Warum lässt er all das zu?

Es war schon ein seltsames und gleichzeitig faszinierendes Gefühl, im Verborgenen dabei zu sein. Aber vielleicht war alles auch gar kein Zufall, vielleicht war er schlichtweg auserwählt, genau diese Dinge zu sehen und zu hören.

Derart in Gedanken vertieft, bemerkte er nicht, wie sich jemand seinem Versteck näherte. Das Knacken eines Astes – und schon spürte er, wie zwei kräftige Hände ihn an den Füssen packten und unsanft aus der Deckung zerrten. Mit einem Griff wurde er hochgehoben und an einen Baum gedrückt. Vor Schreck presste er seine Augen zu wie ein Kind.

»Öffne deine Augen!«

Er schüttelte verneinend den Kopf.

»Dann eben nicht!«

Er spürte, wie ein Strick um seinen Brustkorb gebunden und gleich darauf heftig daran gezerrt wurde. Nun öffnete er notgedrungen die Augen und stolperte am Strick hinter einem Pferd her. Als er hart zu Boden stürzte, wurde er ohne Rücksicht einfach bis zu den anderen Reitern am Versammlungsplatz mitgeschleift.

»Wo hast du *den* her?«, fragte einer unter der Kapuze hervor.

»Er hatte sich dort drüben versteckt. Fast wäre mein Pferd auf ihn getreten.«

Der Gefangene bekam es nun derart mit der Angst zu tun, dass er gänzlich die Kontrolle über seinen Körper verlor und sich sowohl seine Blase als auch sein Darm entleerten.

»Er hat sich in die Hose geschissen, aber so richtig!«, sagte der Anführer nun und wandte sich angeekelt ab.

»Pfui Teufel, der stinkt, als hätte er faule Eier gefressen«, sagte ein anderer und schnappte nach Luft.

»Tut ihn weg, sonst kommt mir noch der Magen hoch.«

»Aber zuerst wollen wir wissen, was er hier macht«, warf der Anführer ein.

Trotz des erbärmlichen Gestanks traten die anderen nun mit ihren Fackeln näher und blendeten ihn mit dem Feuerschein so stark, dass er kaum etwas wahrnehmen konnte.

»Sag schon: Was machst du hier?«, fragte ihn der Anführer.

Er wollte antworten, brachte aber nur ein leises Stottern und Stammeln heraus.

»Was? Wir können nichts verstehen! Sprich lauter!«, höhnte der Anführer.

Doch so sehr er sich auch bemühte, er brachte nichts heraus.

»Also gut. Du magst wohl nicht reden.«

Der Anführer zog sich mit den anderen ein wenig zurück.

Wahrscheinlich beraten sie darüber, wie sie mich opfern werden!

Er schloss mit seinem Leben ab und stellte sich seine eigene Beerdigung vor. Was würde der Pfarrer wohl sagen über seinen plötzlichen Tod? Oder wäre vielleicht gar kein Pfarrer anwesend, wenn er durch die Hand des Teufels gerichtet wurde? Davon musste er ausgehen. Aber dann bliebe ihm mit Sicherheit das Himmelreich verwehrt.

†††

»Wir müssen verhindern, dass er irgendjemandem von uns erzählt. Das könnte gefährlich werden«, flüsterte der Anführer zu seinen Gefährten, »ich weiß, wovon ich rede.«

»Wir könnten ihn töten und es wie einen Unglücksfall aussehen lassen«, schlug einer vor.

Schweigen.

»Was für ein Unglücksfall?«, wollte ein anderer wissen.

»Vergesst es! Zu aufwändig«, warf ein Dritter ein, »da würde es auch reichen, ihn einfach zu töten und irgendwo zu verscharren. Dann ist er eben verschwunden.«

»Hört auf!«, sagte nun der Anführer, »wir sind doch keine Mörder! Wahrscheinlich weiß er gar nichts über uns, und es ist alles nur ein Zufall. Seht ihn euch nur an: Ein erbärmliches Häufchen Elend.«

»Was schlägst du vor?«

»Wir werden es so regeln, dass ihm niemand glauben wird, wenn er etwas erzählt«, sagte der Anführer, begab sich zu seinem Pferd und zog eine Flasche aus der Satteltasche heraus. »Kommt und riecht!«

»Arnika-Schnaps. Der ist so stark, dass es einem schon beim Riechen daran die Stiefel auszieht. Den soll er saufen? Da platzt ihm glatt der Schädel«, sagte einer.

»Natürlich ist der normalerweise nicht zum Saufen gedacht. Den hab ich ständig bei mir als Heilmittel.«

»Heilmittel? Da kannst du die Wunde ja gleich mit einem glühenden Eisen ausbrennen. Damit willst du ihn wirklich abfüllen?«

»Er wird es schon überleben!«

»Und dann?«

Sie steckten ihre Köpfe zusammen und hörten sich unter großem Gelächter den weiteren Plan an.

†††

Mit jedem Herzschlag durchzuckte ein gewaltiger Schmerz seinen Schädel. In seinem Mund war ein trockener bitterer Geschmack. Er wollte sich rühren, doch seine Glieder gehorchten nicht. So blieb er ausgestreckt und flach auf dem Boden liegen wie ein Brett, die Augen fest geschlossen.

Plötzlich nahm er etwas an seiner Hand wahr, das ganz langsam seinen Arm hochkroch. Er glaubte, er träume, und hielt die Augen geschlossen. Nun spürte er bei jedem Atemzug einen leichten Druck auf seiner Brust. Es musste echt sein, kein Traum, keine Einbildung. Er sammelte seine Kräfte, hob den Kopf ein wenig an und öffnete seine Lider. Das Etwas war dunkelbraun und starrte ihn an. Allmählich wurde sein Blick schärfer. Ein breites Maul. Entsetzt fuhr er hoch und schleuderte die Erdkröte in weitem Bogen von sich.

Erdkröten sind so ziemlich das Ekligste, was es gibt, dachte er und sah sich um.

Er lungerte mitten auf einer Wiese, nahe am Waldrand im dämmrigen Licht des Morgens, umgeben von hohem Gras. Taufrisch. Genussvoll saugte er die frische Luft in sich auf, und je stärker es das Hämmern in seinem Schädel unterdrückte, desto mehr kamen die Erinnerungen an die vergangene Nacht zurück, an all diese Kapuzenmänner und dieses grässliche Gesöff, das sie ihm in den Rachen geschüttet hatten. Ihm war gar nichts anderes übriggeblieben, als es zu schlucken. Zuletzt ein kräftiger Hieb auf seinen Kopf – und aus.

Sollte er sich jemandem anvertrauen? Besser nicht. Niemand würde ihm Glauben schenken. Es würde die Runde machen, und alle würden ihn für einen Spinner halten. Außerdem hatten ihn die Kapuzenmänner davor gewarnt, mit jemandem darüber zu reden, es wäre sein sicherer Tod. Aber vergessen würde er das alles sicher nicht, selbst wenn er es wollte. Es würde ihn nicht mehr loslassen und überall hinbegleiten. Vor allem die Verkleidung der Reiter war unglaublich. Diese teuflischen Kapuzen! Wer könnte darüber wohl sonst noch Bescheid wissen? Dazu fiel ihm spontan nur ein Name ein.

In diesem Augenblick krähte irgendwo ein Hahn und riss ihn aus seinen Gedanken. Schwerfällig stand er auf und bemerkte erst jetzt, dass er nichts anhatte. Oh doch. Seine Stiefel hatten sie ihm gelassen. Aber sonst war er völlig nackt. Er griff nach seinem Geschlecht und betrachtete es. Alles in bester Ordnung. Bei dieser Gelegenheit pinkelte er gleich ordentlich und schüttelte die letzten Tropfen ab. Der Hahn krähte erneut.

Ich muss rasch nach Hause, bevor alles erwacht!

7

(Monate später ...) Pfarrer Bonifatius, von allen nur Bonifaz genannt, schritt leicht wankend von der Sakristei hinaus bis vor den Altar der Georgikirche und kniete schwerfällig nieder. Die Kirche war bis auf den letzten Platz gefüllt. Sein etwas zu klein geratener Körper war rund und gut genährt. Er hatte immerzu einen hochroten Kopf und glühende Ohren. Seine Nase war eine schwammige Knolle, seine Wangen aufgedunsen, die Augen glasig. Sein schütteres braunes Haar hing ihm wirr vom Kopf. Das alles käme vom vielen Saufen, munkelten die Leute hinter vorgehaltener Hand. Tatsächlich war er dem Alkohol nicht abgeneigt, ein stiller Zecher, der täglich das eine oder andere Fläschchen Wein trank. Dazwischen auch gerne Schnaps. Diesen allerdings nur zur besseren Verdauung, wie er stets betonte.

Aber die Leute mochten ihn. Er galt als gutmütig und kümmerte sich nicht wirklich darum, wer sich in seiner Glaubensgemeinde gottgefällig benahm und wer nicht. Solange seine Kirche beim sonntäglichen Frühgottesdienst gefüllt war, sah er keine Veranlassung, an seinen Schäfchen herumzunörgeln.

Wie immer begann er auch diesen Gottesdienst mit einer stillen Zwiesprache. Wahrscheinlich mit Gott. Oder dem heiligen Geist. Oder dem Weingeist, wie manche spotteten, ohne es böse zu meinen. Jedenfalls murmelte Bonifaz etwas vor sich hin, und aus seinem Mund stieg ein leichter Hauch auf und erinnerte daran, dass es Dezember geworden war. In der Kirche war es kalt. Endlich drehte sich Bonifaz um, blickte andächtig über die Köpfe der dick vermummten Gläubigen hinweg und betete leise vor sich hin. Plötzlich war ein lautes metallisches Klacken zu hören. Das Kirchentor sprang auf. Kurz darauf tauchte eine weibliche Gestalt im Mittelgang auf, von oben bis unten eingehüllt in einen wollenen braunen Umhang. Trotz der Kälte lief sie barfuß. Nun drehten sich alle Köpfe zu ihr hin. Fröstelnd schleppte sie sich bis nach vorn zu Bonifaz – und brach dort zusammen.

Keiner rührte sich. Alle hatten die Augen weit aufgerissen. Von draußen, durch das offene Kirchentor, wehte ein eisiger Luftzug herein.

Bonifaz fand als erster die Fassung wieder und schrie: »Macht endlich das Tor zu, sonst erfrieren wir noch alle.«

Dann räusperte er sich heftig und wandte sich der Frau zu. Langsam zog er ihr den Umhang vom Kopf. Ihr Gesicht war bleich und ihre Lippen bläulich angeschwollen.

»Oh du Allmächtiger! Die Gretel vom Katzensteiner-Bauern.«

Sofort sprangen mit lautem Rumpeln Gretels Eltern und ihre jüngere Schwester auf, die weiter hinten Platz genommen hatten, und drängten sich nach vorn.

»Was ist geschehen?«, jammerte der Katzensteiner-Bauer. »Wir sind heute ausnahmsweise nicht gemeinsam zur Kirche gegangen, weil sich die Gretel nicht wohlgefühlt hat, aber später nachkommen wollte.«

Bonifaz kniete nun neben der Gretel und hob ihren Oberkörper an, hielt ihr eine Hand unter die Nase und spürte einen leichten Hauch.

»Sie lebt!«

Ein Aufatmen ging durch die Kirche. Nun schob er den Umhang ein klein wenig auseinander, und als er bemerkte, dass sie darunter völlig nackt war, deckte er sie beschämt sofort wieder zu. Er war schockiert und ratlos, dennoch fand er Worte.

»Ihr alle könnt Zeugnis darüber ablegen, dass der Allmächtige die Gretel in der Not zu uns in den Gottesdienst geleitet hat, weil sie sich hier seiner Gnade sicher sein konnte.«

Dass ihm so etwas Gescheites eingefallen war, überraschte ihn selbst am meisten. Jedenfalls nickten ihm die Gläubigen verzückt zu und bekreuzigten sich.

»Liebe Gemeinde, die Katzensteiner-Bauern sind heute vom Besuch des Gottesdienstes entbunden, damit sie sich um ihre Gretel kümmern können.«

Und zum Katzenstein-Bauern sagte er: »Bring sie ins Pfarrhaus, die Antonia wird sich kümmern«, und bedeutete seiner Köchin, der Familie zu folgen.

Für diese Großzügigkeit erntete er eine so innige, feste Umarmung durch die Bauersleute, dass ihm dabei ein kräftiger Rülpser entfuhr.

Die ohnmächtige Gretel wurde von ihrem Vater aufgehoben und aus der Kirche getragen. Die Bäuerin und die jüngere Schwester folgten schluchzend.

»So, liebe Gemeinde, kniet in Demut nieder und lasset uns für die arme Gretel beten!«

†††

Im Pfarrhaus legte der Katzensteiner-Bauer die Gretel liebevoll auf Antonias Bett und rieb ihr zunächst mit seinen warmen Händen sanft die Füße. Dann hob er behutsam den Umhang an. Sie war nicht nur völlig nackt, sondern hatte überall blutige Schnittwunden, Kratzer und rote Flecken. Entsetzt wandte er sich ab.

Gretels Schwester begann bitterlich zu weinen und wurde von Antonia sofort zur Seite genommen. Sie drückte sie an ihre Brust und verließ mit ihr die Kammer.

»Wer tut denn so was?«, schluchzte die Bäuerin völlig außer sich, kniete nieder und holte ihren Rosenkranz hervor.

Der Bauer schüttelte nur den Kopf, streichelte nun Gretels Wangen und fuhr ihr immer wieder durch die Haare. Nach einiger Zeit der Fürsorge erwärmte sich der Körper der jungen Frau, und sie atmete wieder regelmäßig. Schließlich schlich Bonifaz herein. Er hatte seinen Gottesdienst zu Ende gebracht.

»Wie geht es ihr?«

»Ich glaube, sie kommt wieder zu sich«, sagte der Bauer.

»Der Allmächtige wird all unsere Gebete erhören«, prophezeite Bonifaz und bekreuzigte sich.

In diesem Moment öffnete Gretel ein wenig die Augen und schaute verloren um sich.

»Gretel, Gretel«, sprach sie der Bauer an.

»Vater«, hauchte sie schwach.

»Du bist in Sicherheit. Schau, auch der Herr Pfarrer ist hier.«

Bonifaz lächelte gütig und legte seine Hand auf die Stirn der jungen Frau.

»Mein Kind, du hast nichts mehr zu befürchten. Du bist in Gottes gnädigen Händen.«

Sie hob leicht ihren Kopf an. Sofort schob ihr der Bauer ein Kissen unter den Nacken.

»Was ist geschehen, mein Kind?«, fragte Bonifaz.

Sie hustete und rang nach Worten: »Der Rotsohler!«

»Oh mein Gott!«, kam es wie aus einem Mund der Bauersleute.

Bonifaz kratzte sich am Kopf.

»Der Rotsohler?«

»Ja. Ich hab ihn gesehn!«

»Wie sah er denn aus?«

»Er war ganz schwarz und ist plötzlich hinter einem Baum hervorgekommen und hat mich am Arm gepackt.«

»Hast du seinen Pferdefuß gesehen?«, fragte die einfältige Bäuerin.

Die Gretel brach in Tränen aus.

»Ja ... nein ... Ich weiß es nicht! Es ging ja alles so schnell. Er ... er hat mich am Arm gepackt und vom Weg gezerrt ... und dann ... dann ...«

Alle lauschten gespannt.

»Und dann hat er mir die Kleider und Schuhe vom Leib gerissen ... und hatte ein Messer.«

»Ein Messer?!«, schrie der Bauer auf, »Oh du Allmächtiger!«

»Oh Gott, oh Gott!«, rief die Bäuerin, während sie sich unentwegt bekreuzigte.

»Er hat das Messer auf meiner Brust angesetzt, aber ich hab mich gewehrt und um mich geschlagen ... und ... und gefleht, dass er mich in Ruhe lassen soll. Irgendwie konnte ich mich losreißen und meinen Umhang greifen. Und dann bin ich einfach nur noch gerannt.«

Bonifaz wurde nachdenklich und kratzte sich am Kinn: »Und wo genau hat er dich überfallen?«

»Beim Felsbrocken hinten im Wald.«

»Ist das nicht furchtbar?!«, sagte der Bauer, »warum wollte der Rotsohler ausgerechnet die Gretel? Sie hat doch nichts Böses getan. Sie ist doch ein gottesfürchtiges Mädel und betet regelmäßig zu Gott. Hochwürden, Sie müssen etwas tun. Vielleicht hilft es, wenn sie die Gretel mit Weihwasser besprengen, damit sich der Rotsohler nicht ihrer Seele bemächtigen kann.«

»Weihwasser kann nie schaden«, meinte Bonifaz. »Bring deine Gretel aber vorerst nach Hause und pflege sie gut. Mit dem Weihwasser komme ich später zu euch rüber. Damit inzwischen nichts passieren kann, lege ich persönlich ein Wort bei Gott für euch alle ein.«

»Hochwürden ist zu gütig«, sagte die Bäuerin. »Und wenn Hochwürden dann bei uns ist, könnte Hochwürden ja gleich unseren ganzen Hof, die Tiere und überhaupt alles mit Weihwasser besprengen.«

»Na, na, wollen wir es nicht gleich übertreiben«, sagte Bonifaz, »Weihwasser ist heilig und sehr wertvoll. Es ist nicht einfach zum Verschütten und Verschwenden da. Es will sparsam eingesetzt sein.«

»Ich dachte ja nur, dass beim Rotsohler vielleicht eine größere Menge ...«

»Vertrau mir! Ich kenne mich da aus!«, unterbrach Bonifaz sie beruhigend. Dann wandte er sich dem Bauern zu und gab ihm mit einer Kopfbewegung zu verstehen, mit ihm draußen allein reden zu wollen. Auf dem Flur mahnte Bonifaz: »Du solltest dein Weib zu mehr Bescheidenheit erziehen«.

†††

Am Nachmittag hatte sich der Himmel zugezogen und es schneite. Wegen der Kälte blieb jede einzelne Schneeflocke liegen, und das Land überzog sich mit einem seidig glänzenden Schleier. Normalerweise hätte es sich Bonifaz bei so einem Wetter in seiner Stube gemütlich gemacht, doch die Sache mit der Gretel ließ ihm keine Ruhe. Er hüllte sich dick ein und ging hinaus zu jenem Felsbrocken. Rundherum wischte er den frischen Schnee ein wenig zur Seite, aber außer ein paar gefrorenen Spuren von Stiefeln und Hufeisen war da nichts. Und schon gar nicht deutete irgendetwas auf ein Gerangel oder einen Kampf hin. Er suchte weiter und rückte dabei immer tiefer ins Gebüsch und in den Wald vor. Schließlich fand er etwas und zog es aus dem Unterholz. Es musste eine helle Bluse gewesen sein. Die Knöpfe waren ausgerissen, die Ärmel zerfetzt. Der Stoff übersät mit roten Flecken.

Entsetzlich!

Gleich in der Nähe fand er weitere Fetzen, auch allesamt blutdurchtränkt. Er bekam einen trockenen Hals und musste kräftig schlucken.

Ein Wunder, dass die Gretel noch lebt! Wenn es schon nicht der Teufel selbst war, der hier gewütet hat, so ist derjenige, der das getan hat, vom Teufel besessen!

Er nahm alles an sich und hoffte, auch Spuren vom Angreifer zu entdecken. Aber so sehr er sich auch bemühte, er fand nichts. Oder doch?

Nun bemerkte er in der Nähe eine ungewöhnliche Ansammlung von Ästen, die sorgfältig übereinandergeschichtet waren. Er zögerte. Wollte er überhaupt wissen, was sich darunter befand? Oder sollte er es einfach auf sich beruhen lassen? Das Leben hatte ihn gelehrt, dass es manchmal besser war, nichts gesehen oder gehört zu haben.

Ich lasse es sein! Genug für heute! Aus und Amen!

Er wandte sich ab, doch schon nach wenigen Schritten hielt er wieder an. Die Neugierde quälte ihn und ließ ihn umkehren. Er entfernte Ast für Ast von dem Haufen, und schon bald zeichnete sich ein steifgefrorener Kadaver darunter ab. Ziemlich übel zugerichtet. Ringsum vereistes Blut. Es dürfte einmal ein Ziegenbock gewesen sein. An der Unterseite mit einem glatten Schnitt aufgeschlitzt, wodurch die Eingeweide herausgequollen waren. Seltsam war, dass der Schädel fehlte. Sauber abgetrennt.

Bonifaz überkam ein Gefühl der Beklemmung. Ihm wurde übel bei dem Gedanken, dass zwischen der Tat an Gretel und dem Abschlachten des Tieres ein Zusammenhang bestehen könnte.

Doch er versuchte sich einzureden, dass das alles nur Zufall war und er nicht in Hysterie verfallen sollte. Vielleicht hatte ja nur ein Wilderer das Tier erlegt und den Schädel als Trophäe mitgenommen. Und die Sache mit der Gretel hatte damit überhaupt nichts zu tun. Was auch sollte das mit der Gretel zu tun haben? Es wäre doch zu seltsam.

Ich muss das rasch vergessen!

Notdürftig warf er die Äste wieder über den Kadaver und wandte sich abermals zum Gehen, als er unvermittelt zusammenfuhr. Es war ihm unerklärlich, aber erst jetzt bemerkte er den Schädel des Ziegenbocks, der am Ast eines Baumes hing. Die toten Augen des Tieres starrten ihn an.

Das war so unerträglich für ihn, dass er sich sofort daranmachte, den Schädel abzunehmen. Schon überkam ihn der nächste Schauer, denn auf einem der Hörner war eines jener liebevoll gehäkelten Häubchen aufgespießt, das von Frauen gerne als Kopfschmuck beim Kirchgang getragen wurde.

Wenn das hier das Häubchen von der Gretel ist, dann möge Gott uns beistehen!

Jetzt bereute er zutiefst, dass er sich hatte hinreißen lassen. Er wusste, dass er aus dem Grübeln nicht herauskommen würde.

Was geht hier vor? Wer hat hier seine Hände im Spiel? Wer ist dazu fähig?

Er spürte Panik in sich aufkommen und hatte nur mehr eines im Sinn: Diesen verwunschenen Platz schleunigst zu verlassen.

†††

»Antonia! Antonia! Hierher!«

»Ja, ja, ich komme schon.«

Sie ließ alles liegen und stehen und folgte Bonifaz in die Pfarrstube. Er breitete die Stofffetzen auf dem Tisch aus.

»Schau, was ich gefunden habe. Das werden wohl die Kleider der Gretel sein. Oder was davon noch übrig ist.«

Sie hob entsetzt ihre Hände.

»Oh mein Gott, da sind ja überall Blutflecken dran! Wer ist zu solcher Grausamkeit bloß fähig?«

Er zuckte nur mit den Schultern.

Sie begann am ganzen Körper zu zittern.

»Hochwürden, sagen Sie mir bitte die Wahrheit: Geht hier der Teufel um?«

Er winkte ab.

»Ich glaube nicht, dass der Teufel oder der Rotsohler, wie die Gretel gesagt hat, mit einem Messer herumstreunt. Steht nirgends so geschrieben!«

»Ja, aber die Gretel hat doch nicht geträumt. Wer sonst noch kommt dafür in Frage?«

»Wenn ich das nur wüsste.«

»Na, wenigstens ist es nicht der Teufel«, tröstete sie sich selbst und wirkte erleichtert.

Doch er hob mahnend den Zeigefinger.

»Ich glaube aber nicht, dass wir deshalb weniger Furcht haben müssen. Wenn es schon nicht der Rotsohler gewesen ist, müssen wir vor jemand anderem auf der Hut sein, der ihm an Grausamkeit um nichts nachsteht.«

Er ging zur Kommode, öffnete ein Türchen und holte eine Flasche hervor. Gekonnt entfernte er mit den Zähnen den Verschluss und setzte zu einem kräftigen Schluck an. Er atmete ein paar Mal tief ein und wiederholte das Ganze, bis alles ausgetrunken war.

»Hochwürden sollten nicht so viel trinken«, ermahnte sie ihn sorgenvoll. »Es wird Hochwürden noch umbringen. Besonders dieser Schnaps.«

»Er hilft mir, einen klaren Kopf zu bewahren«, behauptete er und stellte die leere Flasche beiseite. Nun setzte er sich hin und legte seinen Kopf in beide Hände, als würde er angestrengt nachdenken. Sie begann auf ihn einzureden: »Alle Leute in der Kirche haben die arme Gretel gesehen. Es wird keine Ruhe einkehren, bevor sie nicht wissen, was da geschehen ist.«

»Ja, ja, die Leute ... das ist nicht gut.«

Eigentlich wollte er mehr sagen, doch seine Zunge hinderte ihn daran. Sie lag wie ein steifer Klumpen im Mund. Er nahm sich zusammen, und tatsächlich gehorchte sie ihm wieder. »Das ... ist ... nicht gut! Der Herr ... der Allmächtige ... «

Er hielt inne. Die Zunge.

Antonia wartete. Und wartete. Dann wurde es ihr zu dumm und sie keifte: »Was ist mit dem Allmächtigen?«

»Naja ... er ... er ... ist allmächtig. Er wird wohl wissen, was er tut, auch wenn seine Wege manchmal unergründlich sind. Unergründlich ... jawohl ... «

Nun sabberte der Pfarrer aus dem Mund, und die ganze Stube roch nach Schnaps. Sie riss das Fenster auf und ließ frische Luft herein.

»Aber können wir nicht auch etwas tun?«

»Ja, ja ... beten ... ganz viel beten!«

Gleich darauf fielen ihm die Augen zu, und er krachte mit der Stirn auf die Tischplatte.

†††

»Die Herren sind da«, verkündete ein Diener dem Grafen zu Mürze.

Dieser erhob sich von seinem Schreibtisch, um die drei Geistlichen von Kindberg gebührend zu empfangen. Sixtus, von der großen Ortspfarrkirche Petrus und Paulus, Cornelius, von der Kalvarienbergkirche, welche sich auf einer kleinen Anhöhe etwas außerhalb des Ortes befand, und Bonifatius von der Georgikirche.

Der Graf lächelte ein wenig gezwungen und bot seinen Gästen Stühle an.

»Wir danken, dass Sie sich Zeit für uns nehmen, Herr Graf«, begann Sixtus, »wir kommen als Vertreter unserer Gemeinden und wollen unsere Sorge über gewisse, na sagen wir ... Vorfälle, zum Ausdruck bringen.«

»Ein Vorfall, wie Sie es nennen, ist mir bereits zu Ohren gekommen. Es war ja schließlich das Ortsgespräch schlechthin«, sagte der Graf. »Was der Katzensteiner-Gretel widerfahren ist, muss ja ganz schlimm gewesen sein.«

»Ja, ja, ganz schlimm!«

»Was war denn noch?«

Sixtus sah seinen Glaubensbruder Cornelius an, der erzählte: »In meiner Pfarrgemeinde wird von seltsamen Vorgängen berichtet. Von Haustieren, die irgendwo tot und mit aufgeschlitzten Bäuchen herumliegen. Zumeist sind auch die Schädel abgeschnitten. Bonifaz hat auch so einen Fund gemacht!«

»Stimmt! Ich habe einen toten Ziegenbock mit aufgeschlitztem Bauch und abgeschnittenem Schädel gefunden. Auf den Hörnern war das Häubchen der Katzensteiner-Gretel aufgespießt.«

»Wem gehörte das Tier?«, fragte der Graf.

»Weiß ich nicht. Der Besitzer hat sich noch nicht beklagt.«

Der Graf runzelte die Stirn: »Sonst noch etwas?«

»Ja! Immer wieder erzählen Frauen, dass sie sich verfolgt fühlten, wenn sie allein auf einsamen Wegen durch Wälder oder über Wiesen unterwegs sind«, sagte Sixtus. »Im Wald hörten sie manchmal verräterische Geräusche. Einige berichten von einer dunklen Gestalt, einige von einem schwarzen Schatten.«

Da ergriff wieder Cornelius das Wort: »Nach dem, was ich hier höre, gewinnt auch die Erzählung der alten Suppenberg-Dorli an Bedeutung. Sie ist im Kopf bisweilen nicht mehr ganz klar, aber sie erzählt herum, dass sie auf ihrem Weg vom Suppenberg herunter ins Tal dem Rotsohler begegnet ist. Er sei ganz schwarz gewesen, habe sie verfolgt und sei dann aber plötzlich wieder im Wald verschwunden. Sie dachte schon, ihre Zeit sei gekommen.«

»Auch die Katzensteiner-Gretel behauptete, es wäre der Rotsohler gewesen. Aber ich mag nicht recht daran glauben«, fügte Bonifaz hinzu.

»Ich auch nicht«, beeilte sich der Graf zu sagen.

Die drei Geistlichen wirkten erleichtert. Keiner von ihnen wollte schließlich den Teufel höchstpersönlich im Ort haben und sich womöglich den Vorwurf gefallen lassen, daran die Schuld zu tragen, weil es ihnen nicht gelungen wäre, das Volk im Glauben ordentlich zu festigen.

»Das heißt dann aber, dass es jemand aus dem Volk sein muss«, folgerte Sixtus.

»Ganz genau«, sagte der Graf.

»Aber wie können wir so einem Unhold auf die Schliche kommen?«, wollte Bonifaz wissen.

Der Graf dachte kurz nach.

»Ihr seht euer Volk regelmäßig im Gottesdienst und ihr kennt jeden. Achtet auf Besonderheiten, auf Veränderungen, auf Äußerungen. Vielleicht brüstet sich jemand damit. Ich werde auch Gutsverwalter Lafer einweihen.«

»Aber Herr Graf, während des Gottesdienstes ist es kaum möglich, auf derartige Besonderheiten zu achten, noch dazu bei dieser Vielzahl von Menschen«, gab Cornelius zu bedenken. Sixtus und Bonifaz stimmten ihm zu.

»Wenn Ihr einen besseren Vorschlag habt, dann heraus damit«, forderte der Graf. »Das Einzige, was wir momentan tun können, ist aufmerksam zu sein.«

»Und was sollen wir dem verängstigten Volke sagen, wenn sich wieder etwas ereignet?«, fragte Bonifaz.

Der Graf lächelte hinterlistig.

»Naja, nur, weil wir unsere Bedenken wegen des Rotsohlers haben, so muss dies ja nicht bedeuten, dass er nicht doch dahinter stecken könnte. Schließlich glauben sowohl die Gretel als auch die Suppenberg-Dorli daran.«

»Herr Graf meinen also, dass der Rotsohler als Sündenbock durchaus hilfreich wäre?«, hielt Sixtus schmunzelnd fest.

Der Graf nickte. Die drei Geistlichen machten ein unschuldiges Gesicht und verdrehten gottesfürchtig ihre Augen, hüstelten und räusperten sich dabei.

»Gut. Die Sache ist vorerst einmal ausgeredet«, sagte Sixtus, klatschte sich dabei auf die Oberschenkel und gab damit das Zeichen zum Aufbruch.

»Und vergesst nicht, mir jede Auffälligkeit sofort mitzuteilen«, verabschiedete sich der Graf und lehnte sich in seinem Stuhl zurück. Doch wirklich entspannen konnte er sich nicht. Die Vorfälle im Ort belasteten ihn mehr, als er zu erkennen gegeben hatte. Aber die Idee mit dem Sündenbock gefiel ihm. Schließlich und endlich würde ihn das Volk nicht für den Teufel verantwortlich machen können, aber sehr wohl für einen Unhold.

†††

»Der Rotsohler?«, wiederholte Lafer, weil er offensichtlich nicht glauben konnte, was er soeben gehört hatte.

»Ja!«, sagte der Graf.

»Ein willkommener Sündenbock also«, brachte Lafer das hinterhältige Spiel auf den Punkt. Der Graf kratzte sich an der Stirn, er fühlte sich gar nicht wohl in seiner Haut, weshalb er versuchte, die Sache herunterzuspielen: »Aber nur solange, bis wir den richtigen Täter gefunden haben.«

Auf Lafers Stirn zeichneten sich Sorgenfalten ab.

»Und wie sollen wir ihn finden?«

»Indem wir auf der Hut sind. Irgendwann wird er sich schon verraten.«

Lafer nickte zwar, gab sich aber nicht zufrieden.

»Sollten wir nicht auch nach dem Täter suchen und nicht nur abwarten, bis sich ein Hinweis ergibt?«

Der Graf quälte ein Lachen aus sich heraus und sagte: »Wir werden uns doch nicht wegen eines Spinners in Angst und Schrecken versetzen lassen.«

»Es mag ein Spinner sein, aber ... «

»Kein aber! Wahrscheinlich ist der ganze Spuk ohnehin schon wieder vorbei. Und außerdem: Wo sollten wir mit unserer Suche beginnen? Es wird von Vorfällen am Herzogberg berichtet, genauso wie am gegenüberliegenden Suppenberg. Ach ja, fast hätte ich es vergessen: Daneben gibt es auch noch Frauen, die sich sonst wo verfolgt fühlen.«

»Das ist schon richtig. Das Gebiet ist sehr groß«, pflichtete ihm Lafer bei. »Dennoch ist die Grausamkeit, mit der wir es hier zu tun haben, einzigartig und sollte uns zu denken geben.«

Der Graf überlegte.

»Wie sollen wir dann vorgehen?«

»Die Gegend durchstreifen, Leute befragen. Vielleicht gemeinsam mit ihrem Sohn Eugen«, schlug Lafer vor.

»Mit Eugen? Aus ihm ist zwar ein tüchtiger junger Mann geworden, und er wird eines Tages meine Nachfolge antreten, aber das würde zu viel Aufsehen erregen. Ich möchte ihn da heraushalten«, wimmelte der Graf ab. »Sie machen das allein. Diskret. Wir müssen zuallererst erreichen, dass Kindberg wieder zur Ruhe kommt.«

†††

»Was soll geschehen sein?«, entrüstete sich Pfarrer Cornelius, als ihn gleich nach dem Gottesdienst in der Kalvarienbergkirche eine besorgte Frau aufsuchte und ihm flüsternd eine schier unglaubliche Geschichte erzählte.

»Ja, so reden es die Leut im Ort. Wenn es wahr ist, müssen Herr Hochwürden was unternehmen.«

Angeblich hatte die alte Suppenberg-Dorli geheim im Wald eine üble Kreatur geboren. Der Vater sei kein Geringerer als der Rotsohler selbst. Gleich nach der Geburt hätte sie dieses Geschöpf in einem hohlen Baumstamm versteckt, würde aber einmal täglich dorthin gehen, um es mit toten Spinnen und sonstigem Getier zu füttern. Cornelius musste sein Lachen unterdrücken.

»Liebe Frau, das ist natürlich eine sehr ernste Sache, derer ich mich sofort annehmen werde.«

Sie atmete erleichtert auf und ließ ihn kopfschüttelnd zurück. Gleich darauf klopfte es abermals an die Tür, und die kleingewachsene alte Suppenberg-Dorli – lange gebogene Nase, Kopftuch und gebückte Haltung – trat völlig aufgelöst ein.

Die kommt ja wie gerufen!

»Grüß Gott liebe Dorli, was führt dich denn zu mir?«, gab er sich ahnungslos. Sie bekreuzigte sich und brach sofort in Tränen aus.

»Hochwürden, ich brauche Ihre Hilfe. Die Leute sagen, ich sei des Teufels.«

»Aber warum denn nur?«

Jetzt musste er sich die Geschichte zum zweiten Mal, aber aus anderer Perspektive anhören. Sie beteuerte, den Rotsohler zwar einmal gesehen zu haben, wäre aber niemals mit ihm im Bunde gewesen. Außerdem würde er sicherlich kein hässliches altes Weib schwängern, da es doch im Ort so viele junge, knusprige Mägde gäbe.

Cornelius schloss seine Augen und tat, als müsse er intensiv nachdenken.

Dann ergriff er sein Kreuz, das er um den Hals trug, und machte sie glauben, die Stimme Gottes zu hören.

»Was sagt er?«, schluchzte sie.

Cornelius öffnete wieder seine Augen: »Wir glauben dir, liebe Dorli. Du warst in deinem langen Leben immer gottesfürchtig und der Kirche gehorsam zugetan.«

»Ich danke Gott, und ich danke Ihnen, Hochwürden.« Sie kniete schwerfällig nieder und küsste ihm die Zehen.

»Schon gut, schon gut. Du kannst dich wieder erheben.«

Genauso schwerfällig richtete sie sich wieder auf. »Aber Hochwürden ... «

»Aber was?«, unterbrach er sie ein wenig ungehalten, da er diese leidige Geschichte für beendet gehalten hatte.

»Aber Hochwürden müssen es auch dem Volk sagen.«

»Das werde ich, liebe Dorli, das werde ich. Doch ... «

Er überlegte und tippte sich dabei mit einem Finger auf die Nasenspitze. »Je mehr ich darüber nachdenke, desto mehr wird mir klar, dass es damit wohl nicht getan sein wird.«

»Oh Gott, oh Gott«, erschrak sie, »was ist es denn, dass Ihr von mir verlangt?«

»Du musst Zeichen setzen, liebe Dorli. Zeichen.«

Er nahm eine würdevolle Gebetshaltung ein.

»Welche Zeichen kann ein altes Weib wie ich setzen?«

»Zeichen deiner ungebrochenen Gottesnähe. Widme dein Leben verstärkt Gott und der Kirche, indem du hier am Pfarrhof hochfreudig deine Dienste anbietest. Das wird deine Festung gegen alles Ungemach sein.«

Und so kam es, dass die alte Suppenberg-Dorli für Ordnung und Sauberkeit rund um den Kalvarienberg, die Kalvarienbergkirche und den Pfarrhof zuständig wurde und sich auch im hohen Alter nicht zur Ruhe setzte.

†††

Der Breitler-Bauer rückte den Stuhl ganz nahe an Lafer heran.

»Die Leute im Ort erzählen, dass Sie sich überall umhören und umsehen.«

»Ach, die Leute reden viel, wenn der Tag lang ist«, sagte Lafer und fuhr abwehrend mit der Hand durch die Luft, ärgerte sich jedoch, da er offenbar nicht so diskret vorgegangen war, wie es der Graf gewünscht hatte.

»Du willst doch sicher nicht darüber mit mir reden. Also, warum bist du zu mir gekommen?«

»Mir liegt da was auf dem Herzen«, sagte der Breitler-Bauer im Flüsterton.

Lafer war gespannt und wartete. Aber es kam nichts. Schließlich fragte er ungeduldig:

»Lieber Matthias, muss ich es dir jetzt aus der Nase ziehen?«

»Es ist mir peinlich«, würgte der Breitler-Bauer heraus, »es geht um meine Sau.«

»Was ist mit ihr?«

»Sie ist weg!«

»Mir ist sie nirgends untergekommen, wenn du das meinst. Musst sie selbst suchen. Vielleicht hat sie nur ein wenig Lust auf Liebe bekommen und hält nach einem Eber Ausschau.«

Der Breitler-Bauer grinste kurz, kratzte sich dann aber verlegen am Kopf. »Wenn es nur das wäre. Es ist eine seltsame Geschichte. Aber bitte lachen Sie mich jetzt nicht aus.«

»Ich verspreche es.« Lafer hob die rechte Hand zum Schwur.

»Es war an einem Abend, bei mir am Hof oben am Herzogberg. Mein Weib und unsere beiden Kinder sind aufgeregt in die Stube gerannt und haben hysterisch herumgeschrien.«

»Was haben sie geschrien?«

»Sie haben gekreischt, dass unsere Sau wie wild gegrunzt hat. Grad so, als wäre der Tod vor ihr gestanden. Wir sind dann alle raus und haben grad noch gesehn, wie sich drüben am Wald jemand an unserer toten Sau zu schaffen gemacht hat und mit ihr dann schnell im Wald verschwunden ist.«

»Und was hast du getan?«

»Ich wollt ihm nachlaufen, doch mein Weib hat mich zurückgehalten. Nach dem was mit der Katzensteiner-Gretel passiert ist und die Geschichten über den Rotsohler ...«

Lafer schüttelte den Kopf: »Und weiter?«

»Wir waren uns einig, dass wahrscheinlich der Rotsohler unsere Sau geholt hat und dass er uns vielleicht verschont, wenn wir ihm die Sau überlassen und still sind. Zuviel reden hat noch nie was gebracht. Und Pfarrer Bonifaz hat immer wieder gepredigt ...«

»Der Rotsohler«, fuhr Lafer genervt dazwischen.

Der Breitler-Bauer schämte sich sichtlich.

»Ich weiß auch nicht, ob es diesen Rotsohler wirklich gibt oder nicht. Ich weiß nur, dass wir seitdem unsere Ruhe ham.«

»Du hast ja auch einen Knecht. Warum hast du ihn nicht zu Hilfe geholt?«

»Er war im Wirtshaus.«

Lafer hatte genug gehört.

»Wie du siehst, lache ich dich nicht aus, lieber Matthias. Die Sache ist nämlich ganz und gar nicht zum Lachen.«

Der Breitler-Bauer pirschte sich wieder ganz nah an Lafer heran und flüsterte verunsichert: »Und was ist mit dem Rotsohler? Könnt da was dran sein?«

Lafer flüsterte zurück: »Glaub nur das, was du *wirklich* gesehen hast.«

Der Breitler-Bauer überlegte kurz, zwinkerte ihm schelmisch lächelnd zu und sagte: »Gott hab ich auch noch nie *wirklich* gesehn.«

Lafer schmunzelte, hob mahnend den Zeigefinger und äffte Bonifaz nach: »Lieber Matthias, noch vor gar nicht langer Zeit hätte man dich dafür der Ketzerei beschuldigt und auf dem Scheiterhaufen verbrannt.«

†††

»Jetzt frage ich mich aber wirklich, was das alles soll? All diese Geschichten«, knurrte der Graf und marschierte nachdenklich im Kreis. »Und Sie glauben wirklich, dass das Verschwinden dieser Sau etwas mit den anderen Vorfällen zu tun haben könnte?«

Lafer nickend: »Es passt gut ins Bild, das wir haben.«

»Wenn dem so ist, dann wird die tote Sau irgendwo zu finden sein, so wie die anderen toten Tiere auch, von denen berichtet wurde. Wenn nicht, dann haben wir es vielleicht nur mit einem einfachen Dieb zu tun«, meinte der Graf. »Halten Sie dort oben Nachschau.«

Lafer sattelte seinen Noriker und machte sich auf den Weg. Nicht allzu weit vom Breitler-Hof ritt er in den Wald und stöberte zwischen den Bäumen umher. Als es dann besonders unwegsam wurde, stieg er ab. Und noch ehe er sich versah, rutschte er auf dem feuchten Boden aus und schlitterte einen Hang hinab, bis er vor einem Haufen Gestrüpp liegen blieb. Er war nicht ernsthaft verletzt, hatte aber Prellungen. Aus Verlegenheit über sein Ungeschick schaute er hinauf zu seinem Pferd, das die Mähne kräftig schüttelte, als biege es sich vor Lachen. Langsam richtete sich Lafer wieder auf und klopfte seine Kleider ab. Dabei stieg ihm ein penetrant süßlicher Geruch in die Nase. Er schob das Gestrüpp ein wenig auseinander, und ein faulender Kadaver kam zum Vorschein, hellrosa, die Eingeweide klaffend offen, der Schädel fehlte.

Ein Schauer lief ihm über den Rücken, er bekam eine Gänsehaut. Dann zückte er sein Messer, schnitt einen Ast vom nächsten Baum und stocherte im Kadaver herum. Der Gestank war unerträglich. Er hätte sich übergeben müssen, wenn er sich nicht rechtzeitig die Nase zugehalten hätte. Dann fiel sein Blick auf einen Fleischklumpen, der etwas abseits lag. Er untersuchte ihn näher.

Könnte das Herz gewesen sein.

8

(Monate später …) Fronleichnam. Wie alle Jahre zogen die Menschen von Kindberg in einer feierlichen Prozession durch den geschmückten Ort. Gottesfürchtig. Betend. An der Spitze die drei Geistlichen Sixtus, Cornelius und Bonifatius, gleich dahinter der Graf mit seiner Gemahlin und den Kindern. Ein besonderes Vorrecht, aber auch eine Pflicht, sich der Gemeinde zu zeigen.

Eugen, der älteste Sohn des Grafen galt als scheu und zurückhaltend, unsicher dem weiblichen Geschlecht gegenüber. Sein Vater war in jüngeren Jahren das genaue Gegenteil gewesen, wie das Volk nie aufhörte zu munkeln. Karl, der jüngere Sohn kam eher nach dem Vater. Er hatte in Wien Jurisprudenz studiert, arbeitete nun dort in einer ehrwürdigen Kanzlei und genoss auch sonst die Vorzüge des Stadtlebens.

Die beiden Töchter Agatha und Josepha waren die Sorgenkinder der Familie. Sie hatten sich bisher einer ordentlichen Vermählung widersetzt und lebten bei Verwandten in der Provinzstadt Graz. Gerüchten zufolge wenig christlich, da sie häufig mit wechselnden Verehrern beobachtet wurden – sehr zum Missfallen der Kirche. Der Graf beteuerte immer wieder seine Machtlosigkeit in dieser Sache, doch wirklich überzeugen konnte er die Geistlichkeit nur durch höhere Zuwendungen.

Nach der Prozession zog sich die gräfliche Familie ins Schloss zurück, um dem Trubel zu entgehen. Als alle bei Tisch waren, meinte der lebenslustige Karl: »Schade, dass wir nicht noch ins Wirtshaus gegangen sind.«

Die Gräfin nippte an ihrem Glas und blickte empört auf.

»Wo hast du bloß diese Unart her? Du erweist unserem Stande keinen guten Dienst. Nicht Volksnähe, sondern Distanz schafft Respekt und Macht!«

»Ach Mutter«, sagte Karl. »Wo lebst du denn? Selbst unser Kaiser Joseph ...«

Sie fiel ihm ins Wort: »Du wirst doch hoffentlich nicht auch schon von diesen abstrusen Ideen beeinflusst sein? Diesem Kaiser ist doch nichts heilig. Er tritt die Kirche mit Füßen und trampelt auf den gottgegebenen Rechten unseres Standes herum.«

»Gottgegebene Rechte? Sind denn vor Gott nicht alle Menschen gleich? Dein Standesdünkel ist unerträglich«, warf Eugen ein und kam Karl damit zuvor.

»Mische dich nicht in Dinge ein, die du offenbar nicht verstehst«, schnappte sie zurück, worauf Eugen das Glas, das er eben noch zum Munde geführt hatte, auf den Tisch knallte und die Familienrunde verließ.

»Liebe Agnes, das hast du nun davon«, sagte der Graf betont sanft.

Sie rümpfte die Nase.

»In unserem Hause lasse ich diese Dinge erst gar nicht einreißen! Am Ende kommt er dann noch mit einem Weib aus dem gewöhnlichen Volk daher und schwafelt uns etwas von Liebe vor.«

Der Graf schluckte nur, und die beiden Töchter starrten mit gesenkten Köpfen schamhaft auf die Tischplatte.

†††

Der Breitler-Bauer war mit Frau und Kindern nach der Prozession ins Wirtshaus gegangen, um sich ausgiebig dem Tratsch hinzugeben. Als er aber dann immer mehr in Trinklaune verfiel, war es seine Frau, die ihn zum Aufbruch drängte. Er murrte widerwillig, gab aber nach, auch aus Rücksicht auf seine beiden Kinder, welche die ganze Zeit über keinen Mucks von sich gegeben hatten.

Auf dem Weg machte er immer wieder kleine Späße und blödelte zur Freude der Kinder mit ihnen herum. Sie erlebten ihn wahrlich nicht oft so ausgelassen wie an diesem Festtag. Seine Frau ließ ihn gewähren und meckerte nicht herum. Sie schlenderten am gräflichen Schloss vorbei, passierten den Gutshof und erreichten ein Stück weiter oben den Waldrand. Dort hielten sie an, atmeten tief durch und genossen die Aussicht auf das Tal.

»Ich muss mal zur Seite«, sagte die Bäuerin.

»Liebe Frau, dir steht der ganze Wald zur Verfügung«, lachte der Bauer und breitete dabei seine Arme aus, als wolle er die ganze Welt umarmen.

»Such dir ein schönes Plätzchen, aber trödle nicht, denn ewig werden wir hier nicht auf dich warten.«

Sie schmunzelte nur und verschwand zwischen den Bäumen. Unterdessen tollten die Kinder fröhlich herum. Nachdem sie alle schon viel zu lange gewartet hatten, unterbrach der Bauer das Treiben.

»Na, wo ist sie denn? Doch hoffentlich kein harter Stuhlgang, hahaha!«

Die Kinder kicherten herzlich. Dann ein entsetzlicher Schrei. Sie hielten inne und schauten sich erschrocken an.

»Das war die Mutter«, meinte der Bub und rannte los.

»Halt! Bleib hier!«, rief der Vater ihm nach, aber in dem Moment stürzte die Bäuerin kreischend, mit fuchtelnden Armen aus dem Wald und schrie: »Oh mein Gott, was für ein Unglück! Bloß weg von hier!«

»Was ist denn los?«

Sie zitterte am ganzen Leib und schnappte nach Luft, die Arme auf die Knie gestützt. Da drückte der Bauer seine Frau fest an sich und redete sanft auf sie ein: »Beruhige dich, und sag was passiert ist?«

Sie flüsterte ihm ins Ohr. Er wurde bleich im Gesicht und bekreuzigte sich: »Oh du Allmächtiger.«

†††

»Ja, ja, ich komme schon«, sagte Lafer und öffnete. »Oh, wen haben wir denn da? Den Breitler-Bauern.«

Er blickte ihm über die Schulter.

»Und gleich mit seiner ganzen Sippe. Was gibt es denn so Wichtiges an diesem Festtag? Es wird doch wohl nicht schon wieder ein Vieh weggekommen sein?«

»Nicht hier draußen vor den Kindern«, sagte Breitler und schlüpfte mit seinem Weib unaufgefordert hinein. Sofort begann sie wild gestikulierend loszuplappern.

»Das ist ja furchtbar«, schüttelte Lafer den Kopf, »bist du dir sicher?«

»Ganz sicher. Ich habe es mit meinen eigenen Augen gesehen«, antwortete sie.

Lafer konnte es immer noch nicht fassen.

»Wo genau noch mal soll das gewesen sein?«

»Gar nicht so weit von hier. Gleich da oben im Wald.«

»Wartet, ich werde sofort den Herrn Grafen verständigen.«

Daraufhin rannte er zum Schloss, wo ihm zufällig Eugen begegnete.

»Ich suche den Herrn Grafen. Dringend!«

»Das trifft sich gut«, sagte Eugen, »auch ich bin gerade auf dem Weg zu ihm. Er ist sicher noch bei der Familie im großen Salon.«

»Und warum sind Sie nicht dort? Gehören Sie etwa nicht zur Familie?«, fragte Lafer beiläufig, aber nicht ohne Unterton.

»War ich ja, anfangs. Aber Sie kennen ja meine Mutter.«

Lafer wusste nur zu gut, wovon er sprach, doch war jetzt keine Zeit dafür. Ohne anzuklopfen platzten sie dann einfach hinein.

»Da bist du ja wieder, mein Sohn«, schnatterte die Gräfin zur Begrüßung, und es sollte wohl versöhnlich klingen. »Wo warst du überhaupt? Ach was, egal. Unseren Herrn Gutsverwalter hast du auch gleich mitgebracht. Was verschafft uns die Ehre?«

»Ich bitte um Verzeihung«, sagte Lafer und machte eine kleine Verbeugung, »aber die Sache ist von äußerster Dringlichkeit. Dürfte ich den Herrn Grafen auf ein Wort nach draußen bitten?«

»Was kann wohl so wichtig sein?«, brummte der Graf, erhob sich aber dennoch.

»Nein, nein, nicht jetzt, lieber Herr Gutsverwalter. Unsere Familie wünscht keine Störung. Nicht heute«, mischte sich die Gräfin ein.

Der Graf tat so, als habe er ausgerechnet jetzt nicht zugehört und folgte Lafer.

»Also, was ist los?«

Lafer fasste sich so kurz wie möglich und nahm wahr, wie es dem Grafen vor Entsetzen den Schweiß auf die Stirn trieb. Schließlich sagte er: »Wir brechen sofort auf. Auch Eugen soll jetzt mitkommen. Und wenn er schon da ist, Karl auch. Schadet sicher nicht.«

†††

Die Männer brauchten nicht lange zu suchen.

»Mein Gott!«, entfuhr es Lafer, während sich Eugen entsetzt abwandte. Auch den anderen stockte der Atem, denn eine derart verstümmelte Leiche hatten sie offensichtlich noch nie gesehen. Der ganze Körper war übersät mit Stich- und Schnittwunden. Überall klebte Blut. Das Gewand, oder was davon noch übrig war, war zerschnitten und bestand eigentlich nur mehr aus losen Stofffetzen. Der Brustkorb war aufgebrochen, und wo sich normalerweise das Herz befand, klaffte eine tiefe Wunde. Der Kopf fehlte.

»Das war wohl einmal eine Frau«, murmelte der Graf.

»Abgeschlachtet wie die Sau vom Breitler-Bauern«, fügte Lafer hinzu.

»Was? Wovon reden Sie?«, brauste Karl auf.

Der Graf und Lafer erzählten nun kurz und bündig alle Vorgänge der letzten Zeit, worauf Karl ungläubig den Kopf schüttelte.

»Anscheinend habt ihr das nicht ernst genommen.«

»Aber ja doch. Der Herr Graf hat eine Untersuchung veranlasst. Ich persönlich habe diese vorgenommen«, entgegnete Lafer.

»Nur sehr halbherzig, wenn ich mir diese Bemerkung erlauben darf«, konterte Karl.

»Von dieser Untersuchung habt ihr ja nicht einmal mir erzählt«, ärgerte sich Eugen. »Und was habt ihr herausgefunden, wenn ich fragen darf? Gibt es einen Verdacht?«

»Danke lieber Bruder. Das wollte ich auch gerade fragen. Jetzt bin ich aber gespannt.«

Der Graf räusperte sich verlegen.

»Kein konkreter Hinweis, aber die Leute im Ort glauben, der Rotsohler habe seine Hände im Spiel.«

Karl tippte sich an die Stirn: »Der Rotsohler! Diese Leute hier sind unglaublich. Für mich ein Grund mehr, in Wien zu leben. Wie hältst du das bloß aus, Eugen?«

»Es ist müßig, jetzt darüber zu diskutieren«, beschwichtigte der Graf, »wir sollten lieber nach dem Kopf suchen, damit wir wissen, wer das ist.«

»Und was ist mit dem Herz?«, fragte Lafer.

»Was soll damit schon sein? Wenn wir es finden, schön und gut. Aber es nützt uns nichts«, sagte der Graf.

Die Männer schwirrten nach allen Seiten aus, und kurz darauf entdeckte der Graf einen Haufen mit Fichtenzweigen. Vorsichtig entfernte er die Zweige und wich angeekelt zurück. Mit einem lauten Pfiff signalisierte er den anderen, herbeizueilen.

»Wer ist das?«, fragte er in die Runde und deutete auf den Kopf einer jungen Frau mit langen, blonden Haaren und blutverschmiertem Gesicht. Augen und Mund weit aufgerissen. In Todesangst erstarrt.

»Das ... das ist die Constantia, die Magd vom Möstling-Bauern«, stammelte Eugen und hielt sich die Hände vors Gesicht.

»Entschuldigt mich.«

Dann rannte er aus dem Wald.

Auch Karl war entsetzt.

»Welche Bestie macht denn so was?«

Lafer zögerte nicht lange, packte den Kopf an den Haaren und legte ihn an der Leiche ab.

»Wir werden die Constantia oder das, was von ihr noch übrig ist, in eine Decke wickeln und sie im Schutz der Nacht zum Pfarrhaus nach Kindberg bringen. Sie soll ein ehrenhaftes Begräbnis bekommen. Ich werde mich der Sache persönlich annehmen«, sagte der Graf.

»Und ich werde gleich morgen die Möstling-Bauern verständigen«, fügte Lafer hinzu.

†††

»Ich konnte die Sensationsgier in den Augen der Menschen sehen«, sagte die Gräfin nach dem Begräbnis der Constantia. Sie hatte es sich nicht nehmen lassen, mit der ganzen Familie daran teilzunehmen. Wegen der grausamen Umstände der zu Tode Gekommenen.

»Es gibt das Gerücht, dass wohl nur der Teufel daselbst Constantia gerichtet haben kann, und ihre Seele würde statt in den Himmel in die Hölle hinabfahren. Dieses Schauspiel wollte sich offenbar keiner entgehen lassen«, meinte der Graf.

»Wie soll es jetzt weitergehen?«, wollte die Gräfin wissen.

»Überall herrscht große Angst«, sagte er. »Ich kann es verstehen, denn auch ich bin besorgt. Hier geht etwas Schreckliches vor sich.«

Er wandte sich seinen Töchtern zu.

»Ihr beide zieht euch schon morgen wieder nach Graz zurück und bleibt dort. Ich will euch in Sicherheit wissen, denn hier ist es für junge Frauen momentan zu gefährlich.«

Dann deutete er auf Karl.

»Ich bitte dich um eine Erledigung, wenn du in den nächsten Tagen wieder nach Wien zurückkehrst. Du hast während deines Studiums wertvolle Kontakte geknüpft, die wir nun dringend benötigen.«

Während Karl zustimmend nickte, sagte Eugen: »Bist du dir sicher, dass wir die Sache nicht selbst lösen können?«

»Wer von uns sollte es lösen? Karl hat doch recht gehabt als er uns gerügt hat, das alles zu wenig ernst genommen zu haben.«

»Aber ich könnte ...«

Er winkte ab.

»Danke Eugen, aber ich habe mich entschieden.«

Eugen sprang auf und knallte die Tür hinter sich zu.

»Du hättest ihn wenigstens ausreden lassen können«, sagte Karl. »Mittlerweile tut er mir schon leid – dass er hier bei euch sein muss.«

9

(Wochen später ...) Kaiser Joseph II blickte nachdenklich aus dem Fenster seines Arbeitszimmers. Von hier aus konnte er einen Teil des wunderbaren Parks rund um Schloss Schönbrunn einsehen. Es bekümmerte ihn ein wenig, denn allzu oft hatte er seiner vielen Arbeit wegen nicht die Gelegenheit, sich daran zu erfreuen. Vor Jahren hatte er den Thron bestiegen und regierte seither gemeinsam mit seiner Mutter Maria Theresia das Kaiserreich.

Er ging zu seinem Schreibtisch, griff nach der Handglocke und läutete. Kurz darauf öffnete sich die Tür und ein Diener trat mit einer tiefen Verbeugung ein.

»Seine Majestät haben geläutet?«

»Holen Sie mir meine beiden Gardisten«, befahl der Kaiser, setzte sich und senkte den Kopf bis auf die Brust. Es bedurfte keiner weiteren Erläuterung, denn er rief immer dann nach seinen Gardisten, wenn es darum ging, knifflige Fragen der inneren Sicherheit zu erörtern.

Minuten später hörte er stramme Schritte. Ein Lächeln ging über sein Gesicht als es klopfte und Altmanner und Eisenvinz in Gardeuniform eintraten. Es war damals die beste Entscheidung gewesen, die beiden in seine Leibgarde aufzunehmen. Abgesehen von der tiefen Freundschaft, die ihn mit beiden verband, hatten die beiden Männer all die Jahre hindurch alle Herausforderungen bravourös angenommen und alle Aufträge bestens erledigt. Keine einzige Intrige am kaiserlichen Hofe hatte es je geschafft, diese freundschaftliche Verbindung zu trennen. Und Versuche hatte es derer viele gegeben. Irgendwann hatten die Intriganten schließlich aufgegeben und ihr Spiel anderswo weitergetrieben.

»Nehmt Platz, meine Freunde. Danke, dass ihr gleich gekommen seid.«

»Wir hatten gerade nichts Besseres vor«, scherzte Altmanner.

»Da habe ich ja Glück gehabt«, scherzte Joseph zurück, zeigte aber sogleich Sorgenfalten. »Der Grund, warum ich euch gerufen habe, ist das hier.« Er schob ihnen dabei ein Schriftstück über den Tisch.

»Es ist von einem Grafen zu Mürze aus der Steiermark. Ich erhielt es durch eine vertrauenswürdige Person zugespielt.«

Altmanner nahm es an sich und las. Sein Gesichtsausdruck verfinsterte sich, und er reichte es Eisenvinz weiter.

»Was sagt ihr dazu?«, fragte Joseph.

»Unglaublich!«, antwortete Altmanner.

»Hans, du stammst doch aus dieser Gegend?«

»Nicht direkt. Meinen Heimatort Turnau und Kindberg trennt ein bewaldeter Gebirgszug, der Herzogberg. Doch ich kenne Kindberg. Ich habe diesen Ort seinerzeit ein paar Mal aufgesucht, um bei den dortigen Schmieden Geräte für meinen Bauernhof zu kaufen. Ich kenne natürlich auch den Grafen. Nicht persönlich, aber vom Hörensagen.«

»Wie ihr ja selbst gelesen habt, bittet mich dieser Graf um Hilfe.«

Der Kaiser stand auf und begann auf und ab zu gehen. Dabei dachte er angestrengt nach und suchte nach passenden Worten.

»Wie ihr wisst, habe ich überall im Reich mit tiefgreifenden Reformen begonnen. In Zukunft soll es einen menschlicheren Strafvollzug geben, eine klare Trennung zwischen Staat und Kirche, um nur zwei Dinge zu nennen. Jedenfalls mache ich mir mit diesen Reformen nicht nur Freunde.«

»Diese Formulierung ist höflich untertrieben«, warf Altmanner ein.

»Und würden diese grausamen Vorfälle aus der Steiermark weithin bekannt werden, wirft man mir womöglich vor, dass es einem menschlicheren Strafvollzug an Abschreckung fehle, überall Gottlosigkeit um sich greife und sich infolgedessen solche Taten in Zukunft häufen werden. Die Kirche wird wieder mehr Macht einfordern.«

Altmanner und Eisenvinz pflichteten ihm bei.

»Ich muss auf die Bitte dieses Grafen eingehen und ein Zeichen setzen, denn er steht in enger Verbindung zur Kirche, wie ich in Erfahrung bringen konnte. Aber abgesehen davon, berührt mich die Art und Weise, wie diese Frau sterben musste, auch persönlich zutiefst.«

»Wie soll dieses Zeichen aussehen?«, fragte Altmanner.

»Ich werde euch dorthin entsenden, um nach dem Rechten zu sehen. Helft, diesen Täter zu finden! Es geht um sehr viel.«

†††

»Zwei Herren aus Wien wollen Sie sprechen. Angeblich wissen Herr Graf Bescheid«, sagte ein Diener und wartete auf eine Anweisung. Der Graf saß mit seiner Gemahlin Agnes sowie seinem Sohn Eugen gerade beim Mittagstisch und wischte sich verdutzt den Mund ab.

»Hat sich der Kaiser doch tatsächlich unseres Anliegens angenommen.«

»Das hat unser Karl aber gut gemacht«, lobte die Gräfin.

Eugen verdrehte genervt die Augen.

»Ja, ja, wenn wir unseren Karl nicht hätten.«

»Wie sehen die Herren denn aus?«, wollte sie wissen, »schließlich bekommt man nicht alle Tage Besuch vom Hofe in Wien.«

Der Diener räusperte sich.

»In jeder Hinsicht ungewöhnlich.«

»Was heißt ungewöhnlich?«, wunderte sich der Graf.

»Wenn sich die Herrschaften bitte selbst ein Bild machen wollen.«

Rasch erhoben sich alle, liefen zum Fenster und schoben die Gardine ein wenig auseinander.

»Mein Gott, was für ein Riese. Und seht nur, er hat eine eiserne Hand«, entwich es der Gräfin. »Das ist kein Mensch, das ist ein Ungetüm!«

»So wie sein Pferd«, sagte Eugen, »ein prachtvoller Percheron!«

»Na wenigstens sieht der andere mit seinem Noriker wie ein normaler Mensch aus«, fügte die Gräfin hinzu. Der Graf musste über seine Frau schmunzeln und wies den Diener schließlich an, die Neuankömmlinge herein zu bitten.

»Die Herren Gardisten vom kaiserlichen Hof in Wien: Johann Altmanner und ein Herr ... Eisen ... Eisenvinz«, verkündete der Diener mit einem kaum merklichen Kopfnicken und trat zur Seite. Die beiden verbeugten sich schwungvoll.

»Es ist uns eine Ehre«, sagte Altmanner.

»Die Ehre ist ganz auf unserer Seite«, erwiderte der Graf und versuchte sogleich ins Gespräch zu kommen, indem er auf Eisenvinz deutete.

»Ich bitte unsere Neugier zu entschuldigen, aber warum diese eiserne Hand?«

»Kriegsverletzung«, antwortete Eisenvinz kurz und bündig.

»Ah, sehr interessant«, sagte der Graf. »Und ...«

Aber Altmanner unterbrach ihn: »Eisenvinz ist damit in keiner Weise eingeschränkt. Diese Hand ist eine äußerst gefährliche Waffe, wenn er damit zuschlägt.«

»Kann ich mir gut vorstellen. Muss für seine Gegner sehr schmerzhaft sein.«

»Mit Sicherheit, Herr Graf! So, und da wir das geklärt haben, schlage ich vor, dass wir gleich zur Sache kommen.«

Der Graf bot den beiden einen Stuhl an.

»Ich gehe davon aus, dass Sie mein Schreiben gelesen haben und daher wissen, worum es geht.«

Altmanner nickte.

»Ja. Ganz schlimm. Was können wir für Sie tun?«

»Es geht darum, dass ich ... dass wir ...«, der Graf deutete auf seine Familie, »... nicht mehr weiterwissen. In unserem Ort geht ein Unhold um, versetzt alle in Angst und Schrecken, verfolgt Weiber und mordet auf bestialische Weise.«

»Gibt es einen Verdächtigen?«

»Nein, das ist ja das Problem.«

»Oh doch, lieber Vater, es gibt einen Verdächtigen«, mischte sich Eugen mit einem süffisanten Lächeln ein.

»Ah so?«

Der Graf wusste nicht sogleich, worauf sein Sohn hinauswollte.

»Der Rotsohler! Schon vergessen?«

Eisenvinz blickte irritiert zu Altmanner, worauf dieser ihn aufklärte: »So wird hier auch gerne der Teufel genannt.«

»Sie sind gut informiert«, sagte der Graf beeindruckt. »Treibt er gar sein Unwesen auch bei Hofe in Wien?«

Altmanner lachte auf.

»Und wie. Nur kommt er dort zumeist in Gestalt von gelangweilten Hofdamen daher.« Eisenvinz konnte nur schwer ein Grinsen unterdrücken.

»Aber im Ernst: Woher kennen Sie den Rotsohler?«, fragte der Graf. »Dieses teuflische Wesen kennen eigentlich doch nur die Leute hier aus der Gegend.«

»Das ist eine lange Geschichte. Sie gestatten, dass ich sie bei einer anderen Gelegenheit erzähle. Uns wäre sehr geholfen, wenn Sie uns einmal alle Vorgänge der letzten Zeit ausführlich schilderten, damit wir uns ein Bild machen können.«

»Das könnte länger dauern«, sagte der Graf. »Darf ich Ihnen inzwischen etwas zu essen anbieten?«

†††

Altmanner blickte zu Eisenvinz, doch dieser zuckte nur mit den Schultern und streckte müde die Beine von sich.

»Mach du auf, ich sitze hier schon so gemütlich.«

Altmanner öffnete.

»Ja bitte? Was wünschen der Herr?«

»Mein Name ist Lafer, Hubertus Lafer. Ich bitte vielmals um Entschuldigung, wenn ich zu dieser späten Stunde noch störe.«

»Ah, Sie sind der Gutsverwalter«, sagte Altmanner.

»Jawohl! Offenbar wurden die Herren von der gräflichen Familie bereits bestens informiert. Ich hoffe, Ihnen gefällt das Quartier hier im Gutshof?«

Und ohne eine Antwort abzuwarten, zog er eine Flasche aus seiner Jacke.

»Noch einen kleinen Schlaftrunk?«

»Kann nicht schaden. Treten Sie ein! Übrigens: Ich bin Johann Altmanner, und das ist Eisenvinz.«

Eisenvinz hob kurz seine Hand zum Gruß, machte aber sonst keine Anstalten, sich von seinem Stuhl zu rühren.

»Hab ich schon gehört«, sagte Lafer. »Es hat sich sofort herumgesprochen hier im Schloss. Ihre Ankunft war ja nicht zu übersehen.«

Er grübelte kurz.

»Einen Moment, ich hab etwas vergessen.«

Er verschwand, kehrte aber gleich darauf mit drei kleinen Gläsern zurück und schenkte ein. »Lärchenschnaps. Selbst gebrannt. Zum Wohl, meine Herren.«

»Sehr stark«, hüstelte Eisenvinz und lief kurz darauf rot an.

»Na, bei dieser riesenhaften Gestalt sollte sich das wohl kaum bemerkbar machen«, sagte Lafer, schenkte sich nach und kippte den Schnaps hinunter.

»Und was sagen die Herren zu den Vorfällen?«

»Ziemlich grausam«, sagte Altmanner. »Wie uns der Herr Graf erzählt hat, waren Sie auch mit der Sache betraut?«

»Ja, aber da hat es noch keine Leiche gegeben. Ich selbst fand nur eine übel zugerichtete Sau irgendwo im Wald. Gehörte einem gewissen Breitler-Bauern oben am Berg.«

Er schenkte sich wieder nach.

»Erst danach kam die Frau. Sie wurde abgeschlachtet wie dieses Vieh. Das ist die traurige Wahrheit.«

»Kannten Sie die Frau?«

»Constantia? Natürlich. Sie war Magd bei den Möstling-Bauern. Ein hübsches Mädel und noch ledig.«

»Gab es trotzdem einen Mann in ihrem Leben?«, spielte Altmanner auf eine mögliche Liebesbeziehung an.

»Weiß ich nicht. Aber sie hatte sicherlich Verehrer. Junge hübsche Mädel haben doch immer Verehrer.«

»Wer könnte mehr darüber wissen?«

Lafer brauchte nicht lange nachzudenken.

»Wenn jemand darüber etwas weiß, dann sind es die Möstling-Bauern. Ich habe ihnen damals selbst die Todesnachricht überbracht. Will von den Herren noch jemand einen Schnaps?«

Altmanner und Eisenvinz winkten ab.

»Dann wünsche ich einen geruhsamen Schlaf, meine Herren.«

Beim Gehen drehte er sich noch einmal um: »Ich stehe den Herren natürlich jederzeit mit Rat und Tat zur Verfügung.«

»Dieses Angebot nehmen wir gern an«, sagte Altmanner und schloss die Tür hinter ihm. Eisenvinz war inzwischen eingenickt und schnarchte leise vor sich hin. Altmanner entledigte sich nun auch seiner Stiefel und ließ sich müde aufs Bett fallen. Anstatt gleich einzuschlafen, erwachten alte Erinnerungen in ihm. Er spürte plötzlich die drängende Nähe seiner ehemaligen Heimat Turnau. Selbst nach so vielen Jahren. Wie würde es ihm wohl ergehen, wenn er dort wieder auftauchte? Würden ihn die Leute noch erkennen? Oder waren die Altmanners für immer und ewig ausgelöscht oder als Vertriebene geächtet?

Es war spannend und reizvoll zugleich, das alles zu erfahren. Doch zuvor hatte er eine große Aufgabe zu erfüllen. Im Auftrag des Kaisers höchstpersönlich. Und er wollte ihn keinesfalls enttäuschen.

†††

»Da wären wir«, sagte Lafer und deutete auf den kleinen, armseligen Bauernhof am Ende eines engen Seitentals. So früh am Morgen lag hier noch alles im Schatten. Niemand war zu sehen.

»Ein gut gemeinter Rat von mir: Bleibt hier stehen und hört nur zu. Ich weiß, wie man mit den Möstling-Bauern reden muss.«

Er stieg vom Pferd und trommelte mit der Faust an die ziemlich verwitterte Eingangstür, welche aus allerlei Holzbrettern zusammengezimmert war.

»Wenn er noch einmal draufhaut, fällt gleich alles zusammen«, flüsterte Eisenvinz Altmanner zu, und beide mussten grinsen. Auch Lafer schien die Tür für nicht ganz stabil zu halten, denn er schlug kein weiteres Mal dagegen. Stattdessen rief er jetzt: »Macht auf!«

Keine Antwort.

»Macht schon auf. Ich weiß, dass ihr da seid.«

»Wer ist's?«, war eine dumpfe Stimme aus dem Haus zu hören.

»Ich bin es, der Lafer!«

»Allein?«

»Nein! Mit zwei anderen.«

»Wer sind die?«

»Geht dich nichts an.«

Die Tür knarrte, und ein schmächtiges, glatzköpfiges Bäuerlein mit langer Nase lugte heraus.

»Was wollt ihr?«

»Als ich dir die Todesnachricht überbracht habe, habe ich gesagt, du sollst nachdenken. Hast du inzwischen eine Ahnung, wer die Constantia umgebracht haben könnte?«

»Nein! Ich war es jedenfalls nicht. Da müsst ihr woanders suchen.«

»Vielleicht weiß inzwischen dein Weib etwas.«

»Die weiß auch nichts.«

Er wollte die Tür schon wieder zuschlagen, da plärrte plötzlich eine Stimme im Hintergrund. »Oh doch, ich weiß was. Verehrer hat sie gehabt.«

»Halt's Maul, Weib!«, schimpfte der Bauer. Doch da wurde er schon von seiner dicken Frau mit ihren kräftigen Armen zur Seite geschubst.

»Wer waren diese Verehrer?«, wollte Lafer wissen.

»Einer war der Knecht von den Breitler-Bauern. Den anderen habe ich nie richtig gesehen. Er hat sich mit ihr abseits von hier getroffen und kam immer nur in der Abenddämmerung. Er wollte wohl nicht erkannt werden.«

»War etwas auffällig an ihm?«

»Dunkles Gewand, schwarzes Pferd.«

»Was für ein Pferd? Noriker?«

»Weiß ich nicht. War zu weit weg.«

»Hatte sie sonst noch Verehrer?«

»Draußen im Ort sicher auch. Sie war ja eine hübsche Magd. Die jungen Burschen sind in diesem Alter ja ganz närrisch nach jedem Kittel.«

Die beiden Gardisten hatten das Gespräch aufmerksam verfolgt. Altmanner hielt es nicht länger aus, und entgegen Lafers Rat stieg er aus dem Sattel und gesellte sich dazu.

»Hat die Constantia nie gesagt, wer dieser Verehrer mit dem schwarzen Pferd war?«

Die Bäuerin ignorierte ihn, stattdessen zupfte sie Lafer misstrauisch an der Hand.

»Hat der Fremde da was zu melden?«

»Schon gut«, beruhigte Lafer sie, »kannst mit ihm reden. Er ist ein Guter.«

Sie zeigte auf Eisenvinz. »Und was ist mit dem da?«

»Der auch. Ich schwör es bei Gott.«

Sein Ehrenwort wirkte Wunder.

»Constantia hat mir mal erzählt, dass der mit dem Pferd von keinem Bauernhof ist. Mehr hat sie nicht verraten, weil sie ihm im Wort war.«

Altmanner wollte nachhaken, doch schon waren die Möstling-Bauern wieder in ihrem Häuschen verschwunden.

»Die waren heute ungewöhnlich gesprächig«, sagte Lafer und ging zu seinem Pferd zurück.

»Ich zeige euch jetzt, wo wir die Constantia gefunden haben, und danach reiten wir zu den Breitler-Bauern.«

»Wenn die auch so viel reden, wird kein Weiterkommen sein«, scherzte Eisenvinz mit einem sauren Lächeln.

»Keine Angst, die sind nicht so«, sagte Lafer und ritt voran, zunächst steil bergauf, hinaus aus dem engen Tal und dann über ein paar Wiesen in den Wald bis zu der Fundstelle.

»Hier hat sich also alles abgespielt«, sagte Altmanner und sah sich ein wenig um. »Kaum zu glauben, dass überhaupt kein Hinweis auf den Täter vorhanden war.«

»Wir haben den Wald ringsum sehr sorgfältig abgesucht«, verteidigte sich Lafer mürrisch.

»Schon gut. Es war kein Vorwurf«, besänftigte ihn Altmanner.

»Dann können wir ja wieder weiter«, sagte Lafer jetzt bissig und machte kehrt, worauf Eisenvinz hinterrücks Altmanner »jetzt ist er wohl beleidigt« zuflüsterte.

Nach einem weiteren Ritt erreichten sie eine Lichtung, wo sie erstmals den Breitler-Hof sahen und davor Leute bei Heuarbeiten.

»Das ist der Bauer mit seiner Frau. Und der Kerl daneben ist sein Knecht«, sagte Lafer und gab seinem Pferd die Sporen. Durch das Getrappel wurden die Bauersleute bald aufmerksam und hielten inne.

»Oh, Besuch vom Herrn Gutsverwalter und gleich mit zwei Neuen«, grüßte der Breitler-Bauer. »Gibt es schon Neuigkeiten zum Tod von Constantia?«

Seine Frau bekreuzigte sich und murmelte unverständliche Worte in sich hinein. Der Knecht wirkte wie erstarrt.

»Leider nicht«, sagte Lafer, »aber diese beiden Herren kommen extra aus Wien, um uns bei der Suche nach dem Mörder zu unterstützen.«

»Da schau her! Aus Wien!«, staunte der Breitler-Bauer und musterte sie dabei. »Wie das?«

»Das ist eine andere Geschichte«, winkte Lafer ab.

Der Bauer grinste frech.

»Ich hätt aber grad Zeit.«

Lafer ließ sich nicht in Verlegenheit bringen: »Wir aber nicht!«

Der Bauer wollte noch etwas erwidern, als seine Frau dazwischenfuhr: »Lass es gut sein, Matthias. Wichtig ist doch nur, diesen Unhold zu fassen.« Sie bekreuzigte sich abermals. »Gott sei mit Euch!«

»Danke!«, sagte Lafer. »Die Möstling-Bauern haben uns erzählt, dass euer Knecht ein Verehrer von Constantia war.«

Der Bauer sah seinen Knecht an: »Kannst gleich selber reden.«

Der Knecht zwirbelte aufgeregt an seinem fransigen Schnurrbart herum, an dem noch eingetrocknete Essensreste klebten, dann sackte er heftig schluchzend in sich zusammen.

»Ja, es ist wahr. Ich vermisse sie so.«

Altmanner ging auf ihn zu und klopfte ihm tröstend auf die Schulter.

»Es tut mir sehr leid, was geschehen ist. Wir werden alles tun, um den Unhold zu finden, aber dazu brauchen wir deine Hilfe. Die Möstling-Bauern haben uns auch erzählt, dass die Constantia angeblich noch einen anderen Verehrer gehabt hat. Weißt du was drüber?«

»Ja. Aber sie hat mir nie gesagt, wer es ist. Sie hat ihm nämlich ihr Wort gegeben, darüber zu schweigen. Sie hat mir nur gesagt, dass sie sich für mich entschieden hätt und es ihm bei nächster Gelegenheit sagen würd.«

Er begann schwer zu atmen und hielt sich die Hände vors Gesicht. Die Bäuerin hob ihren Zeigefinger.

»Am Ende war der andere gar der Teufel, und als sie sich von ihm lösen wollt, hat er sie geholt! Mit dem ist eben nicht zu spaßen.«

»Tja, mit dem Teufel ist nicht zu spaßen«, pflichtete Altmanner ihr mit dem Ausdruck mitleidigen Verständnisses bei. Mit seinem Blick gab er den anderen gleichzeitig zu verstehen, dass es nun wohl besser wäre, wieder aufzubrechen.

Als sie gleich darauf außer Hörweite vom Hof waren, sagte Lafer: »Dieser mysteriöse Verehrer könnte Constantia aus Eifersucht getötet haben, nachdem sie mit ihm Schluss gemacht hat.«

»Das ist denkbar«, stimmte ihm Altmanner zu, »aber warum betreibt er dafür so einen grausamen Aufwand?«

»Nicht zu vergessen all die Vorfälle zuvor«, sagte Eisenvinz. »Es sei denn, alles war nur Zufall.«

»Wenn wir schon von anderen Vorfällen sprechen«, sagte Lafer und deutete auf eine Kirche, welcher sie sich vom Berg her näherten. »Das ist diese Georgikirche …«

»... wo sich die Sache mit dieser ... wie hieß sie noch ... Katzensteiner-Gretel ereignet hat«, sagte Altmanner.

»Richtig«, pflichtete ihm Lafer bei. »Aber, wenn die Herren jetzt auch noch vorhaben, Pfarrer Bonifaz aufzusuchen, muss ich mich leider verabschieden. Ich habe nämlich noch Einiges zu erledigen.«

»Ist gut«, sagte Altmanner und schaute zu Eisenvinz, der ihm still beipflichtete, »dann werden wir uns diesen Bonifaz eben alleine vornehmen.«

†††

»Hast du Lust auf ein kleines Späßchen?«, fragte Eisenvinz.

Altmanner kniff die Augen zusammen.

»Was hast du vor?«

»Wirst gleich sehen«, sagte Eisenvinz und schlich an der Wand des Pfarrhauses entlang, warf in jedes Fenster einen kurzen Blick, duckte sich darunter weg, bis er schließlich vor dem letzten Fenster verharrte und Altmanner zu sich winkte.

»Das musst du dir ansehen!«

In der Stube kramte Bonifaz in einem Schrank herum, holte eine Flasche heraus, öffnete sie und schnupperte. Dann setzte er ein zufriedenes Grinsen auf und trank gierig, als wäre er am Verdursten. Er setzte kurz ab, um sich den Mund abzuwischen, und schüttete sich dann rasch etwas nach.

»Aber, aber, Hochwürden. Das wird den lieben Gott aber gar nicht freuen«, kommentierte Altmanner die Szene im Flüsterton. Eisenvinz lächelte süffisant.

Nun ging Bonifaz schwerfällig zu seinem Stuhl und ließ sich darauf fallen. Eine zierliche ältere Frau betrat die Stube, meckerte, entriss ihm die Flasche und stellte sie wieder zurück in den Schrank. Er muckte zwar auf, gab aber klein bei.

»Ich glaube, jetzt ist der Zeitpunkt recht günstig, denn der Alkohol hat seine Zunge sicher ein wenig gelockert«, sagte Altmanner, worauf sie zum Eingang zurückkehrten und polternd eintraten, als wären sie soeben angekommen. Sofort stellte sich ihnen diese Frau in den Weg und musterte sie misstrauisch.

»Grüß Gott, die Herren. Kann ich ihnen helfen?«

»Wir würden gern mit Pfarrer Bonifaz sprechen«, antwortete Altmanner und lächelte sie freundlich an.

»Woher sind die Herren und was wollen sie von ihm, wenn ich fragen darf?«

»Das würden wir gern mit ihm alleine besprechen, wenn die gnädige Frau nichts dagegen hat.«

Antonia fauchte kurz und sagte dann: »Hochwürden ist gerade mitten in einem innigen Gebet! Ich werde es aber trotzdem versuchen. Wenn die Herren inzwischen ein wenig warten wollen.«

Sie verschwand in der Stube und schubste die Tür hinter sich zu.

»Ja, ja, er betet gerade innig zu seiner Flasche«, alberte Altmanner mit Eisenvinz herum, und beide mussten still in sich hineinlachen. Gleich darauf drangen dumpfe Stimmen durch die geschlossene Tür. Es hörte sich wie ein Streitgespräch an, das irgendwann abrupt endete. Dann knarrte die Tür, und Antonia lugte heraus.

»Bitte einzutreten! Der Herr Pfarrer hat sein Gebet beendet.«

Bonifaz saß nach wie vor auf seinem Stuhl und versuchte, Haltung anzunehmen.

»Was kann ich für die Herren tun?«, fragte er und konnte seinen Blick nicht von Eisenvinz wenden. Altmanner schnippte mit den Fingern, um die Aufmerksamkeit auf sich zu lenken. »Wir sind Gardisten des Kaisers aus Wien und ...«

Schon unterbrach Bonifaz: »Gardisten des Kaisers hier bei uns auf dem Land und in meiner Kirche. Welch große Ehre. Oder muss ich gar fürchten, dass meine Kirche bald dem Willen des Kaisers zum Opfer fällt?«

Altmanner stellte sich unwissend.

»Was ist denn der Wille des Kaisers?«

»Man hört so einiges.«

»Was denn?«

»Der Kaiser scheint mit uns Gottesdienern keine rechte Freude zu haben. In seinen Augen sollen wir arbeiten und nicht beten. Ein Frevler ist er, dieser Kaiser.«

»Aber, aber! Hochwürden wird doch wohl nicht unseren Kaiser beleidigen wollen?«, sagte Altmanner und zwinkerte Eisenvinz zu.

Bonifaz richtete sich schwerfällig vom Stuhl auf und hob seinen Zeigefinger.

»Gott wird ihm schon noch seine gerechte Strafe angedeihen lassen. Aber wenn der Herr Kaiser trotzdem will, dass ich mit dem Beten aufhören soll, dann bitte sehr.«

Daraufhin ließ er sich wieder so wuchtig auf seinen Stuhl fallen, dass dieser bedrohlich ächzte.

»Das ist aber nicht der Grund unseres Besuchs«, sagte Altmanner, »wir sind gekommen, um das grausame Verbrechen an Constantia aufzuklären.«

Bonifaz schien es peinlich, so vorgeprescht zu sein.

»Ach so«, stammelte er und räusperte sich verlegen, »Constantia ... schrecklich! Dieses arme Mädel, Gott sei ihrer Seele gnädig.«

Er bekreuzigte sich mehrmals.

»Auch hier in der Kirche soll es einen ziemlich ungewöhnlichen Vorfall gegeben haben?«, zeigte sich Altmanner informiert.

»Oh ja! Die arme Katzensteiner-Gretel.«

»Wurde diese Sache jemals untersucht?«

»Ja, von mir. Wollen die Herren etwas trinken? Ein Schnäpschen oder einen Schluck Wein vielleicht? Kann ja nicht schaden.«

Altmanner lehnte höflich ab und spürte, wie enttäuscht Bonifaz war. Sogleich bohrte er weiter: »Gab es Spuren vom Täter? Oder hat er etwas von sich zurückgelassen?«

»Ich fand nur die zerfetzte Kleidung von der Gretel, aber nichts vom Täter. Leider hatte es geschneit, die Spuren waren verwischt. Aber die Gretel meinte, es sei der Rotsohler gewesen.«

»Rotsohler«, seufzte Altmanner auf.

Bonifaz winkte ab: »Ich weiß, ich weiß ... Aber wenn es schon nicht der Teufel selbst ist, so muss es doch jemand sein, der vom ihm geritten wird.«

»Wo wohnt diese Gretel?«, fragte Altmanner.

Bonifaz deutete zum Fenster.

»Wenn die Herren da hinausschauen wollen, gleich da drüben am Katzensteiner-Hof. Der Weg führt von hier direkt dorthin.«

»Dann wollen wir keine Zeit verlieren. Vorerst vielen Dank, Hochwürden«, sagte Altmanner.

»Viel Glück«, nuschelte Bonifaz.

Die beiden verließen den Pfarrhof und schwangen sich auf ihre Pferde, als ihnen Antonia rufend nachgerannt kam: »Meine Herren, auf ein Wort!«

Erstaunt blickten Altmanner und Eisenvinz zu ihr hinunter.

»Ich habe alles mitgehört. Es gibt da noch was«, sagte sie und gab ihnen mit einem Handzeichen zu verstehen, dass sie darüber nicht laut reden wollte. Die beiden beugten sich weit zu ihr hinab.

»Bonifaz hat Angst, sogar große Angst«, behauptete sie. »Deshalb hat er nichts von diesen nächtlichen Zusammenkünften bei Vollmond erzählt.«

»Nächtliche Zusammenkünfte bei Vollmond?«, wunderte sich Altmanner.

Antonia holte ein paar Mal tief Luft.

»Ja. Bonifaz glaubt, dass ich nichts mitbekomme! Aber ich weiß, dass sich zu jedem Vollmond vor Mitternacht unheimliche Reiter mit schwarzen Kapuzen treffen. Gleich da hinten im Wald, am Felsbrocken.«

Altmanner dachte an ein Hirngespinst und gab Eisenvinz ein Zeichen, endlich aufzubrechen. Aber Antonia ließ nicht locker.

»Es ist wahr! Ich hab mich nie getraut, dem nachzugehn. Und ausgerechnet dort wurde auch die Gretel überfallen und übel zugerichtet. Das kann doch kein Zufall sein!«

Sie stellte sich auf die Zehenspitzen, um Altmanner direkt ins Ohr zu flüstern, Eisenvinz konnte gerade noch mithören: »Bevor diese Treffen vor einiger Zeit begonnen haben, haben sie Bonifaz in der Nacht aufgesucht. In der Kirche drinnen haben sie dann miteinander geredet.«

»Was haben sie denn geredet?«, fragte Altmanner mehr aus Höflichkeit, als dass er ihr die Geschichte abnahm.

»Sie haben Bonifaz zum Schweigen verpflichtet.«

»Zum Schweigen worüber?«

»Das habe ich leider nicht hören können, aber vielleicht hängt es auch mit dem Platz hier zusammen, auf dem diese Kirche steht.«

»Was soll da sein?«

»Vor langer, langer Zeit soll sich hier Schreckliches abgespielt haben. Die heidnischen Ureinwohner sollen hier immer wieder unschuldige Kinder geopfert haben, um Unheil abzuwenden. Die Kirche hat dann genau hier dieses Gotteshaus errichtet, damit die armen Seelen wenigstens im Tod ihren Frieden finden. Doch der Teufel soll bis heute hier hausen.« Noch bevor Altmanner darauf eingehen konnte, huschte sie wieder zurück ins Pfarrhaus.

»Jetzt wird die Sache aber wirklich seltsam«, sagte Eisenvinz. »Entweder dieses Weib ist verrückt und denkt sich so was nur aus oder wir sind da wirklich in etwas Unglaubliches hineingeraten. Und vor allem: Wie hängt das alles zusammen? Oder hängt es gar nicht zusammen?«

Altmanner wusste immer noch nicht, was er glauben sollte, aber er versuchte, ein wenig Ordnung in alles Gehörte hineinzubringen. »Lassen wir den Aberglauben einmal beiseite. Vielleicht bedeutet das alles auch nur, dass wir es nicht mit einem, sondern gleich mit mehreren Tätern zu tun haben. Vielleicht mit irgendwelchen verblendeten Spinnern, zu denen auch Constantias unbekannter Verehrer mit dem schwarzen Pferd gehört. Nach allem, was wir jetzt wissen, könnten das Rituale sein.«

»Demnach wäre Constantia aber nicht aus Eifersucht ermordet worden«, warf Eisenvinz ein.

Altmanner seufzte und sagte: »Das würde die Sache aber viel schwieriger machen.«

Sie folgten dem Weg hinter der Kirche und standen schon bald vor dem Felsbrocken. Ohne Antonia hätten sie ihm überhaupt keine Beachtung geschenkt, aber so stiegen sie einfach ab.

»Jede Menge Hufspuren«, stellte Altmanner fest, »aber die können von weiß Gott wem sein.«

Eisenvinz nahm sie sich genauer vor, schüttelte dann nur den Kopf. Er untersuchte den Felsen. »Nirgends klebt Blut. Opferungen von Menschen oder Tieren haben hier sicher nicht stattgefunden.«

Dann trat er auf einen Gegenstand.

»Da! Eine abgebrannte Fackel. Hier noch eine.«

»Das passt zu den nächtlichen Treffen«, sagte Altmanner, »aber wie hängt das alles mit dieser Katzensteiner-Gretel zusammen? Sie ist ja auf dem Weg zum Frühgottesdienst angegriffen worden, also irgendwann am Morgen.«

Eisenvinz konnte sich auch keinen Reim darauf machen. Sie beschlossen, gleich zum Katzensteiner-Hof zu reiten. Dort bot sich ihnen ein prächtiger Ausblick übers Tal, auch die Kirche sah man von hier aus gut.

»Ist das nicht herrlich?«, schwärmte Eisenvinz.

»Glaub mir«, sagte Altmanner, »wenn du hier wohnst und schuftest, kannst du dich daran kaum erfreuen. Ich weiß, wovon ich rede. Schau dir nur diese steilen Wiesen an. Da fällst du am Abend todmüde ins Bett.«

»Da hat der gute Herr wohl recht«, fuhr eine Stimme von hinten dazwischen, und die beiden drehten sich um.

»Wenn ihr zu meinem Mann wollt, der ist gerade bei der Feldarbeit. Das kann noch dauern.« Eine Frau mit sonnengegerbtem Gesicht und knochigen Händen war wie aus dem Nichts aufgetaucht und beäugte sie misstrauisch.

Altmanner setzte eine freundliche Miene auf.

»Du bist wohl die Katzensteiner-Bäuerin?«

»Wer will das wissen?«

»Hab keine Angst, gute Frau! Nur wir wollen das wissen!«

»Ihr seid aber nicht von hier. Ich hab euch nämlich noch nie gesehn.«

»Richtig«, bestätigte er, »wir kommen von weit her, von sehr weit!«

Damit gab sie sich nicht zufrieden und zeigte zum Horizont: »Weiter als von dort?«

Altmanner wurde klar, dass sie ihren Hof offenbar nur selten verließ. »Ja, viel weiter. Wir kommen aus Wien.«

»Von der Stadt hab ich schon gehört«, sagte sie stolz, »groß?«

»Ja, größer als Kindberg.«

Sie klatschte die Hände zusammen. »Oh mein Gott! Dann muss sie ja riesig sein.«

Altmanner nickte bedächtig. »Wir sind hierhergekommen, um die Sache an der Gretel aufzuklären. Wo finden wir sie?«

Die Bäuerin rief ein paar Mal nach ihr, und es dauerte nicht lange, da schlich Gretel misstrauisch äugend aus dem Stall, die Mistgabel fest im Griff.

»Die zwei Herren wollen mit dir reden«, sagte die Bäuerin.

»Es war der Rotsohler!«, schrie die Gretel sofort und zitterte am ganzen Körper.

Altmanner fühlte, dass er sehr behutsam vorgehen musste.

»Siehst du meinen starken Freund hier? Er wird dem Unhold das Handwerk legen, und du kannst dabei helfen.«

»Wie soll ich da helfen können?«

»Indem du uns genau erzählst, was passiert ist, wie er ausgesehen hat und was er gesagt hat.«

»Ich hab damals schon alles Bonifaz erzählt.«

»Ist gut, aber auch wir möchten es noch mal hören. Vielleicht hast du damals etwas vergessen und es fällt dir jetzt ein. Denk noch einmal scharf nach.«

Sie schluckte mehrmals.

»Es war sehr kalt. Ich war auf dem Weg hinüber zur Kirche, zum Gottesdienst. Beim Felsbrocken im Wald stand er dann plötzlich vor mir. Schwarz, ganz schwarz. Er hat mich niedergerissen und mir mit einem Messer das Gewand vom Leib geschnitten. Er hat gesagt, dass er mich aufschneiden wird!«

»War das alles?«, unterbrach Altmanner.

Sie grübelte und begann dann zu schluchzen: »Da fällt es mir ein ... er ... er hat auch gesagt, dass er mich auserwählt hat.«

»Was könnte er damit gemeint haben?«

Während sie dafür keine Erklärung hatte und nur mit den Schultern zuckte, mischte sich die Bäuerin ein: »Ich weiß es vielleicht. Er könnte gemeint haben, dass er unsre Gretel auserwählt hat, um es mit ihr zu treiben und teuflischen Nachwuchs zu zeugen. Doch weil sie immer fromm gewesen ist, hat ihr der liebe Gott die Kraft gegeben, sich dagegen zu wehren.«

†††

An sich wäre es eine Vollmondnacht gewesen, doch der Himmel war wolkenverhangen, die Luft schwül.

Ganz Kindberg lag im Schlaf, nur bei der Georgikirche rührte sich etwas. Altmanner und Eisenvinz schlichen zum Gotteshaus. Als Altmanner auf einen Ast trat, der laut knackte, stöhnte er auf.

Eisenvinz flüsterte ihm zu: »Das hat schon keiner gehört.«

»Hoffentlich«, wisperte Altmanner und spähte vorsichtig um die Ecke.

»Und?«, fragte Eisenvinz.

»Die Luft ist rein.«

Sie huschten zum Eingang und wollten hinein.

Verschlossen.

»In eine Kirche bin ich noch nie eingebrochen«

»Ich auch nicht«, sagte Altmanner, »aber der liebe Gott wird es uns schon verzeihen.«

»Das wird uns aber nichts nützen, hier hat ja angeblich der Teufel das Sagen«, flüsterte Eisenvinz.

Altmanner holte einen kleinen, gebogenen Eisenstab aus seinem Lederbeutel und führte ihn ins Schloss. Er rührte darin herum, bis ein leichtes metallisches Klacken zu hören war. Sie öffneten vorsichtig das schwere Tor, schlüpften hinein und verschlossen es wieder hinter sich. Überall flackerten Kerzen.

»Die Kirche des Teufels«, flüsterte Eisenvinz, »kein Unterschied zu anderen.«

»So gesehen könnten alle Kirchen vom Teufel sein«, erwiderte Altmanner leise, »aber wer weiß, was wir heute noch alles zu sehen und zu hören bekommen. Wenn Antonia die Wahrheit gesagt hat.«

»Wäre es dann nicht besser gewesen, wir hätten uns irgendwo im Wald, in der Nähe des Felsens versteckt? Der Treffpunkt soll ja dort sein.«

Altmanner überlegte. »Hast recht. Geh'n wir.«

Kaum hatte er zu Ende gesprochen, als sich jemand am Kirchentor zu schaffen machte. Die beiden warfen sich einen Blick zu und schafften es gerade noch, sich in eine dunkle Nische hinter dem Altar zu verdrücken.

Gleich darauf traten mehrere Gestalten in schwarzen Umhängen mit Kapuzen ein, liefen durchs Kirchenschiff nach vorne und blieben dort stehen. Einer trat nun vor sie, mit dem Rücken zum Altar. Keiner redete, niemand bewegte sich. Kurz darauf knarrte das Kirchentor erneut, und Bonifaz wurde von einem weiteren Kapuzenmann unsanft hereingestoßen.

Er zitterte vor Angst und hatte seine Hände zum Gebet gefaltet.

»Hast du uns nichts zu berichten?«, fragte ihn der Mann vor dem Altar.

»Doch, doch«, antwortete Bonifaz und fiel auf die Knie. »Zwei Männer haben mich besucht und wollten etwas über den Vorfall mit der Katzensteiner-Gretel und über den Tod der Constantia erfahren.«

»Wer sind diese Männer?«

»Abgesandte, Gardisten des Kaisers aus Wien.«

»Sieh einer an.« Der Anführer klang misstrauisch. »Wissen sie etwas von uns?«

»Nein. Ich habe nichts gesagt.«

»Weh dir du lügst! Du wirst herausfinden, was die Männer genau machen, wen sie befragen und was dabei herauskommt. Und kein Wort über uns, sonst ... Und nun geh zurück ins Pfarrhaus.«

Bonifaz rannte, so schnell sein schwerfälliger Körper ihn trug, hinaus und schlug das Tor hinter sich zu.

»Das gefällt mir gar nicht«, sagte der Anführer, »wir müssen auf der Hut sein. Aber jetzt schnell, es ist bald Mitternacht.«

Altmanner und Eisenvinz ließen noch einige Zeit verstreichen, dann traten sie aus ihrem Versteck hervor.

»Antonia hat die Wahrheit gesagt«, bemerkte Altmanner, »schnell hinterher.«

Sie öffneten das schwere Tor, liefen hinaus und schlichen geduckt in die Nähe des Felsbrockens. Dort fanden sie Deckung hinter einem Gebüsch.

Aus allen Richtungen kamen noch weitere Kapuzenmänner. Irgendwann begann der Anführer: »Höret, was ich euch zu sagen habe: Zwei Abgesandte aus Wien sind hier in unserer Gegend. Es soll sich um Gardisten handeln, die sich für die Vorfälle interessieren. Es wird nur eine Frage der Zeit sein, bis sie auch von uns erfahren, und der Verdacht auf uns fällt. Ich schlage daher vor, dass wir die nächsten Zusammenkünfte anderswo abhalten.«

Aufgeregtes Gemurmel, dann sagte einer: »Wir haben diesen Ort hier sorgfältig ausgewählt, und er liegt günstig für uns alle. Sollen wir ihn wirklich aufgeben? Die sind ja nur zu zweit. Mit denen werden wir doch wohl fertig.«

»Das sind nicht irgendwelche Leute«, widersprach der Anführer, »die sind mit allen Wassern gewaschen.«

Eine anderer mischte sich ein: »Ich bin auch dafür, dass wir kein Risiko eingehn. Ich hab eine Idee, wo wir uns treffen könnten.«

Gemurmel.

»Schweigt! Wo soll das sein?«, fragte der Anführer.

»Am Teufelstein.«

Stille.

»Hm ... gar keine so schlechte Idee«, kommentierte der Anführer. »Zwar viel beschwerlicher, aber auch ein besonderer Ort. Da sind wir mit Sicherheit ungestört. Dann also am Teufelstein! Ich glaube, es ist besser, wenn wir uns jetzt gleich wieder zurückziehn, ich trau dem Braten nicht. Vielleicht beobachtet uns schon jemand.«

Darauf zerstreute sich die Versammlung.

»Der Kerl hat ein gutes Gespür. Das muss man ihm lassen«, bemerkte Altmanner anerkennend.

»Kennst du diesen Teufelstein?«, fragte Eisenvinz.

»Nein. Davon hab ich noch nie was gehört. Aber wir haben ja bis zum nächsten Vollmond Zeit. Inzwischen gibt's noch genug zu tun.«

†††

Es war, als hätte Pfarrer Cornelius nur darauf gewartet, von den Gardisten aufgesucht zu werden. Denn kaum waren sie vor dem Pfarrhaus der Kalvarienbergkirche angelangt, kam er ihnen schon entgegen.

»Ah, die Herren aus Wien. Treten Sie doch näher.«

Mit einer einladenden Handbewegung geleitete er sie in seine Stube.

»Setzt euch doch. Womit kann ich dienen?«

»Vielen Dank, dass Sie sich gleich Zeit für uns nehmen, Hochwürden. Ich gehe davon aus, dass Sie wissen, was wir hier tun«, sagte Altmanner.

»Natürlich. Natürlich. So etwas spricht sich herum«, bestätigte er und kam gleich zur Sache. »Auch in meiner Kirchengemeinde wird von seltsamen Vorgängen berichtet. Die Leute erzählen sich Geschichten von verschleppten und übel zugerichteten Viechern.«

»Was wurde diesen armen Tieren angetan?«

»Aufgeschlitzt und Kopf abgetrennt.«

Es war ihm anzusehen, dass ihm davor graute.

»Gibt es irgendeinen Verdacht?«, fragte Eisenvinz.

»Die Leute glauben, es ist der Rotsohler.«

Altmanner und Eisenvinz seufzten gleichzeitig laut auf, und Cornelius gab ihnen mit einem Augenrollen zu verstehen, dass auch er davon nichts hielt.

»Aber vielleicht kann euch die Suppenberg-Dorli weiterhelfen. Sie ist zwar schon alt, aber noch immer gut zu Fuß und scheut nach wie vor keinen noch so langen Marsch. Langsam zwar, aber immerhin. Sie arbeitet seit einiger Zeit hier bei mir. Angeblich hat sie den Rotsohler gesehen. Es gibt

Leute, die behaupten sogar, sie habe mit ihm eine Kreatur gezeugt.«

Er tippte sich dabei auf die Stirn.

»Können wir mit ihr sprechen? Wir würden gerne selbst hören, was sie darüber erzählt.«, sagte Altmanner.

Cornelius verließ die Stube und kam mit dem alten Weiblein an der Hand zurück. Sie kicherte verlegen und gab den Blick auf ihren zahnlosen Kiefer frei.

»Das ist unsere Suppenberg-Dorli«, stellte sie Pfarrer Cornelius bewusst laut sprechend vor, um auf ihre Schwerhörigkeit hinzuweisen. »Sie geht mir ein wenig zur Hand. Davor war sie eine fleißige Näherin und ist unermüdlich von Hof zu Hof gezogen. Dann hat sie lange Zeit Unterschlupf bei einem Bauern am Suppenberg gefunden. Doch am Ende hat der liebe Gott ihr den Weg hierher gewiesen. Hab ich recht, Dorli?«

»Ja, ja «, krächzte sie. »Ehre sei Gott in der Höh!«

Altmanner erhob sich und rückte ihr einen Stuhl zurecht.

»Wer seid Ihr?«, fragte sie.

»Wir wollen, dass du uns von deiner Begegnung mit dem Rotsohler erzählst«, antwortete Altmanner.

Sie bekreuzigte sich und holte ihren Rosenkranz unter der karierten Schürze hervor. Sie hielt ihn fest in ihrer Hand.

»Ja, ich hab ihn gesehn. Es war im Wald, hier ganz in der Nähe. Ich hatte am Abend den Gottesdienst besucht und war dann auf dem Weg nach Haus auf den Suppenberg. Ich war müde und musste rasten. Ich weiß nicht mehr, wie es passiert ist, aber plötzlich ist er vor mir gestanden. Ganz schwarz, hatte einen großen Hut ins Gesicht gezogen. Er hat gesagt, er hat mich auserwählt und ich soll mich drüber freun. Dann hat er ein Messer gezogen und wollt mich abstechen.«

Sie atmete schwer. Die Erinnerung schien ihr den Verstand zu rauben.

»Was geschah weiter?«, fragte Altmanner.

»Ich hab mich nicht rührn können vor Angst. Gott sei Dank konnt ich noch reden, und hab zu ihm gesagt, dass ich nichts mehr wert bin, alt und hässlich, dass er sich irrt.«

Sie zupfte zwischendurch an ihrem Rosenkranz.

»Dann hat er mich festgehalten und mein Kopftuch einfach runtergeschnitten mit dem Messer. Ich hab laut zu beten angefangen, und wie durch ein Wunder hat er mich losgelassen. Dann war er weg.«

»Ist dir sonst noch etwas aufgefallen?«

»Ja! Er muss es wohl gewesen sein, der Höllenteufel«, entgegnete sie mit vor Angst geweiteten Augen.

»Danke Dorli, du kannst gehen«, sagte Cornelius und wartete bis sie weg war.

»Im Kopf ist sie nicht mehr ganz klar. Viel wird uns das nicht helfen. Vielleicht hat sie das alles auch nur geträumt.«

Altmanner und Eisenvinz nickten nur zustimmend. Altmanner fragte dann nach Constantia.

»Ich hab sie gekannt, wie alle hier im Ort. Über ihren Tod weiß ich nur das, was die anderen erzählt haben. Furchtbar! Wir sind alle schockiert, überall geht die Angst um.«

»Das kann ich mir gut vorstellen«, bekräftigte Altmanner. »Die Grausamkeit dieser Tat ist unglaublich. Dass der liebe Gott so etwas überhaupt zulässt! Aber vielleicht ist er auch gar nicht so mächtig, wie alle glauben.«

Cornelius faltete verlegen seine Hände. Altmanner konnte seine Gedanken lesen.

Hab ich richtig gehört? Hat sich dieser Gardist wirklich erdreistet, die Allmacht Gottes in Frage zu stellen? Aber wen wundert's, von die-

sem gottlosen Kaiser in Wien ist ohnehin nichts anderes zu erwarten als blanker Frevel!

Cornelius versuchte, Haltung zu bewahren und sich nicht provozieren zu lassen.

»Ich schließe Constantia in jedes meiner Gebete ein!«

»Gut so«, sagte Altmanner, »ich glaube, das wäre vorerst alles. Vielen Dank, Hochwürden.«

Cornelius erhob die Hand zum Kreuzzeichen vor den Gardisten, während diese sich auf ihre Pferde schwangen.

»Er irrt sich. Die Suppenberg-Dorli hat das nicht geträumt«, sagte Altmanner. »Ihre Erzählungen über den Unhold und die der Katzensteiner-Gretel ähneln sich. Beide Male hat er davon gesprochen, dass er sie auserwählt hat ...«

»... und bei Constantia hat er sein Vorhaben dann vollendet. Aber was meint er bloß mit dem Auserwähltsein?«, rätselte Eisenvinz.

†††

»Ich höre davon heute zum ersten Mal«, sagte der Graf zu Mürze nachdenklich. »Ich könnte mir vorstellen, dass diese nächtlichen Zusammenkünfte etwas mit dieser ehemaligen heidnischen Kultstätte zu tun haben. Angeblich gab es dort früher Menschenopfer, Tieropfer. Oh mein Gott! Es werden doch wohl nicht ein paar Verrückte diesen Kult wieder aufleben lassen?!«

Altmanner versuchte zu beruhigen: »Nach allem, was wir bis jetzt herausgefunden haben, geht es dort nicht um irgendwelche Opfer.«

»Worum dann? «

»Das wissen wir nicht. Noch nicht. Diese Kapuzenmänner waren zu sehr mit der Sorge beschäftigt, entdeckt zu werden.

Deshalb haben sie beschlossen, ihre Treffen an einen anderen Ort zu verlegen und zwar …«

Noch bevor Altmanner zu Ende sprechen konnte, stürmte Lafer außer Atem zur Tür herein. »Entschuldigung, aber die Sache wird auch die Herren Gardisten interessieren!«

»Anders wird diese Störung wohl nicht zu erklären sein«, entgegnete der Graf.

»Ich habe gerade eine Nachricht erhalten. Auf halbem Weg zwischen der Georgikirche und dem Breitler-Hof. Wir sollen uns das selbst ansehen.«

»Geben Sie bitte auch Eugen Bescheid. Ich will ihn ab jetzt einbinden, sonst regt er sich wieder auf.«

»Das habe ich schon versucht, konnte ihn aber nirgends finden!«

»Na, dann eben ohne ihn«, murrte der Graf. »Dann braucht er sich später aber nicht zu beklagen.«

Ohne weiter Zeit zu vergeuden, schwangen sich die Männer auf ihre Pferde, galoppierten zur Georgikirche und von dort in den dahinterliegenden Wald. Sie trafen Bonifaz und einen weiteren Mann an.

»Da drüben«, rief Bonifaz aufgeregt ohne ein Wort des Grußes.

Altmanner nahm sich der Sache als erster an, kam aber angeekelt sofort zurück.

»Was ist das für ein stinkender, schwabbelnder Haufen?«

Bonifaz bekreuzigte sich und zeigte auf den Mann.

»Das war die Ziegengeiß vom Fichten-Bauer. Jemand hat sie ihm gestohlen, so wie schon vor einiger Zeit den Bock. Der ist auch abgestochen worden, gar nicht weit von hier. Jetzt hat der Bauer keine Viecher mehr.«

»Es fehlt der Schädel und auch das Herz«, wimmerte der Fichten-Bauer. »Außerdem wurde dem armen Tier die Haut abgezogen.«

Bonifaz nahm Altmanner zur Seite und flüsterte ihm ins Ohr: »Wahrscheinlich ist das die gerechte Strafe.«

»Wovon reden Sie?«

»Der Fichten-Bauer baut seit einiger Zeit diese neuen Früchte an, die in der Erde wachsen. Die Leute sagen Erdäpfel dazu. Er will sie am Markt verkaufen. Doch wir hier im Ort lassen uns nicht verführen, das ist Teufelswerk. Wer sonst lässt Früchte in der Erde wachsen, wenn nicht der Teufel höchstpersönlich. Wahrscheinlich hat ihm unser allmächtiger Gott als Strafe die Ziegen genommen.«

Altmanner ließ sich nichts anmerken. Erdäpfel standen am kaiserlichen Hof schon längst auf dem Speiseplan und galten als äußerst schmackhaft. Doch hier herrschte offenbar noch immer ein fataler Aberglaube.

Altmanner zog Bonifaz nun ein Stück weiter und ließ sich mehr über den Fichten-Bauer erzählen. Der sei im Ort wohl bekannt und habe immer schon als seltsamer Kerl gegolten. Und über seine Gottesfürchtigkeit herrsche große Uneinigkeit. Er ließe sich allzu schnell von neuen Dingen begeistern. Als der Fichten-Bauer einmal eine dieser Schmieden im Ort besucht habe, sei er danach vom Wasserantrieb des Hammers so stark beeindruckt gewesen, dass er ganz euphorisch war und meinte, die Wasserkraft müsse sich doch irgendwie auf andere Werkzeuge übertragen lassen, damit die Leute nicht mehr so schwer arbeiten müssten. Seitdem gelte er nicht nur als gottlos, sondern auch als arbeitsscheu. Es sei auf alle Fälle besser, dem Fichten-Bauer aus dem Weg zu gehen.

Altmanner und Bonifaz mischten sich wieder unter die anderen und beteiligten sich an der weiteren Spurensuche. Sorgfältig untersuchten alle ringsum den Boden, das Gras und Gebüsch, und bald hielt Altmanner einen geknickten Ast in der Hand.

»Es sieht so aus, als ob der Täter zu Fuß mit dem Tier von dort unten gekommen ist, es hier abgeschlachtet hat und dann nur mit Schädel, Herz und Fell nach oben weitergegangen ist. Die Blutspur ist ziemlich frisch.«

»Worauf warten wir noch?!«, sagte Eisenvinz und schwang sich auf seinen Percheron. Auch Altmanner, Lafer und der Graf verloren keine weitere Zeit.

»Gott sei mit euch« rief Bonifaz ihnen hinterher und blieb mit dem traurigen Fichten-Bauer zurück.

†††

Die Spur endete unweit einer kleinen Hütte, wie sie typischerweise von Holzfällern als Unterschlupf bei Unwettern und für ein gelegentliches Nachtlager gebaut wurden. Wände und Dach waren aus der Rinde gefällter Bäume gefertigt, es gab keine Fenster und nur einen winzigen Eingang an der Stirnseite.

»Vielleicht ist es einer von denen«, sagte Altmanner.

Lafer schüttelte den Kopf.

»Kann ich mir nicht vorstellen. Heute arbeiten alle unsere Holzknechte vom Schloss auf der anderen Seite vom Berg, und die arbeiten immer nur gemeinsam. Wenn da jemals einer fehlt, fällt das gleich auf.«

Die Männer kauerten sich auf den Boden und warteten ab. Nichts rührte sich. Da gab Altmanner Eisenvinz ein Zeichen, worauf der auf die Hütte zustürmte. Noch im Laufen hob er seine eiserne Hand, durchschlug mit einem einzigen Hieb die Tür und drang ein. Kurz darauf kam er tief gebückt wieder heraus und hatte den Schädel und das Fell der Ziege in der Hand.

»Was haltet ihr davon?«

»Ich kann mir das nur so erklären«, sagte Altmanner, »wahrscheinlich hat er bemerkt, dass er verfolgt wird und hat das hier zurückgelassen, um schneller voranzukommen. Nur«, er warf einen Blick in die Hütte, »wo ist das Herz?«

»Jetzt, wo du es sagst. Das ist doch hochinteressant. Er lässt alles zurück, nur nicht das Herz.«

»Irgendeine Idee, was er damit wohl macht?«, fragte der Graf, erntete aber nur ratlose Blicke.

»Verdammt noch mal! Jetzt waren wir schon ganz knapp dran«, brach es aus Lafer heraus, doch Altmanner bedeutete ihm, leise zu sein und sagte nach einer Weile im Flüsterton: »Kennt ihr das Gefühl, beobachtet zu werden? Er ist in der Nähe, ich kann es spüren.«

Alle lauschten. Eine leichte Brise fuhr durch die Bäume. Irgendwo flatterte ein Vogel auf.

Nach einer Weile wurde der Graf ungeduldig.

»Und wo soll er sein, bitte schön? So viele Möglichkeiten hat er ja nicht.«

»Aber er ist hier«, antwortete Altmanner beharrlich.

Lafers Stimme bekam einen zynischen Tonfall: »Wenn er nicht auf einen der Bäume geklettert ist, was in der kurzen Zeit unmöglich ist, kann ihn nur der Erdboden verschluckt haben. Und wie das gehen soll ...«

»Meine Herren«, unterbrach der Graf, »für den Fall, dass wir noch länger hier herumstehen, möchte ich nur darauf hinweisen, dass es bald dunkel sein wird und wir keine Fackeln bei uns haben.«

Altmanner lief noch ein wenig die unmittelbare Umgebung ab, musste aber einsehen, dass es keinen Sinn hatte. Am Ende zogen sie unverrichteter Dinge wieder ab und machten sich auf den Weg nach Hause zum Schloss. Die Enttäuschung saß tief. Keiner verlor ein Wort.

†††

»Wir sollten uns bei den Leuten in Kindberg ein wenig umhören«, meinte Altmanner, »vielleicht ist etwas Brauchbares dabei.«

»Gute Idee«, sagte Eisenvinz, »aber wie willst du das machen? Sollen wir uns hier einfach auf den Marktplatz stellen und jeden befragen, der gerade vorbeikommt?«

Altmanner lachte.

»Hast ja recht, aber wir könnten in ein Wirtshaus gehen. Vielleicht ist dort jemand redselig.«

»Das ist ein Wort. Das gefällt mir!«, freute sich Eisenvinz. »Nach dem gestrigen Tag haben wir uns das so oder so verdient. Wo sollen wir hingehen?«

Altmanner schaute sich um. »Mir sticht da dieser Kirchenwirt ins Auge.«

»Ich bin dabei.«

Sie banden ihre Pferde an und betraten die stickige Gaststube. Am Stammtisch saßen schnauzbärtige Bürgersleute und saugten an ihren Pfeifen. Hinten in der Ecke spielten ein paar Männer in abgerissener Kleidung Karten, auf dem Tisch zahlreiche Bierkrüge.

Die Besucher zogen sofort neugierige Blicke auf sich und wurden eingehend gemustert, wobei Eisenvinz seine eiserne Hand unterm Umhang verborgen hielt. Keiner antwortete auf den Gruß der Neuankömmlinge, die Leute wandten sich gleich wieder ab.

Es dauerte eine Weile, bis aus der Küche ein hagerer Mann mit Bartstoppeln und fleckiger Schürze auftauchte. Er zog einen Zahnstocher aus seinem Mund und würgte ein lustloses »Grüß Gott« heraus: »Was darf es denn sein?«

Altmanner streckte bloß zwei Finger hoch. Der Wirt verstand und steckte sich den Zahnstocher wieder in den Mund.

Gleich darauf stürmte ein halbwüchsiger Bub in die Gaststube, direkt auf den Wirt zu. Vor Aufregung überschlug sich seine Stimme. »Vater, schau dir das an. Vor dem Haus ist ein riesiges Pferd. Ich hab so was noch nie gesehn!«

»Ja, ja, schon gut. Später.« Der Wirt deutete auf die Gardisten. »Es gehört sicher einem dieser Herren da.«

Jetzt schien der Bub sich zu schämen und verzog sich schnell wieder.

»Naja, so sind die Buben«, sagte der Wirt, und stellte die vollen Krüge Bier auf den Tisch. Altmanner und Eisenvinz prosteten sich zu und nahmen einen kräftigen Schluck.

Die Kartenspieler in der Ecke wurden immer lauter.

»Du Hund du«, schrie einer plötzlich, »hast schon wieder verloren und willst nicht zahlen! Verzieh dich! Kannst erst wieder mitspielen, wennst Geld hast.«

Der Beschimpfte klatschte die Karten auf den Tisch, erhob sich schwerfällig und wankte stockbetrunken zur Tür. Bevor er hinaustrat, drehte er sich noch einmal um.

»Du Sauhund! Gewinnst eh nur, weil du falschspielst.«

Da sprang der Angesprochene auf, stürzte sich auf ihn und riss ihn zu Boden. Dort schlug er mit den Fäusten so hart und unerbittlich zu, bis der Geschlagene blutete und sich nicht mehr rührte.

»Den lasst jetzt aber nicht da liegen. Räum ihn gefälligst raus, sonst kriegst nichts mehr«, brüllte der Wirt und bekam als Antwort einen Faustschlag in den Bauch, der ihm umgehend den Atem raubte. Er hatte sich kaum davon erholt, als er einen weiteren kräftigen Schlag ins Gesicht bekam und hart an die Wand krachte. Alles ging so schnell, dass Altmanner und Eisenvinz keine Zeit blieb, dem Wirt beizustehen. Und gerade als sie eingreifen wollten, kam der Schläger an ihren Tisch, schnappte sich grinsend den Krug von Eisenvinz und nahm einen kräftigen Schluck.

»Wenn mir der Wirt nichts mehr gibt, dann hol ich es mir eben von dir.«

Eisenvinz schwang blitzschnell seine eiserne Hand und schlug sie dem Trunkenbold auf den Kopf. Der ging sofort zu Boden und blieb reglos liegen.

Inzwischen hatte sich der Wirt mit seiner blutigen Nase wiederaufgerichtet und nickte Eisenvinz wohlwollend zu. Dann schleifte er die beiden Bewusstlosen einen nach dem anderen vor die Tür, holte einen Bottich mit Wasser und überschüttete sie damit.

Die anderen Gäste schüttelten nur die Köpfe und wandten sich wieder ab.

»Es tut mir leid«, entschuldigte sich der Wirt, »manchmal geraten sich diese Kerle in die Haare und zetteln eine Rauferei an. Doch diesmal haben sie sich wohl mit dem Falschen angelegt. Dieser Schlag ... beeindruckend.«

Eisenvinz zuckte mit den Schultern.

»Gott sei Dank hab ich die Situation meist selbst fest im Griff«, stellte der Wirt klar und wischte mit einem löchrigen Tuch die Tischplatte ab. »Nur heute war wohl nicht so ein Tag. Ihr seid sicher diese Herren aus Wien und untersucht die Vorfälle, habe ich recht?«

Altmanner und Eisenvinz nickten.

»Die Leute hier im Ort reden über nichts anderes mehr«, verriet der Wirt.

»Was reden die Leute denn so?«, fragte Altmanner.

»Das ist doch klar. Der Graf weiß nicht mehr weiter.«

»Gibt es im Ort einen Verdacht?«

Der Wirt überlegte, setzte sich zu ihnen und flüsterte: »Die Kirche redet den Leuten ein, dass der Rotsohler damit was zu tun hat. Ich glaub nicht daran. Bin schon ein wenig herumgekommen, sogar bis nach Graz. Hab festgestellt, dass da niemand einen Rotsohler kennt. Alles Aberglaube, purer Aberglaube.«

»Wer käme denn dann in Frage?«, hakte Altmanner nach.

»Einige trauen es dem Fichten-Bauer zu, der mit seinen Erdäpfeln. Sie glauben, dass er von seinen Teufelsfrüchten durchgedreht ist. Aber ich kenn ihn. Er ist harmlos, er war's nicht.«

»Und warum nicht?«

»Er hat doch selbst seine Viecher verlorn – und hat einfach nicht den bösen Blick!«

Altmanner und Eisenvinz wussten nur allzu gut, was er meinte. Es gab Leute, die meinten, hinterhältige, böse Menschen am ›bösen Blick‹ erkennen zu können.

»Da hat der Fichten-Bauer ja wirklich großes Glück«, sagte Eisenvinz.

Der Wirt verstand und lachte: »Der böse Blick! Aber die Leut reden halt so.«

Altmanner nahm einen Schluck und fragte den Wirt: »Haben Sie mal was von einem Teufelstein gehört?«

Der Wirt zuckte unmerklich.

»Ja, kenn ich.«

Nervös wischte er wieder mit seinem Tuch herum, doch Altmanner griff danach und hielt es fest: »Es soll ein besonderer Ort sein.«

»Ja, ein besonderer Ort«, wiederholte der Wirt unwillig.

»Und was ist so besonders?«

» Gerüchte. Vor langer Zeit soll es mal eine heidnische Kultstätte gewesen sein.«

»Noch so eine Kultstätte«, seufzte Altmanner.

»Wie bitte?«, fragte der Wirt.

Altmanner redete nicht um den heißen Brei herum.

»Diese Georgikirche soll doch früher auch so etwas gewesen sein.«

»Die Herren wissen aber gut Bescheid«, sagte der Wirt und wollte sich schon abwenden, doch Altmanner hielt ihn am Ärmel zurück, »wie kommen wir zu diesem Teufelstein?«

Der Wirt ließ sich sehr viel Zeit und schien nachzudenken, dann beschrieb er recht umständlich den Weg. Insgesamt wäre es von Kindberg aus ein langer, einsamer Ritt. Eigentlich würde es sich gar nicht lohnen. Der Sage nach hätte dort der Teufel einen Turm aus Stein in den Himmel bauen wollen.

»Seit wir hier sind, begegnen wir auf Schritt und Tritt dem Teufel«, seufzte Eisenvinz, »allmählich habe ich wirklich das Gefühl, dass wir mitten in die Hölle geraten sind.«

†††

Der Weg war nicht nur endlos lang, sondern auch beschwerlicher als gedacht. Immer wieder mussten sie sich durch Dickicht kämpfen. Der Pfad war zugewachsen. Hin und wieder erreichten sie eine Lichtung und wurden mit einem Ausblick auf die herrliche Landschaft belohnt. Bei einer dieser Gelegenheiten stoppte Altmanner seinen Noriker und schweifte mit glänzenden Augen in die Ferne.

»Alles in Ordnung?«, fragte Eisenvinz.

Altmanner zeigte auf ein felsiges Gebirgsmassiv am Horizont. »Dort war meine Heimat Turnau. Es liegt am Fuß dieses mächtigen Berges, dem Hochschwab. Wir haben ihn respektvoll einfach nur den Schwaben genannt. Manchmal war er uns ein guter Freund, manchmal war er launisch wie ein Weib. Glaub mir, jeder Berg hat seinen eigenen Charakter.«

»Wenn du willst, können wir ja bald dorthin reiten«, schlug Eisenvinz vor.

»Ich weiß nicht, ob ich dazu schon bereit bin«, sagte Altmanner und setzte sich wieder in Bewegung. »Wie weit wird es wohl noch sein, was meinst du?«

Eisenvinz zuckte mit den Schultern.

»Wir haben uns immer an das gehalten, was der Kirchenwirt gesagt hat. Demnach können wir diesen Teufelstein gar nicht verfehlen.«

Irgendwann erreichten sie einen markanten Anstieg.

»Wenn mich nicht alles täuscht, endet dort oben der Wald, und dann kommt eine freie Kuppe«, sagte Altmanner, »das wird wohl unser Ziel sein.«

Sie banden ihre Pferde an und stiegen zu Fuß weiter. Das letzte Stück robbten sie sich Deckung suchend heran, bis sie freie Sicht auf imposante, übereinandergeschichtete Gesteinsbrocken hatten: Der Teufelstein!

Keine Menschenseele war zu sehen.

»Ich muss dem Kirchenwirt widersprechen«, sagte Altmanner, »der Ritt hat sich doch gelohnt. Wahrhaftig ein mystischer Ort. Wie ist das alles bloß hierhergekommen?«

»Du hast es ja selbst gehört: Es war der Teufel.«

†††

Kein Wind. Kein Rauschen von Bäumen. Nur der Vollmond leuchtete.

Altmanner hatte sich in eine flache Mulde geduckt. Die Lage war recht günstig, denn von hier aus hatte er den ganzen Teufelstein im Blickfeld. Eisenvinz, so hoffte er, würde es auf der gegenüberliegenden Seite ähnlich gut getroffen haben. Schließlich sollte ihnen nichts entgehen.

Altmanner rieb sich gerade die kalten Hände, als er ein Geräusch hörte und herumfuhr.

Er dachte zuerst an Eisenvinz, doch stattdessen war da ein Kapuzenmann und sagte: »Pech gehabt!«. Und noch bevor Altmanner reagieren konnte, drehte ihn ein weiterer kräftiger Mann auf den Bauch, kniete sich auf seinen Rücken, riss ihm die Arme schmerzhaft nach hinten und fesselte ihn. Sie befahlen ihm aufzustehen und vor ihnen bis zum Teufelstein herzugehen, wo sich schon andere Kapuzenmänner versammelt hatten und Fackeln entzündeten.

»Da wollte uns wohl jemand beobachten. Was hast du dazu zu sagen?«, fragte ihn einer aus der Gruppe der Männer, dessen Stimme er sofort als den Anführer aus der Georgikirche erkannte.

Altmanner entschloss sich, darauf nicht zu antworten.

»Es ist immer das Gleiche: Kaum entdecken wir jemanden, verliert er die Sprache. Ist er alleine hier?«, fragte der Anführer nun in die Runde.

»Wahrscheinlich nicht«, antwortete ein anderer, »er ist einer von diesen Gardisten und immer mit so einem Riesen unterwegs.«

»Und wo ist der Riese?«

»Sicher irgendwo in der Nähe.«

Jetzt brach Altmanner sein Schweigen: »Freiwillig wird sich mein Freund sicher nicht stellen!«

»Das werden wir ja sehen«, sagte der Anführer. Er gab den Männern ein Zeichen, zwei von ihnen packten Altmanner und hievten ihn auf die Spitze des Teufelsteins. Um seinen Hals banden sie ein langes Seil, das sie am Sattel eines Pferdes befestigten.

»Zeig dich und deinem Freund wird nichts geschehen«, rief der Anführer, »wenn nicht ...«

†††

Eisenvinz wollte sich vorerst nicht zeigen. Würden es diese Kapuzenmänner wirklich wagen, einen Gardisten des Kaisers zu opfern? Noch dazu vor ihm als Augenzeugen? Er wollte nicht recht daran glauben. Aber vielleicht hatten diese Leute sehr wohl auch schon andere Gewalttaten begangen. Er wurde unsicher. Lange überlegen konnte er nicht. Altmanner befreien? Wie? Er blickte zu ihm hinüber. Aussichtslos!

»Lange warten wir nicht mehr«, hallte die Stimme des Anführers, »zeig dich endlich. Ich zähle bis drei – eins, ...«

Eisenvinz zweifelte nicht mehr.

Er kroch aus seinem Versteck und rief dabei: »Haltet ein! Hier bin ich.«

»Komm näher, damit wir dich genau sehen können«, rief ihm der Anführer zu, »oder hast du Angst?«

Eisenvinz schritt auf sie zu und sagte mit fester Stimme: »So und nun lasst meinen Freund frei.«

Der Anführer gab ein Zeichen. Die Männer holten Altmanner vom Felsen, nahmen ihm das Seil vom Hals, ließen ihn aber gefesselt. Dann stießen sie ihn unsanft zu Boden und machten damit klar, wer hier das Sagen hat.

Eisenvinz überlegte, ob er sich nicht einfach auf seine Kraft verlassen und die Männer angreifen sollte, doch dann besann er sich. Er könnte einen Tumult auslösen, aber mit ungewissem Ausgang.

»Wer seid ihr, dass ihr eure Gesichter hinter schwarzen Kapuzen versteckt, und was macht ihr hier?«, fragte Altmanner und schaffte es trotz seiner Fesseln sich ein wenig aufzurichten.

Der Anführer zeigte sich belustigt.

»Ich weise darauf hin, dass ihr beide in unsere Welt eingedrungen seid und nicht wir in eure. Wenn hier jemand eine Erklärung schuldig ist, dann ihr! Aber ich kann mir schon denken, warum ihr hier seid. Ihr vermutet wohl, wir haben etwas mit diesen grausamen Taten zu tun, hab ich recht?«

»So ist es. Wozu ihr imstande seid, habt ihr uns ja gerade eindringlich vor Augen geführt«, sagte Altmanner.

»Wir machen nichts Unrechtes«, erwiderte der Anführer, »wir interessieren uns nur für die Wahrheit.«

»Das müsst ihr uns schon ein wenig näher erläutern«, mischte sich Eisenvinz ein.

»Die neuen Erkenntnisse der Wissenschaft, Aufklärung! Das ist es, was uns interessiert und dafür treffen wir uns. Vieles steht im Widerspruch zu dem, was uns die Kirche weismachen will. Wir haben es satt, uns diesem Diktat zu unterwerfen. Und wenn die Zeit gekommen ist, werden wir es hinaustragen.«

»Schön und gut«, wendete Altmanner ein, »aber das schließt ja nicht aus, dass ihr alle oder einer von euch in die Sache verwickelt ist.«

Raunen.

»Wenn der Täter unter uns ist, dann werden wir ihn euch übergeben«, versicherte der Anführer, »und lasst uns ab jetzt in Frieden.«

Darauf löschten sie die Fackeln und zogen ab. Eisenvinz machte sich mit einem süffisanten Lächeln daran, Altmanner die Fesseln abzunehmen.

»Dass ausgerechnet *dir* so etwas passiert. Unglaublich, ja geradezu peinlich.«

»Ich wollte ja nur sehen, ob du ein wahrer Freund bist und nicht einfach abhaust«, gab Altmanner schlagfertig zurück.

10

(Monate später …) Ein bitterkalter Tag im Februar. Die alte Suppenberg-Dorli war auf dem Weg nach Kindberg. Sie hatte ihre jüngere Schwester Adelheid in Turnau besucht und dort bei deren Familie ein paar Tage verbracht.

Die Schwestern hätten unterschiedlicher nicht sein können. Adelheid war schon als Kind ein lustiges Mädel und hatte in jungen Jahren ihre große Liebe kennengelernt. Einen wohlsituierten Bauernsohn aus Turnau, den sie bald heiratete. Dorli dagegen hatte nie diese Leichtigkeit gehabt und nie einen treusorgenden Mann gefunden. Und sie galt schon immer als leicht schrullig. Die einen vermuteten, sie hätte deshalb nie einen Mann bekommen, die anderen, sie wäre erst dadurch so schrullig geworden. Wie auch immer, die beiden Schwestern hatten ein gutes Verhältnis, und Dorli ging einmal im Jahr für ein paar Tage nach Turnau. Meist irgendwann im Winter, wenn ihre Arbeitskraft entbehrlich war. Selbst jetzt im hohen Alter behielt sie diese Gewohnheit bei. Pfarrer Cornelius hatte nichts dagegen.

»Bleibt mir mehr zum Essen«, scherzte er, wenn Dorli wieder einmal aufbrach.

Dieses Jahr spürte die alte Frau ganz besonders, dass ihre Kräfte allmählich nachließen. Der Weg zurück kam ihr länger vor als sonst, die klirrende Kälte setzte ihr gewaltig zu – trotz der vielen Kleidungsstücke, in die sie sich gehüllt hatte. Dabei hatte ihre Schwester sie mit dem Fuhrwerk von Turnau auf den Pogusch gebracht, um ihr zumindest den Anstieg zu ersparen. Von dort hatte Dorli ihren Weg zu Fuß fortgesetzt. Im Wirtshaus oben war sie noch nie eingekehrt.

»Wirtshäuser sind nichts für ledige Weiber«, verkündete sie immerzu und wich von dieser Meinung ihr ganzes Leben nicht ab. Trotzdem oder gerade deshalb kannte der Wirt vom Pogusch die Alte und machte immer wieder gern anzügliche Bemerkungen, um sie ein wenig zu necken. Auch diesmal hatte er ihr oben zugerufen, sie möge doch in die warme Wirtsstube einkehren und sich ein wenig des Lebens erfreuen, vielleicht mit einem zünftigen Mann. Doch wie immer, hatte Dorli abgelehnt und sich aus Scham bekreuzigt.

Der Schnee knirschte unter ihren Füßen, und gelegentlich blies der Wind Schnee von den Ästen. Dann hielt sie manchmal an, blickte zu den Baumwipfeln empor und betrachtete fasziniert die Eiskristalle, die glitzernd zu Boden tanzten. Später, in der Abenddämmerung, erreichte sie endlich die Anhöhe des Herzogbergs und kam gleich darauf am Bergbauernhof vom Kohlhuber Xaver vorbei. Sie war froh, wieder Menschen in ihrer Nähe zu wissen.

»Grüß dich Gott, Dorli. So spät noch unterwegs?«

Der Kohlhuber-Bauer war fröstelnd vor die Tür getreten, als er das durchgefrorene Weiblein draußen wahrgenommen hatte. »Komm rein, sonst wirst es nicht mehr lang machen.«

»Ach was! In der Hölle ist noch kein Platz für mich frei«, erwiderte sie und kicherte.

»Stimmt. Noch so eine Hexe hält selbst der Teufel nicht aus. Hahaha!«

»Wenn ich noch jünger wär, würd ich dir jetzt den Hals umdrehn. Trotzdem – vergelt's dir Gott!«

Dann stapfte sie weiter. Unermüdlich. Als es besonders steil bergab ging, hob sie einen herabgefallenen Ast auf und stützte sich ein wenig ab. Vorsicht war geboten, um nicht auszurutschen und sich womöglich die Knochen zu brechen. Bei dieser Kälte hätte sie die Nacht nicht überstanden. Immer wieder hielt sie an, um ihre Kräfte zu sammeln und sich dann wieder ein Stück weiterzuschleppen. Das ging noch eine ganze Weile so, als ihr plötzlich eine Gestalt mit dunklem Umhang und tief ins Gesicht gezogenem Hut entgegenkam und sich ihr dreist in den Weg stellte. Sie kniff die Augen zusammen, um schärfer zu sehen. Doch es nützte nichts. Das Augenlicht hatte auch nachgelassen in den letzten Jahren.

»Um diese Zeit noch unterwegs?«, fragte eine männliche Stimme.

»Ja, bin spät dran. Muss noch ins Tal runter«, antwortete Dorli.

»Ist noch ganz schön weit. Bist allein?«

»Wer soll wohl mit einem alten Weib wie mir herumgehn wollen«, bemerkte sie ruppig.

»Hast recht, genau deshalb kann es doch kein Zufall sein, dass wir uns heut wieder begegnen, so weit abseits und ganz allein.«

Ihr wurde nun mulmig zumute.

»Wer bist überhaupt?«

»Erinnerst dich wirklich nicht mehr?«

Sie grübelte und wurde plötzlich bleich.

»Allmächtiger Gott, jetzt erkenn ich deine Stimme. Damals am Suppenberg. Du bist der Rotsohler«

Höhnisches Lachen: »Wer soll ich sein? Der Rotsohler? Naja, wenn du's sagst, muss es wohl so sein.«

Mit jämmerlicher Stimme sagte sie: »Sieh mich an. Ich bin alt und hässlich. Ich taug nicht als Opfer. Meine Seele gehört dem Allmächtigen.«

»Ja, ja! Red nur so wie damals. Deine Seele interessiert mich nicht. Die kann der Allmächtige ruhig haben. Du hast was viel Wertvolleres, das ich brauchen kann.«

Sie hatte keine Ahnung, was er damit meinte. Und während sie versuchte, darauf selbst eine Antwort zu finden, trat er einen Schritt auf sie zu und sagte in schneidendem Ton: »Niemand hat dich je mit einem Mann gesehn. Die Leute erzählen, dass du unberührt bist. Deshalb bist du auserwählt. Du kannst dich freun!«

»Das geht doch niemanden was an«, empörte sie sich und umklammerte ihren Stock, so fest sie nur konnte. »Lass mich in Ruh! Gott steht mir bei.«

»Du willst wohl nicht verstehen. Der Allmächtige kann deine Seele haben, aber ich hol mir dein Herz.«

»Mein altes Herz willst du? Wofür? Es wird dir zu nichts Nutze sein. Nicht mal mir taugt's noch.«

Der Mann hatte sie mit der Linken am Handgelenk gepackt und zögerte kurz, dann schrie er sie an: »Genug geredet! Ein weiteres Mal lass ich mich von dir nicht um den Finger wickeln.«

Er griff mit seiner Rechten unter seinen Umhang, und noch bevor er ein langes Messer ziehen konnte, schlug Dorli in Todesangst mit ihrem Stock auf ihn ein. Eine solche Reaktion hatte er der Alten nicht zugetraut. Sein Hut flog vom Kopf, und Dorli riss überrascht die Augen auf und kreischte: »Du bist ja gar nicht der Rotsohler, du Unhold!«

Dann spürte sie einen Stich im Hals, ging in die Knie, und mit jedem Herzschlag schoss Blut aus der Wunde. Sie wehrte sich dagegen, das Bewusstsein zu verlieren. Doch vergeblich. Alles, was sie zuletzt noch wahrnehmen konnte, war die Fratze des Angreifers, der ihr tief in die Augen schaute.

†††

Der Kohlhuber-Bauer war zeitig aufgestanden, um sich ins Tal nach Kindberg aufzumachen. Er spannte seinen alten Gaul Felix vor den Ziehschlitten und fuhr gemächlich den schneebedeckten Weg hinab.

Auf langen Fahrten redete sich Kohlhuber gerne all seinen Kummer von der Seele, den sein Weib nicht hören wollte. Felix hörte geduldig zu. Wenn er gelegentlich schnaubte, verstand der Bauer dies als verständnisvolle Antwort.

Im Ort war Felix natürlich bekannt. Er galt als besonders kluges Tier, denn er hatte Kohlhuber schon öfters sicher nach Hause gebracht, wenn dieser nach einer Zecherei auf dem Kutschbock eingeschlafen war. Auf Felix konnte sich Kohlhuber verlassen. Wie üblich schwatzte Kohlhuber vor sich hin, nickte dabei aber immer wieder ein. Felix trottete unbeirrt weiter. Unvermittelt blieb er dann aber stehen. Ein kräftiger Ruck, und Kohlhuber erwachte.

»Was ist los? Willst du hier bei dieser Saukälte Wurzeln schlagen?«

Felix reagierte nicht. Auch nicht, als der Bauer ihn mit den Zügeln zum Weitergehen bewegen wollte: »Mach schon! Komm!«

Felix stampfte mit einem Vorderhuf immer wieder auf den Boden. Kohlhuber stieg vom Schlitten.

Was stört ihn bloß? Ist es ihm zu eisig? Hat er Angst auszurutschen?

Kohlhuber prüfte den Schnee. Griffig. Ideal für eine Schlittenfahrt.

Aber irgendetwas stimmte nicht. Dann entdeckte Kohlhuber den großen roten Fleck. Er beugte sich hinab. Eindeutig gefrorenes Blut. Wahrscheinlich hat ein Fuchs oder ein Wolf eine Beute geschlagen.

Bei näherem Hinsehen fielen ihm auch Schleifspuren auf, denen er folgte. Sie führten zu einem dunklen Stofffetzen. Er hob ihn auf, konnte ihn aber nicht zuordnen.

»Seltsam«, murmelte er und tastete sich vorsichtig weiter, um gleich darauf erschrocken zusammenzuzucken. Sein Herz raste. Es war wie in einem bösen Traum, und deshalb kniff er sich ins Ohrläppchen. Er träumte aber nicht, und das machte ihm Angst. Panisch rannte er zum Schlitten zurück und sprang auf.

Felix setzte sich gleich in Bewegung, als habe er verstanden, dass die Sache keinen Aufschub duldete.

»Oh mein Gott!«, schrie der Bauer gen Himmel und bekreuzigte sich.

†††

»Mit einem Messer aufgeschlitzt, das Herz herausgerissen und den Kopf abgeschnitten«, murmelte Altmanner beim Betrachten der Leiche.

»Die arme Suppenberg-Dorli wurde regelrecht geschlachtet und ausgeweidet wie ein Vieh«, kommentierte Eisenvinz den Anblick.

»Wie bei Constantia«, sagte Lafer.

»Auch sind beide Tatorte gar nicht so weit von einander entfernt«, stellte Altmanner fest.

»Sagt das etwas über den Täter aus?«, fragte Eugen.

Altmanner sah Eugen tief in die Augen: »Sagen Sie es mir!«

»Dass der Täter von hier ist, vielleicht? Dass wir ihn vielleicht sogar kennen?«

»Ja … vielleicht.«

»Wenn es der Mörder gemacht hat wie bei der Constantia, muss ja hier irgendwo auch der Kopf herumliegen«, sagte Lafer, worauf die Männer umgehend zu suchen begannen. Erfolglos.

»Diesmal hat er den Kopf wohl mitgenommen«, meinte Altmanner.

»Aber wozu?«, fragte der Graf, »doch wohl nicht als Trophäe?«

»Bei dieser Geschichte würde mich das nicht wundern«, entgegnete Altmanner und wandte sich dem Kohlhuber-Bauern zu: »Hast du gestern noch jemanden gesehen oder etwas bemerkt auf deinem Weg?«

»Nein.«

»Aber wer sonst könnte sich hier rumtreiben?«

Kohlhuber grübelte. Und grübelte. Dann rief er aus: »Der Rotsohler!«

Eisenvinz verdrehte die Augen und fuhr sich genervt über die Stirn. »Ach du lieber Gott. Als Nächstes holt er sicher dich.«

Hierauf bekreuzigte sich Kohlhuber mehrmals.

»Bitte nicht! Wenn das passiert, ist unsere Familie wirklich verflucht.«

Altmanner horchte auf: »Was meinst du damit? «

Noch bevor er antworten konnte, mischte sich der Graf ein: »Er will damit nur sagen, dass vor vielen, vielen Jahren seine Urgroßmutter als Hexe entlarvt und von hier weggebracht wurde. Eine traurige Sache.«

»Und wo wurde sie hingebracht?«

»Sie wurde der kirchlichen Obhut übergeben.«

»Obhut?! Nein, nein«, sagte Kohlhuber, »mein Vater hat mir erzählt, sie haben sie verbrannt, damit ihre gereinigte Seele mit dem Rauch in den Himmel aufsteigen kann. Dann haben sie unserer Familie den Bauernhof im Tal und alle fruchtbaren Äcker weggenommen. Zur Tilgung der Schuld, haben sie gesagt. Nur hier oben am Berg durfte sich meine Familie gnadenhalber wieder ansiedeln.«

»Die Sache mit dem Verbrennen hat sich bis heute hartnäckig als Gerücht gehalten und ist nicht erwiesen«, sagte der Graf, »es gibt keine Aufzeichnungen darüber.«

Er blickte verlegen um sich und legte tröstend eine Hand auf Kohlhubers Schulter.

»Aber nun ist die Schuld deiner Familie längst getilgt. Du solltest das alles vergessen.«

Das klang für Altmanner angesichts seiner eigenen Vergangenheit wie blanker Hohn. Nur mit Mühe konnte er seinen Ärger unterdrücken.

»Was ist aus dem Bauernhof und den Äckern im Tal geworden?«

Da sprang Lafer für den Grafen ein: »Sie wurden der gräflichen Familie zur Verwaltung übergeben. Wegen der nachbarschaftlichen Lage hat sich das so angeboten. Aber nur auf ausdrückliche Empfehlung der Kirche nach Zwiesprache mit Gott.«

Eisenvinz war verwirrt: »Zur Verwaltung übergeben? Was heißt das?«

Lafer kratzte sich verlegen. »Na ja … geschenkt. Es war der Dank Gottes an die gräfliche Familie für den tiefen Glauben an ihn und die heilige katholische Kirche.«

»Gott hat sich bedankt? Was soll dieser Unfug?«, empörte sich Eisenvinz.

Da ging Altmanner auf den Grafen zu und wisperte ihm ins Ohr: »Er hat recht. Ein Unfug, der der Kirche und auch ihrer Familie wohl sehr nützlich war.«

»Ich kann nichts für die Taten meiner Vorfahren. Ich habe alles so geerbt wie es ist«, rechtfertigte er sich.

»Dann wäre es vielleicht jetzt an der Zeit, eine große Geste zu setzen und alles wieder zurückzugeben, zur Tilgung der Schuld gegenüber den Kohlhuber-Bauern«, schlug Altmanner vor.

»Für derartige Empfehlungen habe ich den Kaiser aber nicht um Hilfe gebeten«, gab sich der Graf trotzig.

»Lassen Sie den Kaiser lieber aus dem Spiel«, warnte Altmanner, »seien Sie froh, dass er darüber nicht Bescheid weiß. Es könnte ihn nämlich in Rage versetzen.«

†††

»Dieser Kohlhuber-Bauer«, ärgerte sich Lafer, »er hat nichts Besseres zu tun, als überall im Ort herumzuerzählen, der Rotsohler hätte die Suppenberg-Dorli geholt. Damit kann er sich so richtig wichtigmachen. Und wenn er stockbetrunken ist, behauptet er sogar, ihn persönlich gesehen zu haben. Wir hätten ihm das Maul stopfen sollen. Er rüttelt alle mit seinem dummen Geschwätz auf. Manche glauben nun sogar, dass ein Fluch auf dem Ort lastet.«

»Es war ein Fehler, den Rotsohler zum Sündenbock zu machen. Wir haben das alles unterschätzt«, gestand der Graf, den merkbar das schlechte Gewissen quälte.

»Das glaube ich auch«, pflichtete ihm Altmanner bei, »aber lassen wir das vorläufig beiseite ...« Er fasste penibel das Geschehene zusammen und zog daraus den Schluss, dass alles am ehesten einer Person zuzuschreiben sei. Die Taten, egal ob an Tieren oder Menschen, hätten ein sehr klares Muster, wie wohl die Opfer untereinander offenbar in keiner Beziehung stünden.

»Bleibt nur die Frage nach dem Warum?«

»Ist das wirklich wichtig? Vergeuden wir damit nicht unsere Zeit?«, fragte Eugen.

»Ganz und gar nicht«, sagte Altmanner, »würden wir den Grund kennen, könnten wir vielleicht erahnen, wer als Täter in Frage kommt und wer als nächstes Opfer. Dann könnten wir ihm zuvorkommen.«

»Keine guten Aussichten. Sie gehen offenbar davon aus, dass es noch zu weiteren Taten kommen wird ...«, sagte der Graf.

»Ich befürchte es«, entgegnete Altmanner.

»Allerdings kann ich mir beim besten Willen nicht vorstellen, welche Ursache solche grausamen Taten haben sollen«, rätselte der Graf herum.

»Vielleicht kommen wir damit weiter«, sagte Eisenvinz, nahm ein großes Polsterkissen von der Sitzbank im Arbeitszimmer des Grafen und legte es auf den Tisch: »Das ist der Herzogberg.«

Altmanner begriff, worauf er hinauswollte und schnappte sich eine kleine Vase, welche er davorstellte: »Das ist die Georgikirche.«

Lafer nahm eine kleine Schale und platzierte sie am Polster: »Das ist das Schloss.«

Zuletzt kennzeichneten sie die Tatorte mit Münzen.

»Sehr gut«, stellte Altmanner zufrieden fest und betrachtete das seltsame Kunstwerk. »Eines ist klar: Die Kirche, das Schloss und die Tatorte, wo er handgreiflich geworden ist, liegen nicht weit voneinander entfernt. Er treibt sich also ständig hier in der Nähe herum und kennt wohl die Gegend sehr gut. Er selbst dürfte hier irgendwo zuhause sein.«

»Es wird wohl so sein. Ein Fremder würde mit Sicherheit auffallen«, meinte Lafer.

»Doch wenn der Täter von hier ist, sind alle Bauern und Knechte vom Herzogberg verdächtig«, schlussfolgerte der Graf.

»Und nicht nur Bauern und Knechte«, entgegnete Altmanner. »Denken wir doch nur an diesen unbekannten Verehrer von Constantia. Er soll ja von keinem Hof sein, wie wir wissen.«

»Dann kommen wohl auch alle Bürger und Handwerker der Gegend in Frage«, warf Eugen aufgeregt ein, »und auch wir selbst.«

»Natürlich.«

»Und wie gedenken Sie, sollen wir nun weiter vorgehen?«, fragte der Graf.

»Eisenvinz und ich sind die einzigen, die eindeutig nicht als Täter in Frage kommen, deshalb müssen wir beide alleine die Sache in die Hand nehmen«, sagte Altmanner.

»Das ist doch lächerlich«, ärgerte sich Lafer und erntete von Eugen und vom Grafen zustimmendes Kopfnicken.

†††

Ohne anzuklopfen rissen die beiden Gardisten die Tür zur Pfarrstube auf, und Bonifaz konnte gerade noch seine Flasche ein wenig beiseiteschieben.

»Überrascht?«, fragte Altmanner und musste lächeln. Gemeinsam mit Eisenvinz setzte er sich unaufgefordert an den Tisch.

Schon standen Bonifaz die Schweißperlen auf der Stirn.

»Natürlich bin ich überrascht. Was wollen die Herren von mir, noch dazu völlig unangemeldet?«

»Wie Hochwürden sicher schon wissen, wurde die Suppenberg-Dorli ein Opfer dieses Unholds«, sagte Altmanner.

Bonifaz seufzte: »Wer weiß das nicht. Es redet doch jeder darüber. Ich hoffe, sie ist jetzt im Paradies.«

»Hoffentlich. Nur wird sie dort leider ohne Kopf und ohne Herz herumlaufen«, sagte Altmanner und packte ihn fest am Kragen. »Wir müssen mit diesen Kapuzenmännern sprechen. Und sagen Sie mir jetzt ja nicht, dass Sie keine Ahnung haben.«

Bonifaz' Gesicht glühte: »Es ... es gibt eine Möglichkeit«, stammelte er.

Altmanner ließ locker.

»Ich höre ...«

»Wenn ich mich mit denen treffen will, dann ordne ich die Kerzen beim Gottesdienst nach einem bestimmten Muster an.«

»Wer unter den Gläubigen ist es, der diese Botschaft zu deuten vermag?«, fragte Eisenvinz.

Bonifaz rückte seinen Kragen wieder zurecht.

»Ich weiß es nicht. Wirklich nicht. Sie müssen mir glauben. Aber an einem der darauffolgenden Tage kommen sie dann um Mitternacht in die Kirche.«

»An welchem Tag genau?«, fragte Altmanner.

»Sie werfen ein kleines Schriftstück mit einer Mitteilung in den Opferstock. Moment ... irgendwo müsste ich noch eines von früher haben.«

Er öffnete eine Lade und kramte darin herum.

»Da, schauen Sie!«

Altmanner faltete das Papier auseinander.

»Steht nur der Tag geschrieben.«

»Was … was haben Sie denn erwartet?«

»Wie viele kommen dann?«, fragte Eisenvinz.

»Weiß ich nicht. Aber zumindest immer der Anführer mit zwei, drei Gehilfen.«

»Machen Sie, dass sie kommen. Es ist dringend«, befahl Altmanner.

Bonifaz schwitzte.

»Und was soll ich denen sagen, wenn sie da sind?«

»Nichts, denn wir werden dabei sein … als ungebetene Gäste«, sagte Altmanner und da Bonifaz bei dieser Vorstellung überzuschnappen drohte, beruhigte er ihn: »Keine Sorge, wir passen schon auf, dass Sie Ihnen nichts tun.«

Jetzt griff Bonifaz nach seiner Flasche, nahm ungehemmt einen kräftigen Schluck und wurde kurz darauf redselig.

»Als ich vor vielen Jahren mein Amt hier angetreten habe, bin ich von vielen Seiten gewarnt worden. Ich wollte all diese Geschichten nicht glauben und habe sie als groben Unsinn abgetan. Doch dann sind diese geheimnisvollen Reiter mit den Kapuzen aufgetaucht und haben diesen Platz hier für sich in Anspruch genommen. Sie haben mich massiv unter Druck gesetzt und es ist mir nichts anderes übriggeblieben, als mich mit ihnen zu arrangieren. Ich habe mich zu keiner Zeit getraut, mit jemandem darüber zu reden, da ich um mein Leben gefürchtet habe.«

Er nahm einen weiteren Schluck.

»Als wäre meine Situation nicht ohnehin kompliziert genug, kommen jetzt auch noch diese grausamen Vorfälle dazu …«

»… und zu allem Überdruss stöbern dann auch noch wir beide hier herum«, sagte Altmanner.

Bonifaz nickte und trank die Flasche leer.

Dann drehte er sie auf den Kopf und leckte ungeniert ein allerletztes Tröpfchen ab.

»Wenn das alles gutgeht, höre ich zu saufen auf. Ich schwöre es bei Gott.«

†††

Altmanner, Eisenvinz und Bonifaz hatten sich vor dem Altar der Georgikirche versammelt und warteten schon eine ganze Weile.

»Na, wo sind sie?«, fragte Eisenvinz ungeduldig.

Bonifaz rieb sich nervös die feuchten Hände und antwortete: »Die kommen ganz sicher. Die sind noch immer gekommen.«

»Aber ausgerechnet heute wohl nicht«, ätzte Eisenvinz.

Der Pfarrer eilte verzweifelt zum Kirchentor. Vorsichtig streckte er seinen Kopf hinaus und zuckte gleich wieder zurück.

»Sie sind da. Wenn sich die Herren bitte selbst überzeugen wollen ...«

Im Halbdunkeln waren die Umrisse mehrerer Gestalten mit Kapuzen zu erkennen, welche sich im Halbkreis versammelt hatten.

»Bitte einzutreten«, sagte Altmanner mit einer einladenden Handbewegung, als wäre er hier der Hausherr.

»Geht alle drei zurück bis vor den Altar, wo wir euch sehen können«, befahl der Anführer.

»Mir gefällt sein Ton nicht«, flüsterte Eisenvinz zu Altmanner, »am liebsten würde ich einen nach dem anderen verprügeln.«

»Ich weiß, wie sehr es dich danach gelüstet«, sagte Altmanner, »aber tun wir, was er verlangt. Es könnte nützlich für uns sein.«

Die Kapuzenmänner warteten ab und folgten dann in respektvollem Abstand.

»Lass uns mit den Gardisten allein, Bonifaz«, sagte der Anführer.

»Wir sind beeindruckt, denn wir haben euch gar nicht kommen gehört«, sagte Altmanner.

»Das liegt daran, dass wir schon immer da waren«, entgegnete der Anführer. »Als Bonifaz ausgerechnet jetzt in diesen schwierigen Tagen ein Treffen mit uns wollte, war uns sofort klar, dass jemand anderes dahintersteckt.«

Altmanner nickte anerkennend.

»Und deshalb seid ihr heute schon frühzeitig hier gewesen und habt euch und eure Pferde in der Nähe versteckt und alles beobachtet.«

»So ist es! Wir wollten sichergehen, dass ihr es seid. Wir haben nämlich gelernt auf der Hut zu sein. Zu unserem eigenen Schutz. Ansonsten besteht die Gefahr, dass wir für alles Mögliche verantwortlich gemacht werden und als Sündenböcke herhalten müssen, wie der Rotsohler. Wir kennen dieses Spiel. Aber zur Sache.«

»Es hat wieder einen grausamen Mord gegeben«, begann Altmanner und wurde vom Anführer sogleich unterbrochen: »Wir wissen darüber Bescheid. Ihr wollt nun erfahren, ob wir dazu etwas sagen können?«

»Richtig.«

Der Anführer schüttelte den Kopf.

»Ich bin der Sache, wie versprochen, nachgegangen, und ich bin mir sicher: Niemand von uns hat damit etwas zu tun.«

Nach kurzem Schweigen, schob er die überflüssige Frage nach: »Ihr scheint wohl keinen Erfolg mit der Suche nach dem Unhold zu haben?«

»Das ist ja auch kein Wunder«, sagte Altmanner, »hier ist doch alles in hohem Maße seltsam: Ein Unhold treibt sich herum und schlachtet auf grausame Weise Menschen und Tiere. Männer mit schwarzen Kapuzen treffen sich bei Nacht und Nebel. Für einen kleinen Ort auf dem Land reichlich viel, findet Ihr nicht?«

»Das kann ich nicht in Abrede stellen. Die Vorfälle sind in der Tat ziemlich grausam. Jemand, der so etwas macht, muss ein Besessener sein.«

Vielleicht war es auch nur so dahingesagt, aber Altmanner fand diesen Gedanken interessant. »Besessen wovon?«

»Von einer Idee?«

Altmanner konnte nicht anders: »Dann kommt aber auch ihr in Frage, denn seid nicht auch ihr besessen von einer Idee?«

Der Kapuzenmann winkte vehement ab.

»Unsere Idee ist es, nach der Wahrheit zu streben. Wir suchen die Wahrheit in den Wissenschaften und nicht im Glauben und schon gar nicht in irgendeinem Aberglauben. Ich sehe bei uns keine Beweggründe für diese Taten. Außerdem hatten auch wir einen seltsamen Fall.«

»Was?«, staunte Altmanner.

»Ich werdet verstehen, dass ich keinen Namen nenne. Es war drüben in der Gegend um Turnau, da wurde eine Ziege übel zugerichtet.«

»Aufgeschlitzt? Herz herausgeschnitten? Schädel abgetrennt?«, fasste Altmanner zusammen.

»Ja! Genau!«

»Das sieht ganz nach unserem Täter aus.«

»Mehr können wir zu alledem leider nicht beitragen. Wenn uns die Herren nun entschuldigen wollen.«

Er drehte sich um und verließ mit seinen Begleitern die Kirche.

»Das klingt gar nicht gut. Hoffentlich ist es dort nur bei der Ziege geblieben«, sagte Eisenvinz nach einer Weile.

†††

»Ich soll den Herren das hier überreichen mit dem ausdrücklichen Hinweis, dass es sehr dringend sei«, sagte Lafer und händigte ein versiegeltes Schriftstück aus.

»Woher haben Sie das?«, fragte Altmanner verwundert.

»Gestern, noch am späten Abend, hat es ein Kurier gebracht, aber weil die Herren nirgends aufzufinden waren, habe ich mir erlaubt, es entgegenzunehmen.«

Altmanner bedankte sich, und Lafer zog sich zurück, etwas zaghaft, da er mit Sicherheit gerne mehr erfahren hätte. Aber Altmanner verkniff sich jeglichen Kommentar.

Altmanner brach das Siegel auf und las. Dann Eisenvinz.

»Was hältst du davon? «

»Das ist schon morgen«, fragte Altmanner, »wir könnten das gleich mit einem Ausflug nach Turnau verbinden. Jetzt ist wohl die Zeit dafür gekommen.«

Es klopfte. Eugen. Er wirkte aufgekratzt.

»Ich hoffe, die Herren haben keine schlechten Nachrichten erhalten?«

Offenbar hatte er mit Lafer Rücksprache gehalten.

Altmanner gab sich gelassen.

»Nachrichten? Ach so, Sie meinen das hier. Nein, nein, nichts Aufregendes. Man will in Wien nur wissen, wie die Sache hier steht.«

»Und wie steht die Sache hier?«

Altmanner ließ sich nicht überrumpeln. »Nichts, was auf einen konkreten Täter hindeutet. Noch nicht, leider.«

Auf Eugens Stirn zeichneten sich Linien ab, und er hob eine Augenbraue.

»Kaum zu glauben, dass hierfür eigens ein Kurier bemüht wird. Na dann, die Herren wissen ja, ich stehe jederzeit zur Verfügung, wenn Hilfe gebraucht wird.«

Er verschwand so rasch wie er gekommen war.

»Wir sollten ihn im Auge behalten«, meinte Eisenvinz und betrachtete wie beiläufig seine eiserne Hand.

†††

Der Morgen dämmerte, als Altmanner und Eisenvinz ihre Pferde nach einem stundenlangen, beschwerlichen Ritt durch die Nacht erstmals auf einer kleinen Anhöhe anhielten und hinabschauten.

»Das ist der Treffpunkt. Das Wirtshaus am Pogusch«, sagte Altmanner.

»Ein Wirtshaus in dieser Einöde«, staunte Eisenvinz. »Wer kehrt denn da bloß ein?!«

»Gar nicht so wenige. Es liegt nämlich direkt am Weg vom Mürztal nach Turnau«, sagte Altmanner und setzte sich wieder in Bewegung.

Beim Wirtshaus selbst war alles ruhig. Niemand außer den beiden schien um diese Zeit schon auf den Beinen zu sein. Als sie gerade eintreten wollten, hörten sie eine raue Stimme hinter sich: »Nur zu, meine Herren, tretet ein und lasst euch eine Stärkung geben!«

Die beiden fuhren herum und Altmanner grinste. Er erkannte den Wirt nach all den Jahren gleich wieder, trotz Glatze und ergrautem Vollbart. Altmanner begrüßte ihn wie einen alten Freund: »Schon so früh auf?!«

Der Wirt war sichtlich verunsichert. Dann musterte er die beiden, kam langsam auf Altmanner zu und tippte ihm mit dem Finger auf die Brust.

»Jetzt weiß ich, wer du bist. Du bist der Vertriebene aus Turnau, stimmt's? Viele Jahre ist es her. So sieht man sich wieder«, freute sich der Wirt. »Ich habe nie geglaubt, was die Kirche damals verbreitet hat. Die Altmanners waren immer redliche Leut und haben nie bei irgendjemandem offene Schulden gehabt.«

Es tat Altmanner gut, das zu hören, auch wenn er sich nichts anmerken ließ.

»Geht schon hinein und sagt meinem Weib, dass ihr beide von mir eingeladen seid. Ich habe noch bei meinen Viechern zu tun.«

Daraufhin verschwand er im gegenüberliegenden Stall.

Kaum hatten sie in der Gaststube Platz genommen, als die Frau des Wirtes mit müden Augen heranschlurfte und sich ein gequältes Lächeln abrang.

»Was wollt ihr?«

»Der Herr Wirt hat uns eingeladen«, begann Altmanner, aber die Wirtin gab mit einer Handbewegung zu verstehen, dass sie mehr an der Bestellung interessiert sei und nahm es gähnend zur Kenntnis.

Von draußen war nun das Stampfen von Pferden zu hören, dann ein tiefes Poltern an der Tür. Ein Mann betrat den Gastraum, legte Hut und Mantel ab, sah sich kurz um und setzte sich direkt zu den beiden an den Tisch.

Sie grüßten ihn leise mit »Eure Kaiserliche Hoheit!«, worauf Joseph gleich abwinkte: »Keine Formalitäten, meine Herren. Wir sind unter uns. Es war gar nicht so einfach, dieses geheime Treffen mit euch zu arrangieren, aber zum Glück kannte mein Begleiter dieses Wirtshaus, und auf seine Diskretion kann ich mich verlassen. Wie ihr ja wisst, gibt es überall um mich herum Augen und Ohren. Nach dem Tod meiner Mutter ist alles noch viel schlimmer geworden, alle konzentrieren sich nur mehr auf mich.«

»Und wie hast du es trotzdem geschafft, wegzukommen?«, fragte Altmanner.

»Ich habe vorgegeben, mir endlich einen schon lange gehegten Wunsch erfüllen zu wollen, nämlich einen abenteuerlichen Jagdausflug weit ins Land hinein. Ihr hättet die Gesichter am Hofe sehen sollen, wie froh sie darüber waren, dass ich ihnen ein paar Tage nicht auf die Nerven gehen würde.«

Die Wirtin kam zurück und stellte die bestellte Jause auf den Tisch. Sie hielt verwirrt inne und bemerkte dann: »Oh! Habe ich mich verzählt oder ist da plötzlich noch einer? Will er auch was oder reicht das?«

»Kommen wir damit aus?«, fragte Altmanner die anderen. Sie nickten. Die Wirtin schien froh zu sein und verschwand.

Während sie aßen, erzählte Joseph, dass das Treffen dringend notwendig sei, weil die Gräueltaten von Kindberg auch am Hofe zum Gesprächsthema geworden seien. Die Kirche hätte großes Vergnügen an der Verbreitung dieser Geschichte, um ihm zu schaden. Sie behauptete, durch seine Reformen würde überall Gottlosigkeit um sich greifen, und derartige Gräueltaten wären die natürliche Folge.

Altmanner und Eisenvinz berichteten ihrerseits. Und als die seltsamen Reiter mit den Kapuzen zur Sprache kamen, verengten sich Josephs Augen, er schien überaus gespannt: »Wer sind diese Leute, und könnten sie etwas mit den Taten zu tun haben?«

»Wir glauben nicht. Diese Kapuzenmänner scheinen so etwas wie ein aufklärerischer Geheimbund in Gegnerschaft zur Kirche zu sein«, sagte Altmanner.

»Aufklärung«, wiederholte Joseph und schaute versonnen durch eines der kleinen Fenster nach draußen, »offenbar geht es hier auf dem Lande langsamer vor sich, als ich gedacht habe. Erstaunlich, dass es dafür noch immer geheimer Zusammenkünfte bedarf. Wie es aussieht, habe ich noch sehr viel Arbeit vor mir.«

Er wandte sich wieder seinen Gesprächspartnern zu und sagte mit gerunzelter Stirn: »Mir wurde zugetragen, dass die Kirche jemanden finden möchte, dem sie all diese Taten unterstellen kann. Am besten jemandem vom Ort oder aus der Gegend, der vom Glauben abgekommen ist.«

»Was können wir dagegen tun?«, fragte Eisenvinz.

»Seid kritisch, wenn euch allzu plötzlich ein Täter vorgeführt wird.«

Joseph schob sich einen letzten Bissen in den Mund, nahm noch einen Schluck aus dem Glas und erhob sich.

»Ich muss weiter.«

Er verabschiedete sich von Altmanner und Eisenvinz und verließ den Gastraum. Die Wirtsleute hatten den hohen Besuch nicht erkannt.

†††

Wie früher flackerten überall in der Kirche kleine Kerzen. Und der typische Geruch nach Moder und Weihrauch war immer noch da. Es war, als wäre er nie weg gewesen. Und ob er es wollte oder nicht, alte Erinnerungen wurden wach und erfüllten ihn mit Wehmut.

Trotz allem, was ihm widerfahren war. In seinen Gedanken sah er sich als Kind an der Hand seiner fürsorglichen Eltern, als sie ihn zum ersten Mal in diese Kirche mitgenommen hatten. Nach dem Gottesdienst durfte er sogar ins verrauchte Dorfwirtshaus mitgehen und den Erwachsenen bei ihren Gesprächen zuhören.

Auf dem Nachhauseweg lobten ihn die Eltern zumeist, weil er so ein braver Bub gewesen war.

»Hier hast du also früher gebetet«, sagte Eisenvinz.

»Bis dieser Dorflehrer Andreas Bräuer auftauchte. Den Rest kennst du ja«, sagte Altmanner.

Sie wollten schon wieder kehrtmachen, als ein junger Pfarrer hereinkam und sie interessiert beäugte.

»Kann ich den Herren irgendwie helfen?«

»Wir sind von weit hergekommen, um meine ehemalige Heimat aufzusuchen, und dazu gehört natürlich auch die Kirche«, antwortete Altmanner.

»Der Mensch kehrt eben immer wieder gerne in den liebevollen Schoß seiner Wurzeln zurück«, entgegnete der Pfarrer mit einem verzückten Lächeln, worauf sich Eisenvinz laut räusperte.

»Ihr, mein Sohn, habt hier wohl nicht Eure Wurzeln?«

»So ist es«, sagte Eisenvinz, »meine Wurzeln haben einen ganz anderen Schoß.«

Altmanner lächelte, der junge Pfarrer hingegen wirkte irritiert. »Da will ich die Herren nicht weiter stören. Gott sei mit euch!«

Er wandte sich gerade zum Gehen, als ihn Altmanner wie beiläufig fragte: »Wie geht es Pfarrer Johannes?«

»Johannes? Dem geht es gut.«

»Können wir ihn besuchen?«

»Sehr gerne. Wenn Ihr mir bitte folgen wollt.«

Er führte sie zum nahen Friedhof und legte auf einen der Grabsteine seine Hand.

»Der ehrwürdige Bruder Johannes, Pfarrer von Turnau, ist schon vor Jahren von uns gegangen.«

Die Enttäuschung stand Altmanner ins Gesicht geschrieben. Er hatte sich nichts sehnlicher gewünscht, als ihm nach all den Jahren gegenüberzutreten. »Wie ist er gestorben?«

»Man fand ihn eines Morgens friedlich entschlafen in seinem Bett. Gott hatte ihn in der Nacht überraschend zu sich gerufen. Trotz der vielen Medizin gegen seinen Husten. Es scheint mir, als wäre Pfarrer Johannes sehr wichtig in Eurem Leben gewesen?«

»Das kann man wohl so sagen.«

»Dann weiß ich jemanden, mit dem Ihr darüber sprechen könnt. Wartet!«

Er verschwand im Pfarrhaus, erschien aber gleich darauf wieder mit einer gebrechlichen alten Frau an der Hand, die kaum einen Fuß vor den anderen setzen konnte.

»Schau, du hast Besuch.«

»Wer außer dem Tod soll mich besuchen?«, fragte sie und kicherte.

Dann musterte sie mit ihren offenbar schwachen Augen die Gardisten. Schließlich verharrte ihr Blick auf Altmanners Gesicht.

»Dich kenne ich. Du bist der Vertriebene.«

Der junge Pfarrer lächelte nur, da er wohl an eine Spinnerei des alten Weibes glaubte.

Altmanner tat so, als teile er diese Einschätzung.

»Könnten uns Hochwürden ein wenig alleine lassen?«

Der Pfarrer zog sich zurück.

»Ich kann alleine nicht mehr so lange stehen. Irgendwann werden meine alten Knochen wohl zusammenkrachen«, krächzte sie und hängte sich bei Altmanner ein.

»Kennst du mich auch noch?«

»Natürlich, du bist die Edeltraud, die Köchin von Pfarrer Johannes.«

»Ich hab immer gewusst, dass du irgendwann zurückkommst, Altmanner-Bub! Ich hab auf diesen Augenblick lange gewartet.«

»Da bin ich nun.«

»... und wer ist der da? Kommt der aus der Hölle?«

Sie deutete mit ihrem zittrigen Finger auf Eisenvinz. »Keine Sorge. Der passt auf mich auf und hilft mir.«

»Dann ist es ja gut, Altmanner-Bub!«

Sie schaute auf den Grabstein des verstorbenen Pfarrers. »Da liegt er und glaubt wohl, dass mit seinem Tod auch sein Geheimnis verschwunden ist. Er hat sicher nicht damit gerechnet, dass ich bis zu deiner Rückkehr ausharre, Altmanner-Bub! Viel mehr Zeit hättest du dir nicht mehr lassen dürfen, sonst wär's wirklich vorbei gewesen.«

Altmanner strich ihr liebevoll über die knochigen Hände und war gespannt, worum es ging. Offenbar lastete eine schwere Bürde auf ihr.

»Pfarrer Johannes war ein großer Sünder, nach deiner Vertreibung durfte deine Magd Maria hier am Pfarrhof arbeiten. Für die junge Frau war es am Anfang auch ein Segen. Doch alles hat sich bei diesem Dorffest ...«, sie hielt inne, um zu husten, »bei diesem Dorffest hat es einen besonderen Gast gegeben, den Herrn Grafen zu Mürze. Als er die hübsche Maria sah, da war es bald um ihn geschehn. Nicht verwunderlich, wenn man sein böses Weib, die Gräfin, kennt. Jedenfalls ist Maria dann schwanger geworden.«

»Das darf doch nicht wahr sein«, staunte Altmanner.

»Warte, es kommt noch besser.«

Er verdrehte belustigt die Augen.

»Um den feinen Herrn Graf aus allem rauszuhalten, hat Pfarrer Johannes eiligst nach einem Ehemann für Maria gesucht.«

»Und dann?«

»Rudolf Reininger. Du weißt schon, dieser seltsame Hirte. Hier im Dorf sollte jeder glauben, dass das Kind von ihm ist.«

Altmanner konnte sich noch gut an den Hirten erinnern. Auch wenn es ihm schwerfiel, versuchte er doch, sich das alles vorzustellen.

»Und Maria?«

»Maria hat ihn geheiratet, ihr blieb ja nichts anderes übrig. Und dann kam ein Bub, der Paul. Reininger ist ihr ein guter Mann und ein guter Vater gewesen, obwohl der Bub nicht sein Fleisch und Blut war. Für ihn hat nur gezählt, dass er eine Familie hatte und nicht mehr einsam war. Doch dann ist er auf der Turnauer Alm ab ...« Sie holte ein zerknittertes Tüchlein aus ihrer Schürze und schnäuzte sich. »... abgestürzt ... und Pfarrer Johannes hat die arme Maria nicht schon wieder aufnehmen wollen ... noch dazu mit einem kleinen Bub. Er hat sie mit dem Kind zum Herrn Grafen nach Kindberg geschickt. Aber die ganze Wahrheit ist, dass der Herr Graf nie und nimmer der Vater des Kindes ist, sondern ...«

Sie schien zu überlegen, ob sie dieses Geheimnis wirklich preisgeben sollte.

»Sondern?«, wiederholte Altmanner gespannt.

»Pfarrer Johannes hat die Beziehung zwischen dem Herrn Grafen und Maria schamlos für sich selbst genutzt. Ich hab viele Male mitbekommen, wie er sich in ihre Kammer geschlichen hat, um sich ihre Liebesdienste zu erzwingen. Ich war zu feige, ihn zur Rede zu stellen. Gott möge mir vergeben. Ich hatte Angst, dass er mich verjagt und ich wär ohne Obhut dagestanden.«

Altmanner fühlte, wie sich sein Magen zusammenzog.

»Hat sich Maria nie jemandem anvertraut?«

»Soweit ich weiß, niemandem außer mir. Zumindest damals.«

Edeltraud raffte nun ihre ganze Kraft zusammen: »Das Kind ist nicht vom Herrn Grafen, sondern von Pfarrer Johannes, diesem hundselendigen Sünder.«

»Hat der Graf zu Mürze jemals erfahren, dass das Kind nicht von ihm ist?«

Sie sah ihn mit müden Augen an: »Das weiß ich nicht. Ich weiß nur, dass Maria dann auf einem Bauernhof als Magd gedient hat. Irgendwo in der Gegend um Kindberg. Sie ist aber plötzlich wieder zurückgekommen und arbeitet seitdem für die Wirtsleut am Pogusch. Ihr Bub soll viel am gräflichen Gutshof gewesen sein.«

Altmanner spürte, dass Edeltraud erschöpft war und wieder zurück ins Pfarrhaus wollte. Aber es gab da noch etwas, das ihn brennend interessierte: »Was ist eigentlich aus Andreas Bräuer geworden?«

Plötzlich war sie wieder hellwach und lächelte schalkhaft: »Ich hab mich schon gewundert, dass du nicht nach ihm fragst, Altmanner-Bub! Nachdem Reininger so tragisch verunglückt ist, hat er immer wieder in Weinlaune gespottet, dass ihn Marias Bub irgendwie an Pfarrer Johannes erinnert.«

Altmanner schmunzelte nun. So war er nun mal, dieser Bräuer. Mit Sicherheit hatte er alles durchschaut und wollte es unter die Leute bringen.

»Und dann, was ist dann passiert?«

»Pfarrer Johannes hat ihn einen Ketzer geschimpft, und außerdem ist er ein Lutherischer, hat er gesagt. Er hat ihm das Leben schwergemacht, wo es nur ging. Irgendwann ist es Bräuer dann zu viel gewesen. Er ist verschwunden. Keiner weiß wohin.

Ich hör Pfarrer Johannes noch heut von der Kanzel runterrufen, dass der Rotsohler den Bräuer in die ewige Verdammnis geholt hat. Das soll allen eine Lehre sein, die es wagen, einen Mann Gottes in den Dreck zu ziehen, hat er gesagt. Der Allmächtige lässt sie fallen, und sie müssen dann ewig in der Hölle schmorn.«

†††

Das Dorfwirtshaus von Turnau hatte sich innen wie außen kaum verändert. Nur der Wirt von damals war bereits verstorben. Sein Sohn führte das Haus nun weiter, wie es die Tradition gebot.

Als die Gardisten eintraten, erregte nur Eisenvinz kurz die Aufmerksamkeit des jungen Wirts: »Bei dieser Größe haut sich der Herr sicher oft den Schädel an und muss aufpassen, dass er davon nicht blöd wird, hahaha!«

Eisenvinz hatte sich an den ruppigen Humor der Leute auf dem Lande gewöhnt und konterte: »Ein bisschen blöd schadet nicht!«

»Hast recht! Gscheit sein kann eh jeder, selbst der Blödeste. Was darf ich bringen?« Der Wirt erzählte ihnen freimütig, dass sich die grausamen Vorgänge in Kindberg schon bis hierher herumgesprochen hätten.

Auch hier in Turnau hätte schon der eine oder andere Bauer über verschwundene Viecher berichtet. Aber der Sache richtig nachgegangen wäre bis heute niemand. Als Altmanner das Gespräch auf seinen ehemaligen Bauernhof lenkte, wusste der Wirt, nur, dass der Hof verfallen sei und sich die Natur dort breitgemacht habe.

Pfarrer Johannes hätte aber bis zuletzt behauptet, der Ort dort sei verflucht und gottlos.

»Möchtest du, dass wir hinreiten?«, fragte Eisenvinz.

Altmanner dachte lange nach. »Ich will ihn lieber so in Erinnerung behalten wie er war, sonst blutet mir das Herz. Allerdings will ich wissen, wie es Maria geht.«

»Wir kommen am Rückweg ohnehin wieder am Pogusch vorbei. Da können wir das gleich erledigen«, sagte Eisenvinz, worauf Altmanner zum Aufbruch drängte.

»Eine ziemlich verworrene Geschichte«, bemerkte Eisenvinz, als sie schon eine Weile unterwegs waren.

»Dieser Graf, dieser Pfarrer Johannes ...«

»Dieser elende Pfaffe hat Glück, dass er schon verblichen ist, sonst hätte ich ihn heute höchstpersönlich zum Teufel geschickt«, sagte Altmanner.

Eisenvinz lachte kurz auf.

»Vielleicht hat das vor einiger Zeit schon jemand anderer für dich erledigt ... die Medizin gegen Husten.«

Altmanner dachte nach. »Edeltraud war bekannt dafür, gegen jedes Leiden ein Kräutlein zur Hand zu haben. Wer weiß?«

Und so erreichten die beiden wieder die Passhöhe, wo ihnen der Wirt neugierig entgegenkam. »Na? Wie war's unten im Dorf?«

»Wir haben erfahren, dass Maria hier oben Magd sein soll«, sagte Altmanner.

»So ist es«, bestätigte der Wirt. »Ich hab mir schon gedacht, dass das noch kommen wird.«

Er zeigte auf eine Wiese, wo sich eine kleine Gestalt damit abmühte, das frisch gemähte Heu zu kleinen Häufchen zusammenzutragen.

»Geh du allein. Ich warte hier solange«, sagte Eisenvinz.

†††

Sie schien zu spüren, dass jemand in ihrer Nähe war, denn unvermittelt drehte sie sich um. Ihr Gesicht hatte selbst nach all den Jahren noch schöne, feine Züge, und ihr geflochtenes Haar schien noch voll und dicht, war aber schlohweiß geworden.

Sie brauchte nicht lange, bis es ihr dämmerte. »Hans«, stieß sie dann hervor und fiel ihm um den Hals. Auch er konnte seine Gefühle nicht mehr unterdrücken und zog sie fest an sich. Tränen flossen, und es dauerte eine halbe Ewigkeit, bis sich die beiden voneinander lösten.

»Du bist wahrhaftig zurück«, sagte sie und musterte ihn von oben bis unten. »Du bist eine richtige Herrschaft geworden.«

»Ich bin immer noch der Hans, den du von früher kennst. Komm, gehen wir ein Stück«, sagte er und erzählte ihr von seinem Leben. Sie hörte aufmerksam zu und schien froh zu sein, nicht selbst reden zu müssen. Doch irgendwann richtete er die unvermeidliche Frage an sie: »Und wie ist es dir ergangen?«

Schlagartig verschwand ihre gute Stimmung: »Ich weiß gar nicht, wo ich anfangen soll?«

Er kam ihr zu Hilfe.

»Ich war heute schon unten am Pfarrhof in Turnau und habe Edeltraud getroffen. Sie hat mir einiges erzählt. Deine Hochzeit mit Reininger, sein plötzlicher Tod ... dein Kind ...«

Sie schluckte und sagte dann mit tränenerstickter Stimme: »Ich danke Gott für die Zeit mit Rudolf. Er war ein guter Ehemann und Vater.«

Altmanner legte seine Hand auf ihre Schulter und sah ihr tief in die Augen. »Vater?«

Sie senkte ihren Blick.

»Für meinen Buben war mir wichtig, dass er einen Vater hat. Und Reininger hat sich nichts mehr gewünscht als eine Familie. Aber … aber vor Gott hab ich gesündigt.«

»Wenn du schon von Sünde sprichst, dann hat sie wohl dieser Pfarrer Johannes zu tragen.«

»Aber ich hätte es nicht zulassen dürfen«, schluchzte sie.

»Er hat deine Situation mit dem Grafen auf abscheuliche Weise ausgenutzt, um seine eigenen Gelüste zu befriedigen.

»Ich konnte den Herrn Grafen irgendwann nicht weiter im Glauben lassen, dass Paul sein Sohn ist. Die Last dieser Lüge hat mich jahrelang fast erdrückt. Als ich es ihm dann gestanden habe, dass Pfarrer Johannes der Vater ist, ist er erschrocken und mir wochenlang aus dem Weg gegangen. Irgendwann ist er dann gekommen und hat gesagt, dass er sich nicht mehr für mich und meinen Sohn verantwortlich fühlt. Er hat mir befohlen, zurück nach Turnau zu gehen. Und so bin ich dann wieder weggegangen. Der Wirt hier am Pogusch hat mich Gott sei Dank als Magd aufgenommen.«

»Und dein Sohn?«

»Bis zu meinem Geständnis ist er viel auf dem Gutshof des Grafen gewesen, wo sich vor allem Gutsverwalter Lafer um ihn gekümmert hat. Der Graf wollte Paul heranwachsen sehen und dafür sorgen, dass etwas aus ihm wird. Weder die Gräfin noch seine ehelichen Kinder haben jemals etwas erfahren. Paul natürlich auch nicht.«

»Über all die Jahre ist nie ein Verdacht aufgekommen? Hat denn nie jemand gefragt, warum sich der Graf um euch beide gekümmert hat?«, wunderte sich Altmanner.

»Oh doch! Aber allen hat er glaubhaft gemacht, dass er wegen unseres tragischen Schicksals, das uns auf der Turnaueralm widerfahren ist, ein Zeichen der Barmherzigkeit setzen will. Zumindest bis Paul alt genug ist, um auf eigenen Füßen zu stehen. Niemand hat Verdacht geschöpft. Und dann ging das ja auch zu Ende.«

»Wie hat Paul das aufgenommen?«

»Er hat sich geweigert wegzugehen. Wenn schon nicht auf dem Gutshof, hat er gesagt, dann bleibt er doch lieber in Kindberg, denn schließlich ist er dort zuhause.«

†††

»Hörst du dieses Geschrei? Ich glaube, es kommt vom Schloss«, sagte Eisenvinz. »Da ist aber ordentlich was los. Kaum sind wir mal einen Tag weg ...«

Altmanner hob die Hand: »Ich verstehe kein Wort. Hast du eine Ahnung?«

Sie hielten an und lauschten.

»Nach einem fröhlichen Fest klingt es jedenfalls nicht«, meinte Eisenvinz.

Sie gaben ihren Pferden die Sporen und galoppierten auf das Schloss zu. Tatsächlich tobte auf dem Vorplatz eine wütende Menge. Die Menschen brüllten durcheinander und drohten mit den Fäusten. Einige hatte Stöcke dabei und fuchtelten wild damit herum. Irgendwann bemerkte dann jemand die beiden und schrie: »Kommt näher! Wir haben ihn! Wir haben den Unhold!«

Sie stiegen ab und drängten sich durch die Menge, bis sie eine zusammengekauerte Gestalt sahen, die am ganzen Körper zitterte und unaufhörlich mit Tritten und Schlägen traktiert wurde. Die paar Knechte vom Gutshof hatten alle Hände voll zu tun, Schlimmeres zu verhindern.

»Der Riese soll dieses Schwein gleich mit seiner eisernen Hand erschlagen«, schrie jemand, worauf zustimmendes Gejohle aufbrandete.

Da bemerkte Altmanner Lafer in der Menge und zog ihn zu sich heran: »Das ist doch dieser Fichten-Bauer. Warum er? Was ist geschehen?«

»Eine böse Sache. Er ist um die Mittagszeit völlig aufgebracht und mit blutigen Händen in Kindberg aufgetaucht und hat unaufhörlich wirres Zeug gestammelt. Dann ist er in die Ortskirche zu Pfarrer Sixtus gerannt. Der hat begriffen, dass er ihm folgen soll. Sie sind dann in den Wald hinaufgegangen und ...«, Lafer verzog sein Gesicht, »... und da lag der Körper eines kleinen Mädchens. Oder was davon noch übrig war.«

»Was davon noch übrig war?«

»Es war nicht mehr alles da.«

»Wer ist die Tote?«

»Die Leitner Liesi. Erst acht Jahre alt. Sie hat dort oben die Ziegen gehütet. Ihre Eltern, Bauersleute von einem Hof in der Nähe, haben gleich die zerfetzte Kleidung erkannt.«

Altmanner wandte sich Eisenvinz zu: »Bring den Fichten-Bauer rasch ins Schloss, bevor er von der Menge noch gelyncht wird.«

†††

Eugen machte ein strenges Gesicht. »Warum hast du dieses kleine Mädchen so grausam umgebracht?«

Der Fichten-Bauer saß völlig verschreckt auf einem Stuhl mitten im kleinen Salon des Schlosses, umringt vom Grafen, Lafer, Pfarrer Sixtus und den beiden Gardisten. Er atmete ruckartig, seine Augen waren angstgeweitet. Er wollte etwas sagen, doch seine Stimme versagte.

»... und warum die anderen Frauen? Und all diese Viecher?«, setzte Eugen nach.

Da fand der Bauer seine Sprache wieder und schrie so laut er nur konnte: »Ich hab niemanden umbracht. Ich hab das Kind nur gefunden und wollt Hilfe holen. In meiner Panik ist mir niemand andres eingefallen als Pfarrer Sixtus.«

»Zeige uns deine Hände«, herrschte ihn Eugen an, worauf der Fichten-Bauer sie ihm zaghaft entgegenstreckte. »Sieh doch selbst: Deine Hände sind noch immer voller Blut. Es ist das Blut der Leitner Liesi, das an dir klebt. Nur du kannst der Täter gewesen sein.«

»Nein, nein. Sie sind blutig, weil ich sie zur Seite gerollt hab. Warum hätt ich sie umbringen sollen und dann gleich zum Pfarrer rennen?! Bin doch nicht blöd.«

Sixtus schob Eugen zur Seite und baute sich mächtig vor dem Fichten-Bauer auf.

»Jawohl, du bist zu mir gekommen, und ich habe deinen bösen Blick gesehen. Der Teufel war in dir. Du warst besessen von ihm.«

»Ich war nicht besessen, ich war in Panik. Ich hab noch nie so was Schreckliches gesehn. Und außerdem ...« Er hob den Zeigefinger, »war ich neulich selbst Opfer. Meine Ziegen ... abgeschlachtet ... schon vergessen?!«

»Du wirst doch wohl nicht ernsthaft deine Ziegen als Zeugen deiner Entlastung nennen wollen?!«, höhnte Sixtus, holte einen faustgroßen, dreckigen Klumpen unter seiner Kutte hervor und hielt ihm diesen unter die Nase: »Und was ist damit?«

Der Fichten-Bauer verdrehte die Augen. »Was soll schon sein?«

»Teufelsfrucht«, schrie Sixtus, »du frisst diese Teufelsfrucht. Versuche erst gar nicht zu leugnen.«

»Das ist keine Teufelsfrucht, das ist ein Erdapfel. Den kann man essen. Schaut her ...«

Er schnappte ihn sich, biss ein Stück ab, kaute ein wenig darauf herum und würgte es hinunter. Den Rest warf er Sixtus zornig vor die Füße.

»Selbst probieren, Hochwürden. Mmmh, schmeckt gut und macht satt. Gekocht noch viel, viel besser.«

Sixtus bekreuzigte sich.

»Gott behüte. Du begreifst wohl nicht, du dummer Bauer. Du frisst Früchte aus der Erde, ich sags dir nochmal: Aus der Erde! Erde! Erde! Natürlich macht dich das satt, weil es der Teufel so will. Je mehr du davon frisst, desto mehr verfällst du ihm.«

Mit einer eleganten Drehung wandte sich Sixtus von ihm ab und den anderen zu.

»Er kommt schon lange nicht mehr in die Kirche zum Gottesdienst. Warum sollte er auch? Er huldigt ja schon längst dem Teufel, und als dessen Handlanger begeht er diese Taten. Für mich ist er eindeutig überführt.«

»Dann werden wir ihn wohl zum Landgericht Wieden bringen und die Höchststrafe fordern«, sagte der Graf.

»Dann hat das alles endlich ein Ende«, meinte Eugen und atmete auf.

Der Fichten-Bauer war nahe daran durchzudrehen und wollte flüchten, lief jedoch geradewegs Eisenvinz in die Arme.

Da mischte sich Altmanner mit ruhiger Stimme ein: »Hochwürden, Sie sind also der Meinung, dass Erdäpfel ein Werk des Teufels sind, und weil der Fichten-Bauer diese Früchte isst, soll er zu solch teuflischen Taten fähig sein? Habe ich das richtig verstanden?

Sixtus überlegte kurz und antwortete beleidigt: »Werde jetzt etwa ich hier verhört? Habe ich etwa Blut an meinen Händen?«

Altmanner warf ihm einen scharfen Blick zu.

»Ich möchte nur darauf hinweisen, dass unser Kaiser diese Teufelsfrucht, wie Sie es nennen, selbst isst und für äußerst schmackhaft befindet. Also ich glaube nicht, dass der Kaiser deshalb vom Teufel besessen ist. Oder sind Sie da etwa anderer Meinung?«

»Wenn der Kaiser dieses Zeug selbst isst, dann wird nun vieles klarer«, knurrte Sixtus in sich hinein und spielte zweifellos auf die allseits bekannten Klosterschließungen der letzten Zeit an, allesamt auf kaiserliche Anordnung.

»Um den Fichten-Bauer für schuldig zu befinden, bedarf es anderer Beweise. Ein Zusammenhang zwischen Erdäpfeln und Morden erscheint mir doch sehr gewagt«, sagte Altmanner.

»Und was jetzt? Was sollen wir der tobenden Menge da draußen mitteilen?«, wollte der Graf von ihm wissen.

»Ganz einfach. Wir teilen ihnen mit, dass jeder Mensch nur mit ausreichenden Beweisen verurteilt werden darf und diese Beweise erst gefunden werden müssen.«

»Dann werde ich hier wohl nicht mehr gebraucht!«, fauchte Sixtus und schritt zornig davon.

Der Fichten-Bauer wurde vorerst im Schloss in Gewahrsam genommen – zu seiner eigenen Sicherheit.

†††

Lafer drehte den Schlüssel ein paar Mal hin und her bis er endlich einrastete. Dann stemmte er sich gegen die schwere Eichentür, und ein kühler, modriger Luftzug schlug ihnen aus einem dunklen Loch entgegen. Nun entzündete er eine Fackel und stieg ein paar steinerne Stufen hinab.

»Wenn mir die Herren bitte folgen möchten!«

Sie tasteten sich durch ein dunkles Gewölbe mit unzähligen Spinnweben bis zu einem Sack, der wie achtlos an einer feuchten Mauer lehnte. Lafer legte die Fackel zur Seite, zog den Sack zu sich heran und öffnete ihn behutsam.

»Damit sich die Leute nicht daran ergötzen, habe ich die Liesi gleich vom Wald heruntergeholt und da hineingesteckt.«

»Wir haben uns gedacht, wir legen sie vorerst hier im Schlosskeller ab, bis der Sarg gezimmert ist«, ergänzte der Graf.

Altmanner zog den verstümmelten Körper an den Beinen heraus, ließ sich die Fackel reichen und begutachtete die sterblichen Überreste. »Der Unhold hat ein scharfes Messer benutzt und damit Kopf und Hände fein säuberlich abgeschnitten.«

Er deutete auf einen Fleischklumpen: »Und das war wohl das Herz.«

Er betrachte es ausgiebig und murmelte dann: »Seltsam diese Spuren. Sieht nach menschlichen Bissspuren aus.«

»Was?«, zischte Lafer und schien Altmanner für verrückt zu halten.

»Überzeugen Sie sich doch selbst«, forderte ihn Altmanner auf.

Lafer musterte es. »Tja, könnte wirklich sein. Was sagen Sie dazu, Herr Graf?« Doch sowohl der Graf als auch Eugen waren schon zuvor ein paar Schritte zurückgetreten und hielten sich die Nase zu. Überhaupt hatte es ihnen die Sprache verschlagen.

»Zumindest wissen wir jetzt, was hier vor sich geht«.

»Und das wäre?«, fragte Lafer.

»Wir haben es mit einem Kannibalen zu tun. Er schlachtet Frauen wie Vieh und frisst ihre Herzen.«

†††

»Es wird schwer sein, bei diesem Durcheinander herauszufinden, was zu diesem Schlächter und Herzenfresser gehört und was nicht. Hier sind einfach schon zu viele Leute herumgetrampelt«, sagte Eisenvinz, während er den Tatort im steilen Gelände untersuchte.

»Du hast recht. Wir sollten uns eher auf das Umfeld konzentrieren«, erwiderte Altmanner.

Sie entfernten sich ein wenig vom Tatort, und es war gleich darauf Eisenvinz, der Altmanner auf sich aufmerksam machte: »Komm, schau dir das an. Das sieht nach Erbrochenem aus. Ich kann sogar die unverdauten Fleischstücke erkennen.«

»Ich kann mir gut vorstellen, wie es abgelaufen ist«, sagte Altmanner, »er trifft auf die kleine Liesi beim Hüten der Tiere, tötet sie, schneidet ihr Kopf und Hände ab, knackt ihre Brust auf, reißt das Herz heraus und beginnt an Ort und Stelle daran zu fressen.

Dann kommt jemand und er läuft weg. Hier oben wird ihm übel, er bricht und flüchtet weiter.«

»Und dieser jemand, der da zufällig dahergekommen ist, könnte der Fichten-Bauer gewesen sein«, kombinierte Eisenvinz, »aber was ist mit dem Kopf und den Händen?«

»Das wird er mitgenommen haben«, sagte Altmanner, »aber wozu und wohin, das ist das große Rätsel.«

»Jedenfalls sind hier nur mehr diese einen Fußabdrücke«, sagte Eisenvinz. »Sie müssen also von ihm stammen.«

Sie folgten der Spur noch einige Zeit, bis sie sich plötzlich verlor.

»Sieh nur, da ist auch wieder diese Holzknechthütte«, stellte Altmanner fest, »irgendetwas muss es an diesem Platz geben, das ihn hierhertreibt. Ich hatte schon damals so ein Gefühl.

»Aber was soll das sein?«, fragte Eisenvinz und hielt im selben Augenblick inne.

»Pssst!«

Jetzt hatte es auch Altmanner gehört, und es war schon ganz nah. Sie huschten hinter die Hütte, und gleich darauf ging jemand vorbei und pfiff ein Lied. Sie warteten noch ein wenig und sprangen dann mit einem Satz hervor.

»Halt!«, rief Altmanner dem Mann hinterher.

Der fuhr erschrocken herum.

»Um Gottes willen, jetzt wär ich beinahe vor Schreck gestorben«, sagte der Breitler-Bauer kreidebleich. »Die Herren Gardisten sind heut wohl auf leisen Sohlen unterwegs. Und ganz allein, ohne die Herrschaften vom Schloss.«

Eisenvinz hielt sich eine Hand vor den Mund und flüsterte Altmanner zu: »Ich traue ihm das nicht zu. Der hat sich schon jetzt fast in die Hose gemacht.«

»Was führt euch hier herauf?«, fragte der Breitler-Bauer.

»Nach dem Tod der Leitner Liesi haben wir im Wald nach Spuren gesucht, und da waren wir zufällig in der Nähe«, erklärte Altmanner.

»Seit meine Frau und ich das erfahren haben, haben auch wir Angst um unsere Kinder. Auch wenn viele im Ort den Fichten-Bauer für den Täter halten, wir glauben nicht dran. Auch mein Knecht hat nur den Kopf geschüttelt.«

»Ist ihm vielleicht ein Verdächtiger eingefallen?«

»Seit dem Tod von Constantia hat er nicht mehr mit mir drüber geredet. Müsst ihn schon selber fragen.«

»Dann kommen wir gleich mit.«

»Den Weg könnt ihr euch sparen, denn er ist heute schon sehr früh nach Turnau gegangen. Er wird dort eine Weile als Tagelöhner arbeiten. Bei uns am Hof gibt's nicht viel zu tun im Moment, da kann er sich woanders nützlich machen.«

†††

»Eine vertrauliche Unterredung?«

Der Graf wirkte verunsichert.

»Ich werde Eugen und Lafer gleich holen lassen.«

»Es genügt Lafer«, sagte Altmanner bestimmt.

Auf der Stirn des Grafen zeichneten sich Sorgenfalten ab.

»Darf ich nach dem Grund fragen?«

»Es gibt da einige Dinge, unangenehme Dinge, die wir in Erfahrung gebracht haben. Wo können wir völlig ungestört sein?«

Der Graf drückte sich noch ein wenig herum.

»Also gut! Ich kenne da einen Platz, es ist mein Lieblingsplatz. Dorthin ziehe ich mich gerne zurück, wenn ich in Ruhe nachdenken muss.«

Lafer war rasch zur Stelle, und die Männer ritten zu einer abgelegenen Weide, von dichtem Wald umgeben. Von hier aus bot sich ein besonders schöner Blick über das Tal.

»Meine Herren«, ergriff Altmanner sehr förmlich das Wort und wandte sich direkt dem Grafen und Lafer zu.

»Eisenvinz und ich wurden von Kaiser Joseph persönlich hierher entsandt, um einen äußerst grausamen Fall zu lösen.

Seit wir hier sind, sind noch weitere Fälle hinzugekommen. Bei unseren Untersuchungen stoßen wir ständig auf Seltsamkeiten und Ungereimtheiten.«

»Naja, die Sache mit dem Rotsohler ist zugegebenermaßen …«, unterbrach Lafer, doch Altmanner ließ sich nicht irritieren. »Nein, nein, es geht nicht um den Rotsohler. Zuerst einmal geht es darum, was vor langer Zeit in Turnau geschehen ist.«

Wieder unterbrach Lafer: » Sollten wir uns nicht eher darum kümmern, was jetzt geschieht und was wir dagegen tun können?«

Altmanners Gesichtsausdruck verfinsterte sich.

»Lieber Herr Gutsverwalter, Eisenvinz und ich haben in Turnau sehr interessante Dinge zu hören bekommen.«

Lafer versuchte zu lachen: »Von wem? Sie müssen schon konkreter werden, mein Herr.«

»Von der ehemaligen Pfarrersköchin Edeltraud zum Beispiel.«

»Ha, ein altes verwirrtes Weib. Da schickt uns der Kaiser zwei seiner besten Leute, und die vergeuden damit ihre Zeit.«

Altmanner hatte genug. Er warf Eisenvinz einen vielsagenden Blick zu, und dieser wusste sofort, was zu tun war. Noch ehe Lafer reagieren konnte, hatte Eisenvinz Lafer mit festem Griff aus dem Sattel geholt und zu Boden geworfen.

»Aufhören!«, schrie der Graf, »er wollte ja nur meine Ehre und die Ehre meiner Familie schützen.«

Er stieg aus dem Sattel und schaute lange mit traurigen Augen über das Tal. Dann stieß er einen kummervollen Seufzer aus.

»Ich habe Maria wirklich geliebt. Sie war so natürlich, so herzlich und hatte einen klaren Verstand. Doch mein Adelsstand ließ diese Beziehung nicht zu. Andererseits konnte ich sie nicht allein lassen mit meinem Kind. Meinem Sohn ... wie ich damals dachte.«

»Eine prekäre Situation«, warf Altmanner ein.

Der Graf lächelte gequält: »Ja, meine Gemahlin und meine Kinder. Ich habe in ständiger Angst gelebt, sie könnten davon erfahren. Und dann plötzlich dieses Geständnis von Maria.«

»Nach all diesen Jahren der Angst ist Ihnen das wohl nicht ungelegen gekommen?«

Der Graf trotzig: »Jawohl, mein Herr, so war es.«

»Haben Ihre Gemahlin und Ihre Kinder tatsächlich nie davon erfahren? Vielleicht von anderer Seite?«

»Ich wüsste nicht von wem oder wodurch.«

»Oh doch!« Lafer hatte sich inzwischen wieder gefangen und stand umständlich auf.

»Was soll das heißen?«, fuhr ihn der Graf an.

»Kurz nachdem Rudolf Reininger so tragisch verstorben ist, habe ich von Pfarrer Johannes eine schriftliche Nachricht bekommen. Er hat um eine vertrauliche Unterredung mit dem Grafen wegen Maria und ihrem Sohn Paul gebeten. Er wollte nicht, dass Maria auf einem Pfarrhof lebt, an einem Ort Gottes. Der Herr Graf soll als Kindesvater Turnau von dieser Last befreien.«

»Ich kann mich an dieses Schreiben noch gut erinnern. Schließlich und endlich habe ich mich über diese Frechheit ja lange geärgert. Und danach haben wir uns ja mit ihm im Wirtshaus am Pogusch getroffen, um alles zu regeln«, sagte der Graf. »Aber was hat das alles damit zu tun?«

Lafer erzählte weiter, dass er dieses delikate Schriftstück nicht, wie vom Herrn Grafen gewünscht, vernichtet, sondern im Boden einer alten Schatulle über Jahre aufbewahrt hatte.

Irgendwann vergaß er es dann. Eines Tages beobachtete er zufällig durchs Fenster in seine Stube, wie Eugen drinnen auf ihn wartete. Wohl aus Langeweile ging Eugen an diese alte Schatulle, drehte und wendete sie, und bei dieser Gelegenheit entdeckte er das Schriftstück. Er las es aufmerksam durch und legte es tief betroffen wieder zurück.

»Warum habe ich davon nichts erfahren? Es wäre eine gute Gelegenheit gewesen, Eugen über alles aufzuklären. So lebt er wahrscheinlich noch heute in der Annahme, dass ich der Vater bin«, empörte sich der Graf.

»Ich habe mich für meine Unachtsamkeit geschämt. Ich weiß, dass es ein großer Fehler war.«

»Und wo ist dieses Schriftstück jetzt?«, wollte Altmanner wissen.

»In meiner Aufregung habe ich es gleich danach verbrannt. Es sollte endgültig kein Beweis mehr über diese Liaison existieren.«

Der Graf lief rot an.

»Das ist doch die Höhe!«

»Ich sagte ja, dass es ein großer Fehler von mir war. Ich bitte um Verzeihung«, sagte Lafer flehentlich und blickte demütig zu Boden.

Während der Graf nur mit größter Anstrengung seinen Zorn im Zaum halten konnte, wurde Altmanner nachdenklich. Da gab ihm Eisenvinz zu verstehen, dass er mit ihm allein sprechen wolle, und die beiden entfernten sich kurz von den anderen und unterhielten sich leise.

Eisenvinz fragte: »Was hältst du davon? Macht die Sache Eugen nicht irgendwie verdächtig?«

Altmanner hielt das nicht für abwegig, doch war er vorsichtig. »Aber warum all diese grausamen Taten? All die getöteten Tiere und das kleine Mädchen? Wo ist da der Zusammenhang?«

Eisenvinz zuckte nur mit den Schultern.

»Das ist die spannende Frage. Letztendlich müssen wir Eugen selbst befragen.«

Sie näherten sich wieder den anderen, und Altmanner sagte:

»Meine Herren, wir haben dringenden Handlungsbedarf, ohne Rücksicht auf Person und Stand. Eisenvinz und ich sind zur Ansicht gelangt, dass wir mit Eugen reden sollten.«

Der Graf fuhr herum: »Soll das heißen, dass Sie jetzt meinen Sohn verdächtigen? Nur wegen dieses Schriftstücks?«

»Die Sache gehört auf alle Fälle abgeklärt. So rasch wie möglich«, antwortete Altmanner.

»Mein Sohn hat die beste Erziehung genossen. Er wäre nicht imstande, solche Taten zu begehen. Ich verbürge mich für ihn.«

Doch Altmanner ließ sich nicht umstimmen.

†††

Der Graf sprang von seinem Schreibtisch auf. Kalter Schweiß stand auf seiner Stirn.

»Nicht da? Was soll das heißen?«

»Ich konnte ihn nirgends finden. Allerdings haben einige gesehen, dass er Hals über Kopf weggeritten ist«, sagte Lafer.

»Wohin?«, fragte Altmanner.

»Richtung Georgikirche.«

Altmanner war verwundert: »Georgikirche? Jetzt? Was könnte er dort wollen?«

Lafer schüttelte nur den Kopf.

»Keine Ahnung. Vielleicht um sich mit Bonifaz zu treffen?«

»Er wird schon zurückkommen. Dann warten wir eben solange mit seiner Einvernahme«, sagte der Graf.

Doch Altmanner winkte sofort ab: »Keinesfalls. Vielleicht ist er gerade dabei zu verschwinden.«

»Warum sollte er das tun?!«, brauste der Graf auf, »für die Herren Gardisten ist es wohl schon gewiss, dass er der Täter ist. Beim Fichten-Bauer haben die Herren Beweise gefordert, aber bei meinem Sohn ...«

»Beruhigen Sie sich, Herr Graf«, sagte Altmanner.

»Wie soll ich mich da beruhigen?! Es geht schließlich um meinen Sohn, und er steht unter schwerem Verdacht.«

Altmanner überlegte kurz.

»Eisenvinz und ich werden ihm folgen. Allein!«

†††

Antonia lugte durch einen kleinen Türspalt.

»Ah, die Herren aus Wien. Was gibt es denn?«

Altmanner war noch ganz außer Atem.

»Wir suchen Eugen. Vor dem Pfarrhaus ist sein Pferd, also muss er hier sein.«

»Aber ja doch! Der Sohn des Herrn Grafen wollte zu Bonifaz. Ich habe ihm gesagt, dass sich der Herr Pfarrer zu einem Nachmittagsgebet in die Kirche zurückgezogen hat und nicht gestört werden will.«

»Vielen Dank, gute Frau«, sagte Altmanner und lief mit Eisenvinz los. Kurz vor der Kirche hielt er an: »Ich habe so ein eigenartiges Gefühl.«

Daraufhin teilten sie sich auf. Eisenvinz bewachte den Seiteneingang, während sich Altmanner an das Hauptttor heranpirschte, es so leise wie möglich öffnete und hineinschlüpfte.

Er schlich seitlich nach vorne und sah vor dem Altar jemanden knien, mit einem Messer in der Hand. Und daneben lag jemand auf dem Boden. In einer riesigen Blutlache.

Altmanner gab seine Deckung auf und rief: »Eugen! Messer fallen lassen und langsam umdrehen!«

Doch der rührte sich nicht.

»Eugen«, herrschte ihn Altmanner abermals an. Wieder keine Reaktion. Stattdessen sprang mit einem lauten Poltern der Seiteneingang auf, und Eisenvinz stürmte herein. Blitzschnell entriss er Eugen das Messer und stieß ihn zur Seite.

»Danke mein Freund«, sagte Altmanner.

»Immer gerne zu Diensten«, erwiderte Eisenvinz, »ich habe es draußen nicht mehr ausgehalten. Es hätte ja sein können, dass dich schon wieder jemand fesselt.«

Nach diesem kleinen Seitenhieb, deutete er auf den leblosen Körper. »Das ist doch ...«

»Bonifaz! Seine Pulsadern sind aufgeschnitten«, stellte Altmanner fest und warf Eugen einen fragenden Blick zu. »Das sieht für den Sohn des Herrn Grafen aber gar nicht gut aus!«

Eugen schüttelte sofort heftig den Kopf.

»Er war schon tot, als ich gekommen bin.«

»Und das Messer? «

»Das ist nicht mein Messer. Es lag neben ihm, und ich habe es nur aufgehoben. Ich habe ihn nicht getötet. Ich lüge doch nicht vor dem Altar im Angesicht Gottes.«

†††

Der Graf atmete schwer.

»Lieber Eugen ... mein Sohn ..., lassen wir Bonifaz einmal beiseite. Reden wir von den anderen Taten. Hast du etwas damit zu tun?! Hast du diese Frauen getötet? Beginnen wir mit Constantia.«

Eugen brach bei diesem Namen sofort in Tränen aus und begann zu schluchzen: »Ich … ich habe sie geliebt. Ich … ich habe sie so sehr geliebt, und sie hat mich geliebt. Wir haben uns öfter getroffen.«

»Und wo haben Sie sich mit ihr getroffen?«, fragte Altmanner.

»In der Nähe vom Hof der Möstling-Bauern, wo sie Magd gewesen ist. Ich bin immer hingeritten. Ich habe sie aber gebeten, niemandem von mir zu erzählen. Ich wollte nicht, dass mein Vater und schon gar nicht meine Mutter davon erfahren. Der Sohn eines Grafen mit einer armen Magd.«

Der Graf erhob sich rasch, wandte sich ab und lief ein paar Schritte, dann nahm er wieder Platz.

»Irgendwann hat sie zu mir gesagt, wenn ich sie wirklich liebe, müsste ich endlich dazu stehen. Es gäbe noch einen anderen, und sie müsse sich entscheiden. Keine Ahnung, wer der andere war. Jedenfalls wollte sie mir ihre Entscheidung beim nächsten Treffen mitteilen, doch dazu ist es nicht mehr gekommen.«

Altmanner und Eisenvinz schauten sich an. Constantias mysteriöser Verehrer mit dem Pferd, der von keinem Hof war, war also Eugen gewesen.

»Mit mir hättest du darüber reden können«, sagte der Graf in verständnisvollem Ton.

Eugen wischte sich die Tränen aus dem Gesicht.

»Das sagst ausgerechnet du? Und warum hast du nicht mit mir über dein Geheimnis gesprochen? Glaubst du etwa, es ist angenehm, aus einem verborgenen Schriftstück zu erfahren, dass der eigene Vater ein außereheliches Kind gezeugt hat? Und ich also noch einen Bruder habe? Noch dazu diesen Paul.«

»Was ist mit ihm?«, fragte Altmanner, dem der abfällige Tonfall nicht entgangen war.

»Er ist ein Taugenichts und hat keinen Anstand. Er verjuxt sein Geld schon mal beim Kartenspiel und prügelt sich herum. Ich will nichts mit ihm zu tun haben.«

»Er ist nicht mein Sohn«, warf der Graf ein, doch seine Worte schienen nicht zu Eugen vorzudringen.

»Hast du verstanden? Er ist nicht mein Sohn«, wiederholte der Graf langsam und deutlich. »Die Herren Altmanner und Eisenvinz werden es dir bestätigen.«

Allmählich schien Eugen zu begreifen.

»War also doch dieser Rudolf Reininger der Vater?«, fragte er dann.

»Oh nein, die Sache ist viel verworrener«, sagte der Graf und klärte ihn über alles auf.

Eugens Erleichterung wich tiefer Betroffenheit.

»Mein Gott, was hat diese arme Maria alles ertragen müssen! Ausgerechnet von einem Pfarrer geschwängert und als Sünderin abgeschoben zu werden und später dann noch mal ... von dir.«

Altmanner spürte die Spannung zwischen Vater und Sohn: »Reden wir über Bonifaz!«

»Ich habe ihn nicht getötet«, stellte Eugen abermals klar.

»Aber was haben Sie dann bei ihm gemacht?«, fragte Altmanner.

»Ich habe den Eindruck gehabt, dass er mir behilflich sein kann.«

»Behilflich wobei?«, fragte der Graf.

»Den Unhold zu finden. Ich war davon überzeugt, dass er etwas wusste. Vor einiger Zeit habe ich nämlich etwas beobachtet: Ich war in der Nähe der Georgikirche. Es war ein schöner, lauer Abend, und in der Stille habe ich plötzlich Stimmen gehört. Ich wollte mir einen Spaß machen und die Leute beim Tratschen belauschen. Da habe ich mich angeschlichen.«

Er unterbrach kurz, um sich zu räuspern: »Da habe ich Pfarrer Bonifaz gesehen, wie er mit jemandem geredet hat.«

»Mit wem?«, hakte Altmanner ein.

»Konnte ich nicht sehen. Hat sich im Dickicht verborgen gehalten. « Er erzählte weiter, dass Bonifaz den anderen anflehte, alles zu vergessen, was er ihm gesagt hatte. Das sechste und siebente Buch Moses sei ja nur eine Legende, und selbst wenn es dieses Schriftwerk tatsächlich gäbe, sei es einzig und allein ein Werk des Teufels. Zuletzt sei Bonifaz verzweifelt auf die Knie gegangen und habe den anderen innig gebeten, er möge doch zu ihm in die Kirche kommen, um vor Gott die Beichte abzulegen. Doch dieser andere habe abgelehnt, weil er nun einmal zu Ende bringen müsse, was er angefangen habe.

Altmanner trat nachdenklich ans Fenster: »Interessant! Das sechste und siebente Buch Moses.«

»Was ist daran so ungewöhnlich?«, wollte Lafer wissen

»Sie enttäuschen mich, mein Herr! Als gläubiger Mensch sollten Sie wissen, dass es nur fünf Bücher Moses gibt.«

»Und was soll dann dieser Unfug?«

»Es ist kein Unfug«, sagte Altmanner, der von diesem mysteriösen Schriftwerk schon gehört hatte. »Das sechste und siebente Buch Moses hat nichts mit Religion zu tun. Es ist eine Sammlung von Schriften über volkstümliches Brauchtum, über Magie und Zauberei. Und weil die wahren Autoren Angst hatten, von der Kirche wegen Gotteslästerung verfolgt zu werden, haben sie diesen Decknamen erfunden.«

»Dass ausgerechnet ein Pfarrer darüber redet?«, warf der Graf ein.

»Wie ging die Geschichte weiter?«, fragte Altmanner.

»Ich habe abgewartet bis beide weg waren, dann bin ich der Spur des anderen gefolgt, doch ich habe sie verloren, in der Nähe der Holzknechthütte!«

»Wieder einmal«, hielt Altmanner fest und fragte: »Warum haben Sie sich nicht uns anvertraut?«

Eugen wurde nervös. Es war ihm anzusehen, dass er darüber nicht wirklich reden wollte. Doch Altmanner ließ nicht ab: »Würden Sie uns bitte aufklären?«

Eugen zögerte immer noch ein wenig, wirkte dann aber entschlossen: »Ich wusste ja nicht, ob ich Ihnen wirklich trauen kann.«

Altmanner irritiert: »Warum das?«

»Ich war Zeuge eines Gesprächs zwischen Pfarrer Sixtus und meinem verehrten Vater.«

Der Graf fragte abfällig lächelnd: »Was für ein Gespräch? Ich führe ständig Gespräche mit den Würdenträgern des Ortes.«

Altmanner stampfte mit einem Fuß kräftig auf den Boden: »Es wäre sehr nett, wenn Sie Ihrem Sohn nicht ins Wort fallen würden, hochverehrter Herr Graf!«

Eugen holte tief Luft.

»Sixtus hat behauptet, er hätte aus verlässlicher Quelle erfahren, dass die Gardisten von Kaiser Joseph höchstpersönlich den Auftrag erhalten haben, die Kirche in diese Taten hineinzuziehen. Der Kaiser würde ständig nach Gründen suchen, die Kirche anzuschwärzen, damit er seine völlig absurden und gottlosen Reformen durchsetzen kann. Es wäre die heilige Pflicht gegenüber Gott, sich dagegen zu wehren.«

Eugen machte eine Pause und holte tief Luft. Die anderen saßen stocksteif auf ihren Stühlen und schauten ihn an, gespannt, was er noch zu erzählen hatte.

»Vater wollte wissen, wie diese Pflicht erfüllt werden könnte. Sixtus meinte, es müsse ein Täter gefunden werden, der sich nachweislich von Gott und der Kirche abgewendet hat. Vielleicht könnten mein Vater oder der Herr Gutsverwalter jemanden nennen, der unliebsam geworden sei. Und Vater sagte zu, darüber nachzudenken«. Er warf seinem Vater dabei scheu einen Blick zu, um dessen Reaktion wahrzunehmen, und fuhr fort: »Ich war zutiefst schockiert. Sie wollten die Taten hier für Machtspiele nutzen, während der wahre Täter vielleicht frei herumläuft? Da habe ich mich selbst der Sache angenommen.«

Den Rest der Geschichte führte Altmanner aus: »Und dann kam der Zufall zu Hilfe, denn ausgerechnet dieser Fichten-Bauer, der der Kirche ohnehin ein Dorn im Auge ist, hat eine weitere Leiche entdeckt. Deshalb hatte es Sixtus so eilig, diesem armen Kerl die Tat anzuhängen. Es hätte perfekt in den Plan gepasst. Und der Herr Graf sieht einfach zu, wie ein Unschuldiger an den Pranger gestellt wird!«

»Bravo, Herr Graf!«, rief Eisenvinz dazwischen.

»Ich verbiete mir diesen Zynismus!«

Der Graf lief wütend zur Tür: »Ich muss mir das nicht gefallen zu lassen! Ich werde mich persönlich beim Kaiser über Sie beschweren!«

»Machen Sie das, Herr Graf. Und erzählen Sie ihm bei dieser Gelegenheit gleich von der Intrige«, rief ihm Altmanner nach.

»Vater, er hat recht!«, beschwor ihn Eugen, »was die Kirche hier macht, ist Unrecht. Das hat nichts mit Gott zu tun.«

Der Graf ballte seine Hände zu Fäusten, knurrte etwas und kehrte schließlich kleinlaut zurück.

»Alles schön und gut«, wandte sich Altmanner wieder Eugen zu, »aber es erklärt noch immer nicht, wie Bonifaz zu Tode gekommen ist.«

»Ich war es jedenfalls nicht«, beteuerte Eugen nochmals und griff in seine Tasche.

»Nehmt das hier als Beweis. Es lag bei Bonifaz neben dem Messer.«

Altmanner nahm ihm ein Schriftstück aus der Hand, faltete es auseinander und las laut vor:

Ich bin schuldig, denn ich habe dem Teufel gedient!
Durch mich fand er ein Werkzeug, diese armen Geschöpfe töten zu lassen!
Ich kann mit dieser Bürde nicht mehr leben.
Möge Gott mir vergeben!

Bonifatius

Der Graf riss das Papier Altmanner aus der Hand und las es selbst noch einmal durch.

»Ich verstehe kein Wort von alldem.«

»Vielleicht hat es gar nichts zu bedeuten, und der Alkohol hat bloß seine Sinne verwirrt«, meinte Lafer, worauf Altmanner entgegnete: »Ich glaube, er wusste ganz genau, was er da schreibt.«

»Mag sein«, warf der Graf ein und wirkte plötzlich erleichtert, »aber, wenn wir das schon nicht verstehen, handelt es sich doch eindeutig um einen Abschiedsbrief. Demnach hat er sich selbst gerichtet und ist nicht durch die Hand meines Sohnes umgekommen. Oder sehe ich das falsch?«

Eugen atmete hörbar auf und suchte dankbar den Blick seines Vaters.

†††

»Dürfen endlich auch wir erfahren, was hier eigentlich los ist«, schimpfte Pfarrer Sixtus, während sein Glaubensbruder Cornelius neben ihm andächtig die Hände faltete.

»Die Nachricht vom Tode unseres Bruders Bonifatius macht schon überall die Runde, aber niemand von den Herren macht sich die Mühe, uns aus erster Hand zu berichten.«

»Was erzählen sich denn die Leute?«, wollte Altmanner wissen.

»Der böse Geist des Alkohols hätte ihm einen plötzlichen Tod beschert, oder der Unhold hätte wieder zugeschlagen. Ach ja, einige glauben, der Teufel ...«

Cornelius unterbrach Sixtus barsch: »Wie ist er denn wirklich gestorben?«

»Er hat sich vor dem Altar seiner Kirche mit dem Messer selbst gerichtet«, sagte Altmanner und unterließ es, die näheren Umstände zu erwähnen.

»Oh mein Gott!«, rief Sixtus empört aus, »was kann einen Menschen dazu bloß bewegen, noch dazu vor dem Altar? Als Mann Gottes musste er doch wissen, dass nur Gott selbst das Recht hat, Leben zu schenken und Leben zu nehmen!«

Cornelius streckte beschwörend seine Hände nach oben: »Dann ist er ja in Sünde von uns gegangen! Was für eine Schande!«

»Aber Gottlob weiß niemand außer uns davon«, sagte Sixtus und schaute ängstlich Altmanner an, »und so sollte es auch bleiben!«

»Mein lieber Bruder«, beschwichtigte ihn Cornelius, »wir können doch Gott nicht täuschen und Bonifatius einfach der geweihten Erde des Friedhofes übergeben.«

»Das ist natürlich ein großes Problem«, meinte Altmanner genervt, »wie also gedenken die Herren Hochwürden vorzugehen?«

Sie überlegten lange und entschlossen sich dann, lediglich eine schlichte Seelenmesse zu feiern. Sie würden Andeutungen machen, dass Bonifaz für den Fall seines Ablebens verfügt hätte, den Leichnam an seinen Geburtsort zu verbringen und dort zu begraben. In Wahrheit aber würden sie ihn in einer Nacht-und-Nebel-Aktion außerhalb der Friedhofmauern neben den anderen Sündern verscharren. Die Gottesdienste in der Georgikirche würden sich Sixtus und Cornelius teilen, bis ein neuer Pfarrer käme.

»Du sollst nicht lügen«, konnte sich Eisenvinz nicht verkneifen, worauf ihn Sixtus belehrte: »Wir sind Männer Gottes und werden in unseren Gedanken ausschließlich von seinem Willen geleitet. Und der Wille Gottes kann niemals eine Sünde sein!«

†††

Im Wald war es frühmorgens noch kühl. Tautropfen hingen an Blättern und Gräsern. Gelegentlich strichen Nebelschwaden durch die Bäume und verloren sich in den ersten Sonnenstrahlen.

»Alle seine Spuren führen immer wieder hierher zu dieser Hütte. Und dann verschwinden sie. Du hast es ja selbst gehört, auch Eugen ist es so ergangen«, sagte Altmanner.

»Ich kann mir nicht vorstellen, wonach wir hier suchen sollen?«, meinte Eisenvinz.

»Dennoch gibt es hier etwas, das wir nicht sehen. Dieser Ort hat ein Geheimnis«, war Altmanner überzeugt.

Eisenvinz wirkte ein wenig verzweifelt.

»Wenn wir wenigstens irgendeinen Hinweis hätten. Ich jedenfalls sehe nur diese holprige Waldlandschaft aus Felsbrocken, überwuchert mit Moos. Sträucher, Bäume, die Hütte ...«

Altmanner schüttelte nachdenklich den Kopf.

»Tja, umso seltsamer, dass hier jemand einfach so untertaucht.«

»Es sei denn, dieser jemand ist der Rotsohler höchstpersönlich, und hier ist irgendwo der Eingang zur Hölle«, scherzte Eisenvinz, »was also gedenkst du zu tun? «

»Uns wird nichts anderes übrigbleiben, als diesen Ort zu überwachen«, antwortete Altmanner und begann sogleich damit, nach einem geeigneten Versteck zu suchen. Er entschied sich schließlich für eine etwas größere Mulde, ein wenig abseits, die sie mit Ästen und Gestrüpp tarnten. Sie verkrochen sich darunter.

War dem Ganzen anfänglich noch etwas lustvoll Abenteuerliches abzugewinnen, strapazierte es die Geduld der beiden, je länger es sich dahinzog. Nichts geschah.

Erst am Nachmittag tauchten ein paar Holzknechte auf, die sich müde vor der Hütte niederließen. Sie aßen und tranken, rauchten dann genüsslich Pfeife und erzählten sich offenbar lustige Geschichten. Immer wieder war ihr Gelächter zu hören. Nach und nach legten sie sich zur Seite und gaben sich einem Schläfchen hin.

»Die haben recht«, nuschelte Eisenvinz und gähnte ausgiebig.

Er drehte sich auf den Rücken und sinnierte flüsternd, wohl um sich wach zu halten: »Dieses sechste und siebente Buch Moses, von dem ihr gesprochen habt. Woher weißt du eigentlich darüber Bescheid?«

Altmanner antwortete, ohne seine Aufmerksamkeit von den schnarchenden Holzknechten abzuwenden: »Wie du ja weißt, gab es damals in Turnau diesen Dorflehrer Andreas Bräuer. Er hat mir davon erzählt.«

»Dieser Bräuer muss ein ziemlich ungewöhnlicher Kerl gewesen sein. Er rüttelt ein ganzes Dorf auf, legt sich mit dem allmächtigen Pfarrer Johannes an, und weil es ihm zu viel wird, verschwindet er plötzlich.«

Altmanner drehte sich Eisenvinz zu: »Was meinst du damit?«

»Naja, wohin ist er bloß verschwunden?«

Altmanner überlegte.

»Er könnte einfach nur weggegangen sein, oder ...«

Er hielt verunsichert inne. Lange. Zu lange. Da tippte ihm Eisenvinz auf die Brust. »Siehst du! Wäre doch denkbar, oder?«

Altmanner musste schlucken bei diesem Gedanken, widmete sich dann aber wieder den Holzknechten, von denen inzwischen einer erwacht war und sich ausgiebig streckte. Danach rüttelte er die anderen sanft aus dem Schlaf. Sie murrten zunächst widerwillig herum, erhoben sich dann aber nach und nach, nahmen ohne Eile ihre Werkzeuge und verschwanden.

»Wir sollten es ihnen gleichtun oder willst du noch länger hier ausharren?«, fragte Eisenvinz.

»Bis es dunkel ist«, entschied Altmanner, noch immer nicht ganz bei der Sache. Eisenvinz nahm es mit einem tiefen Seufzer zur Kenntnis und rollte sich zur Seite. Aber diesmal um wirklich einzuschlafen.

†††

Es kribbelte und kribbelte. Unaufhörlich. Altmanner öffnete die Augen und beobachtete, wie ein paar Ameisen auf seinem Handrücken geschäftig hin und her trippelten. Wenn sie sich begegneten, betasteten sie sich mit ihren Fühlern, gerade so, als redeten sie wild gestikulierend miteinander.

Seltsame Tierchen.

Er schüttelte sie von der Hand und gähnte. Ihm wurde bewusst, dass er tatsächlich für einige Zeit eingedöst gewesen war, denn es dämmerte bereits. Sein Magen knurrte laut, und er hatte Durst.

Eisenvinz schnarchte leise. Altmanner schaute wieder hinüber zur Hütte und bemerkte, dass sich dort etwas bewegte. Er zupfte Eisenvinz mehrmals am Arm und flüsterte: »Aufwachen!«

Der Freund kam nur langsam zu sich und schmatzte verschlafen.

»Reiten wir endlich zurück?«

»Leise! Es tut sich was.«

Eisenvinz rubbelte sich den Schlaf aus den Augen und drehte sich widerwillig auf den Bauch. »Zwei Wölfe! Na und? Soll ich sie verjagen?«

»Da sind sicher noch mehr«, sagte Altmanner.

Eisenvinz schien das nicht zu beeindrucken.

»Lassen wir sie in Ruhe und hauen ab!«

Nach und nach erschien das ganze Rudel. Ältere, und jüngere Tiere, die umhertollten, nicht ohne immer wieder aufmerksam ihren Kopf zu heben und Witterung aufzunehmen. Ansonsten schienen sie erschnuppern zu wollen, was die Holzknechte am Nachmittag verzehrt hatten. Plötzlich verschwand einer der älteren, tauchte aber kurz darauf wie aus dem Nichts wieder auf und hatte Beute im Maul. Gierig wollten die anderen davon etwas abkommen und liefen ihm kläffend hinterher. Schließlich ließ er den blutigen Brocken genervt fallen.

»Ich hoffe sehr, es ist nicht das, wonach es aussieht«, sagte Eisenvinz.

»Das hoffe ich auch. Dann los, bevor sie noch damit verschwinden.«

Altmanner sprang mit einem lauten Schrei aus dem Versteck, und Eisenvinz heftete sich brüllend an seine Fersen. Die Wölfe gerieten sofort in Panik und stoben in alle Himmelsrichtungen davon.

»Leider haben wir uns nicht getäuscht«, sagte Eisenvinz entsetzt und beugte sich hinab. »Es ist der Kopf von einem Kind, am Hals abgeschnitten. Wohl diese Leitner Liesi. Aber woher hat das Tier so plötzlich …?«

Altmanner versuchte nachzuvollziehen, wo der Wolf umhergestreift war. Er gelangte ins hohe Gras zu einem dichten Buschwerk.

»Sieht so aus, als wäre er da durchgeschlüpft.«

Gemeinsam zwängten sie sich hindurch und standen kurz darauf vor einem riesigen Felsbrocken. Sie waren enttäuscht und schauten sich suchend um. Dann entdeckten sie seitlich, knapp über dem Boden, einen Spalt, gerade so groß, dass sich ein Mann hineinzwängen konnte. Altmanner überlegte nicht lange, ließ sich mit den Füssen voran in einen abfallenden Gang hinunter. Eisenvinz reichte ihm eine Fackel. Der Gang erweiterte sich zu einer kleinen Höhle, in der Altmanner gebückt stehen konnte. Der Gestank nach Verwesung stieg ihm in die Nase.

»Hast du etwas gefunden?«, hörte er Eisenvinz rufen.

Im selben Augenblick stockte Altmanner der Atem. Er sah den fürchterlich entstellten Kopf der alten Suppenberg-Dorli, aufgespießt auf einen Stock. Daneben lagen die kleinen Hände eines Kindes. In einer Felsnische ein Holzkistchen. Offenbar etwas Besonderes. Er nahm es, zog einen rostigen Metallbolzen aus dem Verschluss und hob den Deckel an.

Rohes Fleisch, übersät mit Bissspuren. Menschliche Bissspuren. Eindeutig! Offenbar Herzen.

Er zwang sich, einen kühlen Kopf zu bewahren und beschloss, alles so zu belassen wie es war, weshalb er das Kistchen wieder schloss und an seinen Platz zurückstellte.

»Könntest du mir endlich sagen, was los ist?« Eisenvinz klang ungeduldig.

Doch anstatt ihm zu antworten, sagte er nur: »Gib mir bitte den Kopf des Kindes wieder herein.«

»Was?« Eisenvinz konnte es nicht fassen. »Du bist doch hoffentlich da drinnen nicht verrückt geworden?«

»Keine Sorge! Ich erkläre dir das später.«

†††

Immer wenn ihm eine Sache nicht ganz geheuer vorkam, kratzte sich Eisenvinz mit beiden Händen am Hinterkopf.

»Du meinst also wirklich, dass er wieder hierher kommt?«

»Ja!«, antwortete Altmanner nachdrücklich, »diese Höhle kennt offenbar nur er, und deshalb kann er hier plötzlich abtauchen und ist dann tatsächlich wie vom Erdboden verschluckt. Die Höhle wirkt aber nicht bewohnt. Er ist also kein Waldmensch, kein Wilder. Außerdem wüssten die Leute im Ort über einen solchen Sonderling Bescheid. Ich glaube, er lebt unauffällig unter den Leuten, hat aber ein zweites Gesicht, und das macht ihn so gefährlich!«

»Berichten wir dem Herrn Grafen darüber?«, fragte Eisenvinz.

Altmanner dachte nach, dann sagte er: »Ich glaube, es ist besser, wenn wir vorerst niemandem davon erzählen. Wir wissen ja nicht, wer dieser Schlächter und Herzenfresser ist und mit wem er Kontakt hat. Womöglich erfährt er dann von unserer Entdeckung, und er sucht sich einen anderen Platz und wir müssen von vorne beginnen.«

»Das heißt aber, dass wir die Höhle ständig beobachten müssen«, schlussfolgerte Eisenvinz.

Altmanner zuckte mit seinen Schultern.

»Wir werden uns abwechseln müssen. Wenn es sein muss Tag und Nacht, bis er wieder kommt. Entweder um den Rest zu fressen«, er zögerte, »oder um ein neues Opfers zu verstecken.«

†††

Altmanner hatte seine Satteltaschen mit Proviant gefüllt. Sein Weg führte am Wirtshaus vorbei. Der Kirchenwirt bemerkte ihn, kam sofort herausgelaufen und rief ihm zu: »Das ist doch der Herr Gardist, wenn mich nicht alles täuscht.«

Er fuhr herum. Der Kirchenwirt grinste.

»Wollen Sie nicht kurz bei mir reinschauen? Oder haben Sie es wirklich so eilig?«

Es war Mittagszeit, und verlockende Düfte strömten aus dem Wirtshaus. Altmanner ließ es sich nicht anmerken, aber natürlich hatte er es eilig, denn Eisenvinz war im Versteck geblieben und hatte die Höhle im Auge. Er war sicherlich schon hungrig und durstig und wartete ungeduldig auf Altmanners Rückkehr.

»Na, was ist? Keine Lust?«, lockte der Wirt.

Altmanner haderte ein wenig, besiegte aber letztlich sein schlechtes Gewissen und folgte dem Wirt.

Kaum eingetreten, bemerkte er in einer Ecke wieder ein paar Männer. Offenbar betrunken. Sie wurden laut und gerieten sich in die Haare.

Nicht schon wieder, dachte er und schaute den Wirt an. Doch dieser schüttelte nur den Kopf und sagte: »Das wird sich nie ändern! Aber wenigstens verdiene ich mit diesen Kerlen nicht schlecht.«

Inzwischen flogen die Fäuste, Krüge und Gläser zerbarsten. Seelenruhig öffnete der Wirt die Tür und brüllte: »Raus mit euch! Aber euer Geld könnt ihr gleich bei mir lassen, um die Sauerei zu begleichen. Und keine Widerrede, sonst lass ich euch nicht mehr rein!«

Widerwillig schubsten sie sich noch hin und her, verließen dann aber den Gastraum. Der Wirt kehrte die Scherben zusammen.

»Einer von denen kommt mir irgendwie bekannt vor. War das nicht der Knecht vom Breitler-Hof?«, fragte Altmanner.

»Ja, ja, der ist auch meistens dabei. Möchte der Herr Gardist etwas essen?«

Er lehnte zunächst dankend ab, doch irgendwie rutschte ihm die Frage heraus: »Was gibt es denn?«

»Ich hätte da etwas wirklich Gutes«, sagte der Wirt und tat geheimnisvoll.

Schon aus purer Höflichkeit, konnte Altmanner nun nicht mehr zurück.

»Also gut. Da bin jetzt aber gespannt.«

Der Wirt bat ihn in die von Dunst erfüllte Küche, deren Wände vom offenen Herd geschwärzt waren.

»Hierher?«

»Bitte Platz zu nehmen«, sagte der Wirt und stellte eine eiserne Pfanne auf einen kleinen Tisch. Altmanner hob neugierig den Deckel, und ihm kam der Duft warmer Erdäpfel entgegen. Der Wirt reichte ihm Salz und Butter dazu.

»Das sind doch Früchte des Teufels«, ätzte Altmanner im Spaß, »und das ausgerechnet von einem Kirchenwirt? Wie passt das denn zusammen?!«

»Der Teufel hat einen verdammt guten Geschmack«, entgegnete der Wirt grinsend und nahm mit bloßer Hand einen Erdapfel aus der Pfanne, gab ein wenig Butter und eine Brise Salz darauf und biss genussvoll hinein.

»Nur zu, Herr Gardist!«

»Wirklich köstlich«, sagte Altmanner, »darf ich fragen, woher sie die haben? Oh, ich glaube, ich weiß es schon.«

Der Wirt nickte.

»Ja genau, vom lieben Fichten-Bauer! Ich hoffe doch, dass er demnächst wieder freikommt. Ich brauch nämlich bald Nachschub.«

»Wir halten ihn nur zu seinem eigenen Schutze noch fest«, verriet Altmanner.

»Hab ich mir schon gedacht«, sagte der Wirt, und während er den Rest verschlang, drang plötzlich fröhlicher Lärm aus der Gaststube herein.

»Neue Gäste«, stellte er erfreut fest und eilte hinaus. Er deutete Altmanner sitzen zu bleiben. Lautes Gelächter und kurz darauf das Scheppern von Krügen drangen in die Küche. Grinsend stürmte der Wirt wieder herein.

»Der Ebner-Bauer hat soeben verkündet, dass er wieder heiraten wird. Da werden die Leut aber was zu tratschen ham!«

»Was ist daran so ungewöhnlich?«, fragte Altmanner belustigt.

»Dem Ebner-Bauern seine erste Frau ist erst vor einem Jahr verstorben, und nun heiratet er schon wieder. Und zwar ausgerechnet die Angerer Lenerl vom Herzogberg, die schon seinem Sohn versprochen war.«

»Oh je! Da werden Vater und Sohn aber was zu bereden haben«, kommentierte Altmanner und fand schon allein die Vorstellung amüsant. »Nichtsdestotrotz werde ich jetzt aufbrechen. Vielen Dank, Herr Wirt!«

»Keine Ursache. Immer gern willkommen.«

Als Altmanner in die Gaststube trat, unterbrach die fröhliche Tischrunde sofort ihr unbeschwertes Treiben, und ein Mann rief aus: »Schaut her, der Gardist aus Wien ist jetzt auch zum Kochen da.«

»Jawohl, damit es hier endlich etwas Ordentliches zu essen gibt«, entgegnete Altmanner schlagfertig.

»Und nicht so einen Fraß wie bisher«, setzte der Mann noch einen drauf, was die anderen zu schallendem Gelächter animierte. Auch der Wirt lachte mit und drohte: »Haltet das Maul oder ich jag euch Gesindel zum Teufel!«

Das fanden dann alle erst so richtig witzig und brüllten einen fröhlichen Trinkspruch, in dem sie den Wirt hochleben ließen. Sie leerten ihre Krüge in einem Zug.

Altmanner zog den Wirt zu sich heran: »Was bin ich schuldig?«

»Ist schon gut. Wo ist eigentlich Ihr Freund? Allein auf der Jagd nach dem Unhold?«

Der Wirt wollte die Frage wie beiläufig klingen lassen, doch Altmanner spürte sofort, dass sie ihm schon längst auf der Zunge gebrannt hatte.

»Keine Ahnung. Manchmal verschwindet er einfach«, schmunzelte Altmanner, »vielleicht hat er auch irgendwo ein Weib.«

»Der und ein Weib?«, lachte der Wirt, »das glauben Sie ja selbst nicht. Die zerdrückt er ja wie eine Fliege, wenn er sich drauflegt. Außer meine Alte vielleicht. Die hält das aus und reitet ihn danach auch noch nieder.«

†††

Überall im Geäst saßen diese schwarzen Rabenvögel, von den Menschen gefürchtet und gemieden, weil sie angeblich Unheil brachten und Todesboten waren. Altmanner hätte ihnen wohl keine Aufmerksamkeit geschenkt, wäre nicht sein Noriker durch das Gekrächze unruhig geworden. Sanft strich er seinem Pferd über die Mähne: »Es sind doch nur Krähen. Beachte sie einfach nicht. Sie können dir nichts anhaben.«

Doch das Tier beruhigte sich nicht. Altmanner stieg aus dem Sattel. Er stöberte herum und entdeckte ein dunkles Kleidungsstück, hob es auf, und die gerade noch so lebhaften Krähen waren verstummt.

Überall löchrig und noch feucht von frischem Blut. Er hat wieder zugeschlagen, und es kann noch nicht lange her sein.

Aus den Augenwinkeln suchte er angespannt alles um sich herum ab. Sein Herz raste.

Plötzlich wieder Gekrächze. Er wirbelte herum, und ganz in der Nähe flatterte eine Krähe auf. Vorsichtig pirschte er sich an die Stelle heran und beugte sich hinab. Ein blutiger Klumpen. Er wurde hektisch, suchte die Umgebung ab. Bäume, Gestrüpp und von feuchtem Moos überwucherter Waldboden. Sonst nichts. *Das kann nicht sein, also noch einmal. Da! Ja genau!*

Er ging darauf zu und legte vorsichtig einen mit losen Moosfladen bedeckten Hügel frei.

Ein Fuß!

Er ahnte Böses. Stück für Stück entfernte er das schwammige Gewächs, und eine übel zugerichtete Frauenleiche kam zum Vorschein. Der Hals war zur Hälfte durchtrennt, der Kopf bizarr weggeknickt. In der Mitte der Brust klaffte ein Loch, aus dem ein scharfkantiger Stein herausragte.

Altmanner rannte zurück zu seinem Noriker, schwang sich in den Sattel und galoppierte los.

†††

»Ich bin hier am Verhungern und Verdursten«, sagte Eisenvinz, als Altmanner zu ihm ins Versteck gekrochen kam, »und du vergnügst dich derweil im Wirtshaus. Versuch es erst gar nicht zu leugnen, ich kann es nämlich riechen!«

»Verzeihe mir«, sagte Altmanner flüsternd: »Für Erklärungen ist keine Zeit. Er hat wieder zugeschlagen.«

Rasch erzählte er von seiner grausigen Entdeckung.

»Wer auch immer diese Frau gewesen ist, sie muss Fürchterliches durchgemacht haben. Wenn wir jetzt Glück haben, geht er in seine Höhle und wir kriegen ihn.«

Sie warteten. Zeit verstrich. Nichts geschah. Die Nacht brach herein. Finsternis. Keine Sicht mehr. Altmanner zupfte Eisenvinz am Ärmel und tippte ihm mit dem ausgestreckten Zeigefinger ans Ohr.

Totenstille. Doch dann klopfte ihm Altmanner rhythmisch auf die Schulter.

Nun nahm es auch Eisenvinz wahr. Altmanner atmete hörbar schneller und zeigte in Richtung Höhle.

Plötzlich flammte dort eine Fackel auf, und im zuckenden Lichtschein wurde eine männliche Gestalt sichtbar.

›Schlagen wir zu‹, forderte Eisenvinz Altmanner mit einer eindeutigen Geste auf, doch Altmanner hielt ihn an der Schulter zurück.

Der Mann steckte die Fackel in den Boden und huschte ein paar Mal hin und her. Dann nichts mehr.

Jetzt krochen sie hastig aus ihrem Versteck und rannten los. Die tief hängenden Äste und Sträucher peitschten und kratzten erbarmungslos auf sie ein, und auf dem holprigen Gelände war die Gefahr zu stolpern groß.

Doch die Hoffnung, den Schlächter und Herzenfresser endlich zu fassen, ließ sie alles vergessen.

Noch ein paar größere Schritte und sie waren da. Altmanner schnappte sich die Fackel und leuchtete in die Höhle hinein.

»Das darf doch nicht wahr sein. Er ist nicht drinnen! Wir sind zu früh losgerannt.«

Er wurde wütend und hätte die Fackel am liebsten von sich geschleudert, als ein verräterisches Knacken die beiden aufhorchen ließ.

Eisenvinz zog Altmanner zu sich heran.

»Das kam von dort drüben hinter den Bäumen.«

Sie nahmen die Verfolgung auf und mussten sich dabei auf ihr Gehör verlassen. Immer wieder knackte es. Einmal hier, einmal dort. Und je steiler und unwegsamer das Gelände wurde, desto schwerer fiel es ihnen, die Richtung der Geräusche zu bestimmen.

»Er hat uns absichtlich in den Wald gelockt, weil er sich hier blind auskennt und da haben wir keine Chance«, keuchte Altmanner außer Atem.

»Und es sieht so aus, als haben wir uns verirrt«, fügte Eisenvinz keuchend hinzu, »oder hast du eine Idee, wie oder wo wir da rauskommen?«

»Nicht wirklich. Aber ich habe so eine Vermutung, und wenn die richtig ist, sollten wir den Hang hinaufsteigen.«

†††

Schwaches Licht schimmerte durch ein kleines Fenster vom Breitler-Hof. Es reichte gerade noch aus, um sich daran ein wenig zu orientieren.

»Jetzt wissen wir wenigstens, wo wir sind«, stellte Eisenvinz befriedigt fest und wischte sich Schweiß von der Stirn. »Die erschrecken sich sicher zu Tode, wenn wir um diese Zeit auftauchen.«

Altmanner rang ein paar Mal tief nach Luft, bevor er herausbrachte: »Gut möglich! Aber trotzdem kommen wir nicht umhin ...«

Also schlichen sie sich zum Haus, spähten durchs Fenster und konnten im Kerzenschein den Breitler-Bauer erkennen, wie er sich gerade auf einen wackligen Schemel setzte und seine klobigen Stiefel auszog. Seine Frau zupfte ihm die geflickten Strümpfe von den Füßen, nicht ohne dabei die Nase zu rümpfen. Sie stellte eine Schüssel mit dampfendem Wasser vor ihm auf den Boden, in die er genüsslich seine Füße streckte. Zufrieden schloss er die Augen.

»Das würde mir jetzt auch gefallen«, flüsterte Eisenvinz.

»Kannst ja fragen«, meinte Altmanner scherzhaft, worauf Eisenvinz tatsächlich zur Tür ging und anklopfte.

Altmanner seinerseits blieb am Fenster und beobachtete, wie die Bauersleute erschrocken zusammenfuhren und zur Tür starrten.

»Wer ist es«, rief der Breitler-Bauer, ohne die Füße aus der Schüssel zu nehmen.

»Wir sind es, die Gardisten«, antwortete Eisenvinz.

Nicht einmal jetzt wollte er sein Fußbad unterbrechen und gab seiner Frau mit einer Kopfbewegung zu verstehen, die Tür zu öffnen. Altmanner sprang zu Eisenvinz, und die beiden traten ein.

In der niedrigen Stube, deren abgenutzte Dielen bei jedem Schritt knarrten, saßen auch die beiden Kinder, eng zusammengekauert auf der harten Holzbank, und schliefen tief und fest. Die Bäuerin gab den Männern zu verstehen, leise zu sein.

Erst jetzt nahm der Breitler-Bauer seine Füße aus der Schüssel und beäugte misstrauisch die Gardisten. Dann ging er durch die Stube, öffnete das Fenster und beugte sich hinaus.

»Ohne eure Pferde? Wohl deshalb haben wir euch nicht kommen gehört. Was ist los?«

Altmanner wollte es ihm gerade erklären, als irgendwo im Haus eine Tür zufiel und ein Riegel vorgeschoben wurde.

»Was war das?«

Der Breitler-Bauer hob die Hand wegwerfend.

»Ach nichts. Das war nur unser Knecht. War unten im Ort. Er kommt manchmal später nach Hause. Hat sicher gezecht und will seine Ruhe haben.«

Altmanner wurde misstrauisch: »Wo ist seine Kammer?«

»Was wollt ihr denn von ihm?«, blaffte der Breitler-Bauer zurück.

Altmanners Ton wurde streng: »Seine Kammer?«

Der Breitler-Bauer wagte nicht mehr weiter zu fragen.

»Hinten, am Ende vom Gang. Aber er lässt sowieso niemanden rein. Hält sie immer verriegelt.«

Altmanner befahl den Bauersleuten, sich vorläufig nicht von der Stelle zu rühren und pirschte sich mit Eisenvinz zur Kammer. Angespannt horchten sie an der Tür. Alles war ruhig.

Jetzt winkte Altmanner den Breitler-Bauern zu sich und machte ihm mit Handzeichen klar, was er tun sollte. Zum Glück war er nicht schwer von Begriff und klopfte an: »He du, mach' auf!«

Erst eine Weile darauf war eine Stimme zu hören: »Was willst, Bauer?«

»Mach auf. Ich muss was mit dir bereden.«

Wieder verging Zeit.

»Ja gleich!«

Altmanner gab dem Breitler-Bauern ein Zeichen, hartnäckig zu bleiben.

»Komm schon, mach auf!«

»Ja, ja! Ich brauch noch ein wenig.«

»Komm, zier dich nicht so!«

»Ich lieg schon im Bett und hab wohl zu viel getrunken. Bei mir dreht sich alles.«

Leises Knarren und Raunzen.

Da wandte sich der Breitler-Bauer den Gardisten zu und flüsterte: »Ich glaub, er hat hinten sein Fenster aufgemacht. Vielleicht braucht er frische Luft.

Eisenvinz fackelte nicht lange, holte mit seiner eisernen Hand aus und zertrümmerte die Tür mit einem einzigen Hieb. Der Knecht, mit einem Fuß schon aus dem Fenster, zog sein Messer und schleuderte es Eisenvinz entgegen. Doch der wehrte es mit jener Hand einfach ab, packte den Knecht am Oberkörper und zerrte ihn zurück in die Kammer. Der Griff war so fest, dass der Knecht vor Schmerz aufschrie und flehte, ihn loszulassen. Aber Eisenvinz warf ihn auf den Boden, drehte ihn auf den Bauch und zog ihm die Arme auf den Rücken.

†††

Die Breitler-Bauern samt ihren Kindern hatten sich nach dem Tumult neugierig vor der Kammer versammelt und versuchten, einen Blick zu erhaschen. Als sie den Knecht am Boden sahen, den Kopf zur Seite gedreht, schrie die Familie wie aus einem Hals auf. Das Gesicht des Knechts war über und über mit Blut verschmiert, besonders um den Mund herum. Und auch die gefesselten Hände waren blutig.

»Ihr geht sofort zurück in die Stube und bleibt drinnen«, herrschte der Breitler-Bauer seine Frau und die Kinder an, worauf diese fluchtartig verschwanden. Nun trat er vor seinen Knecht.

»Paul, was hast du angestellt?«

»Paul? Sein Name ist Paul? Doch wohl nicht Paul Reininger?«, fragte Altmanner erstaunt.

Der Breitler-Bauer verstand offenbar nicht, was daran so interessant sein könnte.

»Ja, genau, seine Mutter arbeitet für die Wirtsleut am Pogusch.«

Altmanner schüttelte fassungslos den Kopf. Eisenvinz grinste ungläubig.

»Kann mir jetzt endlich jemand sagen, was hier los ist?«, fragte der Breitler-Bauer aufgeregt.

»Das soll er uns gleich selber sagen!«, fauchte Altmanner und versetzte Paul einen Stoß in die Rippen, doch der gab er keinen Ton von sich. Da schob ihn Altmanner ruppig zur Seite und durchwühlte die Kammer. Als er die Bettdecke zurückschob, kamen frische Blutflecken zum Vorschein.

Paul tat so, als ginge ihn das alles nichts an. Erst als Altmanner die oberste Lade des Nachtkästchens öffnete, schrie Paul: »Weg da! Das geht euch nichts an! Das geht nur mich was an!«

Altmanner fasste mit einer Hand hinein und holte einen blutigen Klumpen heraus, der mit Bissspuren übersät war.

»Oh mein Gott«, entfuhr es dem Breitler-Bauern: »Ich hab so was schon gesehen! Es sieht aus wie das Herz von einer Sau!«

Da grinste Paul höhnisch und spuckte auf den Boden.

»Das ist nicht das Herz von einer Sau, du Narr! Das ist das Herz vom Angerer Lenerl.«

†††

Lafer öffnete schlaftrunken und halbnackt. Geblendet vom Licht zweier Fackeln hielt er sich die Hand vor das Gesicht: »Wer ist da?«

»Wir sind's«, antwortete Altmanner.

»Die Gardisten?! Warum holt ihr mich um diese Zeit aus dem Bett?«

»Wir haben ihn!«

»Was?!«

Er verschwand und stürmte gleich darauf notdürftig bekleidet vor die Tür. »Wo ist er?«

Altmanner richtete den Lichtschein seiner Fackel auf den gefesselten Paul Reininger.

Lafer verzog ungläubig das Gesicht: »Er soll der Schlächter und Herzenfresser sein? Gibt es Beweise?«

Eisenvinz hielt Lafer einen Beutel entgegen, in den dieser kurz hineinblickte und sich sogleich angeekelt abwandte. Daraufhin versetzte Altmanner Reininger einen harten Stoß, worauf dieser kaum verständlich murmelte: »Es ist das Herz vom Angerer Lenerl.«

Lafer zuckte zusammen: »Angerer Lenerl? Wieso Angerer Lenerl? Wovon redest du? Sie ist doch erst gestern hier vorbeigekommen und hat mir freudestrahlend erzählt, dass sie den alten Ebner-Bauern heiraten wird.«

»Jetzt nicht mehr«, sagte Altmanner. »Ich habe ihre Leiche gestern selbst entdeckt. Am Nachmittag. Außerdem hat er uns gegenüber schon zugegeben, die Constantia, die Suppenberg-Dorli und die kleine Leitner Liesi umgebracht zu haben.«

Lafer wurde rasend vor Wut und sprang Reiniger an die Kehle: »Ausgerechnet du?«

Eisenvinz ging dazwischen, sonst hätte Lafer Reininger vermutlich auf der Stelle erwürgt.

»Aber es ist noch lange nicht alles. Es kommt noch schlimmer«, sagte Altmanner.

Abermals trieb es Lafer die Zornesröte ins Gesicht.

»Was soll da noch schlimmer kommen?«

Altmanner legte Lafer die Hand auf die Schulter, um ihn ein wenig zu beruhigen, und sagte: »Wir sollten uns alle sofort im Schloss versammeln. Dort dann alles Weitere.«

†††

Während Altmanner berichtete, erstarrte das Gesicht des Grafen, und am Ende ballte er verbittert seine Hände zu Fäusten. Ähnlich erging es Lafer und Eugen. Reininger hingegen saß regungslos und ohne ein Wort des Widerspruchs auf seinem Stuhl. Ruhig und gefasst.

»Da wäre aber noch etwas«, sagte Altmanner

»Noch etwas?«, entrüstete sich Eugen.

»Ja, es gibt noch weitere Opfer zu beklagen.«

»Wollen Sie damit andeuten, dass er noch weitere Taten begangen hat?«, entfuhr es dem Grafen.

»Ja. Noch zwei Frauen. Beide hat er in der Gegend von Turnau umgebracht.«

Der Graf hielt sich vor Entsetzen die Hände vors Gesicht.

Lafer meldete sich zu Wort: »Ich habe gehört, dass die Lammer-Bauern seit einiger Zeit ihre Tochter Barbara vermissen. Sie war auf einer Hochzeitsfeier und ist seitdem spurlos verschwunden.«

Da erhob sich Eisenvinz, ging drohend auf Reininger zu und hob seine eiserne Hand, damit der Mörder endlich seinen Mund aufmachte. Das wirkte, denn Reininger räusperte sich und begann mit betont ruhiger Stimme zu reden: »Ich war zwischendurch weg vom Breitler-Hof und war in Turnau. Ich hab dort am Abend ein Wirtshaus besucht. Da war diese Hochzeitsfeier. Und eine schöne, junge Frau. Der Wirt hat gesagt die Tochter vom Lammer-Bauern. Ich hab sie beobachtet und dann angeredet.«

Er stockte nachdenklich und schien in eine andere Welt zu versinken.

»Sie wollte aber nichts von mir wissen. Aber ich konnt sie nicht einfach gehn lassen. Ich hatte sie auserwählt.«

»Auserwählt wozu?«, unterbrach der Graf aufgeregt, worauf ihm Altmanner mit knapper Handbewegung bedeutete, den Redefluss nicht zu unterbrechen.

»Irgendwann spätnachts bin ich dann gegangen und hab gleich um die Ecke gewartet. Wenn es das Schicksal will, wird sie zu mir rauskommen, hab ich gedacht.«

Er schloss die Augen und lächelte selig.

»Und sie ist gekommen. Da hab ich sie wieder angeredet, aber sie ist einfach weitergegangen. Ich bin ihr gefolgt, hab auf sie eingeredet. Sie ist weggelaufen, aber ich hab sie an einer Hand fassen können.«

Seine Stimme wurde samtweich.

»Anfangs hat sie sich gewehrt, doch nicht lange. Da hab ich sie vom Weg gezerrt und ihr mit meiner ganzen Liebe das Herz aus dem Leib rausgeschnitten, damit es ganz frisch ist. Wunderbar! Dann hab ich sie geliebt.«

»Du hast es mit einer verstümmelten Leiche getrieben?«, schrie Eugen ihn an und sprang auf.

Reininger schaute verwundert: »Sie war doch noch warm und hat manchmal noch gezuckt. Ach ja, bevor ich es vergess: Vor der Hochzeitsfeier ist mir noch eine ältere Magd untergekommen. Ich hab sie mir geschnappt, aber sie hat zu nichts getaugt, außer dem bisschen Geld, das sie bei sich gehabt hat. Bis heut hat noch nicht mal jemand nach ihr gefragt.«

»Genug!«, brüllte der Graf, »ich will nichts mehr hören! Sechs unschuldige Frauen bestialisch umzubringen, das reicht!«

Reininger schüttelte verständnislos den Kopf: »Es geht doch nicht drum, ob die Frauen unschuldig sind. Es geht drum, dass sie auserwählt sind.«

Jetzt schlug der Graf mit der Faust auf den Tisch: »Dieser Mensch ist verrückt und soll qualvoll sterben. Er soll im Angesicht des Todes die Qualen all dieser Frauen durchleben.«

Niemand hatte auf Eugen geachtet, der plötzlich von hinten auf Reininger zustürmte und ihn mitsamt seinem Stuhl niederriss. Er warf sich auf ihn und schlug mit den Fäusten auf ihn ein, bis Eisenvinz ihn packte und zur Seite schleuderte. Reininger röchelte mit weit aufgerissenen Augen.

»Bevor wir ihn dem Richter übergeben, soll er uns schon noch verraten, warum er die Frauen auserwählt und umgebracht hat«, sagte Altmanner und stieß den Mörder mit dem Fuß an.

Reininger rollte sich zusammen, die Arme schützend vor den Kopf gehalten, und gab keinen Ton mehr von sich. Erst als Eisenvinz ihn hochzerrte und wieder mit der Faust bedrohte, redete er: »Ich wollte unsichtbar werden. Ich wollte dieses Wunder erleben.«

»Was?!«, brüllte Eugen. »Und dafür musste Constantia sterben? Ich bring dich um, du verrücktes Schwein!«

Er setzte abermals zum Sprung an, doch diesmal konnte ihn Eisenvinz abfangen.

Reininger grinste breit.

»Bei Constantia war es am leichtesten. Ich brauchte sie gar nicht zu überfallen, denn sie hat mir vertraut.«

»Was hat das mit Unsichtbarkeit zu tun?«, fragte Altmanner.

Reininger hob belehrend den Zeigefinger und zitierte: »Es heißt: Wer die frischen Herzen von drei Jungfrauen verzehrt, an dem wird sich das Wunder der Unsichtbarkeit vollziehen.«

»Da hast du aber nicht richtig gezählt«, sagte Altmanner, was Reininger belustigte. »Sie verstehn wohl nicht? Nicht jede Frau war jungfräulich, nicht mal die Suppernberg-Dorli, nur die kleine Leitner Liesi. Ich hab also solange weitermachen müssen, bis ich drei beisammengehabt hätte.«

Er erzählte weiter, dass ihm die Höhle, die er irgendwann zufällig entdeckt hatte und die sonst wohl keiner kannte, als ungestörter Ort für seine ungewöhnlichen Mahlzeiten diente. Und zwar immer dann, wenn ihm dafür am Tatort keine Zeit blieb, weil er stets fürchtete, entdeckt zu werden. Auch für das Verstümmeln der Leichen und das Verstecken abgeschnittener Körperteile hatte er eine seltsame Erklärung: Er habe am Herummetzgern die reinste Freude gehabt, und von einigen dieser Teile hätte er sich einfach nicht trennen können, er sei dabei einer inneren Stimme gefolgt.

†††

Reiningers Einvernahme dauerte noch weit bis in den Vormittag und brachte noch weitere Grausamkeiten ans Tageslicht. Er gestand auch die Tat an der Katzensteiner Gretel. Er habe sie nur deshalb mit dem Leben davonkommen lassen, weil er zu der Zeit noch sehr ungeschickt beim ›Erlegen von Beute‹ gewesen sei. Das sei auch der Grund dafür gewesen, warum er an Tieren geübt hatte.

Aber woher hatte er diese Idee der Unsichtbarkeit und was erhoffte er sich davon? Daran, erzählte er, seien geheimnisvolle Reiter mit Kapuzen schuld gewesen, die sich immer bei Vollmond in der Nähe der Georgikirche versammelt hätten und die er zufällig belauscht hatte. Sie hätten von Unsichtbarkeit geredet. Er habe zwar nicht alles verstanden, doch es habe ihn nicht mehr losgelassen. Dummerweise hätten sie ihn einmal entdeckt. Und so konnte er von ihnen nichts weiter darüber erfahren. Deshalb habe er überlegt, wer wohl noch darüber Bescheid wissen könnte. Und da war ihm nur einer eingefallen: Bonifaz!

Obwohl dieser dem Alkohol nicht abgeneigt war, wusste er doch als gebildeter Mann eine Menge. Und so hatte Reininger ihn unter einem Vorwand ins Gespräch gezogen. Sie hätten einige Flaschen geleert, und im Suff kam Paul Reininger dann auf die Unsichtbarkeit zu sprechen. Bonifaz hätte behauptet, dass es tatsächlich möglich sei, sich unsichtbar zu machen. Die Anleitung wäre in dem geheimnisvollen sechsten und siebenten Buch Moses zu finden. Was genau drinnen stünde, wusste aber auch Bonifaz nicht. Er konnte nur nachreden, was Leute behaupteten, die es angeblich gelesen hätten. Und das war durchaus widersprüchlich, denn die einen sagten, für die Unsichtbarkeit müsse man die noch frischen Herzen von drei Jungfrauen verzehren. Die anderen sagten, man müsse sich in die abgezogene Haut von Toten einhüllen. Das war es auch, warum er dem einen oder anderen Tier das Fell abgezogen hatte, um es dann später bei Menschen mit geübter Hand ausführen zu können. Aber es war ihm viel zu aufwändig und es sei auch wenig lustvoll gewesen. Daher habe er sich für die Jungfrauen entschieden und sei überzeugt, dass es jeder vernünftige Mann so gemacht hätte. Natürlich habe er sich manchmal davor geekelt, in ein frisches Herz zu beißen, besonders dann, wenn es noch zuckte. Aber was sei ihm anderes übriggeblieben?

Als Unsichtbarer hätte er sicherlich viel Glück im Spiel und auch Glück bei den Weibern gehabt. Aber vor allem hätte er endlich ungestört herausfinden können, wer sein richtiger Vater ist, von dem er als Kind eine wertvolle Halskette geschenkt bekommen hatte. Er habe Rache dafür üben wollen, dass dieser offenbar reiche Mann ihn und seine Mutter Maria im Stich gelassen und damit zur Armut verdammt hatte. Irgendwann hatte er nämlich von einem Gerücht gehört, wonach der verstorbene Hirte Rudolf Reininger nie und nimmer sein leiblicher Vater gewesen sein konnte. Der hätte sich niemals eine so wertvolle Halskette leisten können. Und das leuchtete ihm ein. Da half es auch nichts, dass seine Mutter Maria immer wieder das Gegenteil beteuerte. Er glaubte ihr nicht.

Am Ende verstanden die Männer dann auch den Abschiedsbrief von Pfarrer Bonifaz: Da allen Opfern immer wieder die Herzen herausgerissen worden waren, überkam Bonifaz offenbar eine schreckliche Ahnung, was hinter diesen grausamen Taten wohl nur stecken konnte, nämlich durch den Verzehr der Herzen unsichtbar zu werden! Er fühlte sich dafür schuldig und vermeinte, dem Teufel als Werkzeug gedient zu haben, weil er Reininger diese Möglichkeit des Unsichtbarwerdens offenbart hatte und daraufhin die grausamen Morde begannen. Bonifaz zog es lieber vor, alles auf sich zu nehmen und zu sterben, als mit dieser Schande weiter zu leben.

†††

Gleich nach Reiningers umfassendem Geständnis wurde er dem zuständigen Landgericht übergeben. Dafür mussten Altmanner und Eisenvinz einen mehrstündigen Ritt in Kauf nehmen, auf dem Reininger, sorgfältig gefesselt und am Sattel festgebunden, kein einziges Wort mehr von sich gab.

»Was glaubst du, welche Strafe ihn erwartet?«, fragte Eisenvinz irgendwann auf dem Rückweg und gähnte völlig übermüdet.

»Die Strafe wird furchtbar sein. Er wird in aller Öffentlichkeit qualvolle, körperliche Züchtigungen zu ertragen haben, bis der Tod eintritt«, sagte Altmanner. »Auspeitschen, Ausreißen seiner Gliedmaßen durch Rädern … was weiß ich. Es sei denn …«

»Es sei denn was?«

»Es sei denn, unser Kaiser setzt auch hier ein Zeichen und lässt von einer solch grausamen Behandlung ab. Dann würde er zwar auch körperliche Züchtigungen zu ertragen haben, aber nicht mit dem Ziel, ihn zu töten. Er bliebe eingesperrt bis zu seinem Lebensende.«

Als sie wieder in Kindberg eintrafen, wussten bereits alle, dass Paul Reininger überführt worden war. Die beiden Männer konnten die Fassungslosigkeit in den Gesichtern, die tiefe

Wut, die Trauer um die unschuldigen Opfer sehen, aber auch die Hoffnung, dass nun alles ein Ende haben würde. Allerdings gab es auch einige, die dem neugewonnenen Frieden nicht so recht trauten. Schließlich könnte ja doch der Rotsohler seine Hände im Spiel gehabt haben, und als solcher würde er sich mit Sicherheit einen neuen Helfer für künftige Untaten suchen. Demnach wäre noch nichts ausgestanden und es würde weitergehen. Im schlimmsten Fall für immer und ewig.

»Gegen diesen Aberglauben sind wir machtlos«, sagte Altmanner.

»Zum Glück hat uns dafür der Kaiser nicht geschickt«, entgegnete Eisenvinz.

Auf ihre Veranlassung wurde der Fichten-Bauer sofort aus dem Gewahrsam entlassen, worauf er seine wiedergewonnene Freiheit gegenüber dem Grafen launisch zur Kenntnis nahm: »Na endlich! Wurde langsam langweilig hier im Schloss. Auch das Essen könnt besser sein.«

Worauf ihm der Graf entgegnete: »Ja, ja, schon gut. Verschwinde und lasse dich hier nicht mehr blicken, Fichten-Bauer. Oder soll ich dich lieber Erdäpfel-Bauer nennen?«

»Wie Herr Graf belieben! Nach der nächsten Ernte bring ich Ihnen gern was vorbei«, sagte der Fichten-Bauer schelmisch. Danach kratzte er sich ausgiebig am Hintern, schnupperte an seinen Fingern, rief »Pfui Teufel« und machte sich auf den Weg.

†††

»Wir wollen uns bei den Herren vor ihrer Abreise noch bedanken und ersuchen, auch dem Kaiser unsere Grüße zu überbringen«, verabschiedete der Graf die Gardisten am nächsten Tag vor der Schlosspforte unter zustimmendem Kopfnicken von Eugen und Lafer. Verlegen fügte er hinzu: »Gleichzeitig möchte ich um Diskretion aller Umstände betreffend meine Person in diesem Fall ersuchen. Es reicht, wenn unser kleiner Kreis hier Bescheid weiß.«

»Und damit es auch so bleibt, habe ich das hier für Sie«, erwiderte Altmanner und zog ein goldenes Halskettchen mit Kreuz aus der Tasche. »Das haben Eisenvinz und ich dem Reininger vor der Übergabe noch abgenommen. So wie es aussieht, stand es ihm nie zu.«

Dem Grafen verschlug es fast die Sprache, er stammelte überrascht: »Vielen Dank!«

»Allerdings«, sagte Altmanner, »sind Sie damit von einer großen Bürde nicht befreit.«

»Die da wäre?«

»Ob Sie nicht selbst alles erst in Gang gesetzt haben?! Denken Sie darüber nach.«

Der Graf runzelte die Stirn. Ohne ein weiteres Wort trat er mit Lafer und Eugen zur Seite und ließ die Gardisten ziehen. Ein letztes Mal ritten sie den Weg hinab in den Ort, wo sie noch einmal beim Kirchenwirt anhielten.

»Ich muss mich noch von jemandem verabschieden«, sagte Altmanner und stieg von seinem Noriker. »Du kannst hier warten oder mitkommen, wie du willst.«

Eisenvinz überlegte nicht lange: »Ich bleibe doch nicht allein vor dem Wirtshaus und lasse mich von allen anstarren. Und außerdem will ich nicht wieder unendlich lange auf dich warten.«

Sie betraten die Gaststube, in der nur ein paar Leute saßen. Wie immer erschien sogleich der Wirt. Aber anstatt die beiden nach ihren Wünschen zu fragen, winkte er sie in die Küche. Dort saß bereits der Fichten-Bauer am Tisch.

»Nehmt Platz! Die Herren brauche ich wohl nicht mehr vorzustellen«, sagte der Wirt und holte Krüge voll mit frischem Gebräu. Alle griffen zu und nahmen einen kräftigen Schluck.

»Ich hatte schon so eine Vorahnung, dass die Herren vor ihrer Abreise noch mal vorbeischaun«, gestand der Wirt.

Der Fichten-Bauer wischte sich den Schaum vom Mund und sagte: »Ohne euer Einschreiten wäre damals wohl ich überführt worden und säß heute im Landgericht oder wär schon tot! Alles nur, weil ich unseren Pfaffen im Ort ein Dorn im Auge bin.«

»Das ist aber nur allzu verständlich«, alberte der Wirt und hatte plötzlich einen gekochten Erdapfel in der Hand. »Menschen, die solche Teufelsfrüchte anbauen und essen, sind ja wirklich verdächtig.« Er schob den Erdapfel in den Mund und aß ihn genüsslich.

»Wie ich sehe, hat unser Fichten-Bauer schon für Nachschub gesorgt«, sagte Altmanner.

»Für besondere Freunde hab ich immer welche im Keller gelagert. Geheim!«, stellte der Fichten-Bauer klar.

Darauf stellte der Wirt eine volle Schale dampfender Erdäpfel auf den Tisch.

»Meine Herren! Greifen Sie zu, denn Sie werden die Kräfte auf Ihrem Umweg nach Wien brauchen.«

Altmanner war irritiert: »Umweg?«

Der Wirt und der Fichten-Bauer lachten nur.

»Und wohin soll uns dieser Umweg führen?«, wollte Eisenvinz wissen.

»Auf den Teufelstein«, sagte der Wirt und zwinkerte ihnen zu. Mehr ließ er sich nicht entlocken. Aber die Botschaft war ohnehin eindeutig.

†††

Eisenvinz griff in seiner Satteltasche nach einem Beutel mit Wasser und trank ihn in einem Zug bis zur Hälfte aus. Er setzte kurz ab, um Luft zu holen, und nahm dann den Rest.

»Bis Mitternacht haben wir noch viel Zeit. Wir sollten es uns inzwischen gemütlich machen und ausruhen.«

»Ich glaube nicht, dass es diesmal so lange dauert«, sagte Altmanner, »das ist nämlich kein Vollmondtreffen heute. Wir werden sicher schon erwartet.«

Und er sollte recht behalten, denn kaum war es dunkel geworden, flammten überall um den Teufelstein Fackeln auf. Dann durchbrach das Getrampel vieler Pferde die Stille.

»Es geht los«, raunte Altmanner Eisenvinz zu.

Die Umrisse zahlreicher Reiter mit Kapuzen kamen näher und scharten sich in respektvollem Abstand um die Gardisten.

»Ich freue mich, dass ihr der Botschaft des Kirchenwirts gefolgt seid«, sagte der Anführer.

Altmanner zuckte lässig mit den Schultern.

»Da wir heute zufällig nichts Besseres vorhatten, dachten wir, wir könnten hier kurz vorbeischauen!«

Damit hatte er die Lacher auf seiner Seite.

»Wir wollten uns bedanken, dass ihr es nicht zugelassen habt, den Falschen als Täter zu überführen«, sagte der Anführer.

»War der Falsche denn einer von euch?«, fragte Altmanner, in Anspielung auf den Fichten-Bauer.

Dem Anführer blieb nur ein kurzes »Ja«.

»Dann darf wohl auch der Kirchenwirt zu euch gezählt werden?«

»Ja!«

»Und wer noch? «

»Die Herren Gardisten müssen sich mit diesen beiden Namen begnügen. Ich bitte um Verständnis.«

Altmanner schaute eine Weile in die Runde.

»Wie lange wollt ihr diese Heimlichtuerei eigentlich noch aufrechterhalten?«

»Bis keine Gefahr mehr für uns von der Kirche ausgeht«, antwortete der Anführer.

Altmanner kratzte sich am Kopf und runzelte die Stirn.

»Das kann aber noch lange dauern! Trotz der Bemühungen unseres Kaisers.«

»Aber es ist ein Anfang«, erwiderte der Anführer, kramte in seiner Satteltasche und warf Altmanner ein Päckchen zu.

»Was ist das?«

»Schauen Sie selbst!«

Er öffnete es und holte ein paar Schriftstücke hervor, die er kurz überflog.

»Die alten Schuldscheine und die Bestätigung, womit ich seinerzeit meinen Hof an Pfarrer Johannes gegen den Schulderlass übergeben habe. Woher haben Sie das?«

»Es waren allesamt gefälschte Schuldscheine«, stellte der Anführer klar, »zerreißen Sie es doch und alles gehört wieder Ihnen.«

»Und woher haben Sie das«, wiederholte Altmanner.

»Von Edeltraud. Sie wusste, dass alles nur eine große Lüge war, und da hat sie es irgendwann entwendet und an einem sicheren Ort verschwinden lassen. Pfarrer Johannes dachte, er hätte es nur verlegt, und weil er sich sicher war, dass ohnehin niemand mehr danach fragen würde, hat er der Sache keine Beachtung geschenkt.«

Mehr wollte der Anführer dazu offenbar nicht preisgeben, denn er gab ein Zeichen, worauf die Kapuzenmänner abzogen und verschwanden.

Plötzlich jedoch kehrte er alleine zurück. »Grüßt mir Ferdinand Ludowitz!«

»Von wem?«, hakte Eisenvinz nach. Doch statt zu antworten, gab der Anführer seinem Pferd die Sporen.

Verwirrt wandte sich Eisenvinz Altmanner zu: »Was sagst du dazu? Wir können doch Ludowitz nicht Grüße von einem unbekannten Reiter mit Kapuze ausrichten. Der hält uns dann für verrückt.«

Altmanner lachte und schüttelte den Kopf. Er erinnerte sich an die Zeit, als er mit seiner Frau aus Turnau vertrieben worden war. Nur ein Mensch hatte sich getraut, ihnen zu helfen. Und der hatte ihm ein Schreiben für Ludowitz in Wien mitgegeben. Ludowitz hatte es damals mit den Worten bedacht: »Andreas Bräuer, dieser alte Dickschädel und Weltverbesserer!«

NACHWORT

Der Täter dieser grausamen Verbrechen wurde unter dem Namen ‚Herzenfresser von Kindberg‘ bekannt. 1786 fällte das Landgericht zu Wieden in Kapfenberg ein Urteil, das zu den schwersten jener Zeit gehörte: Als Bestrafung sollte der Tod des Herzenfressers durch verschiedene, äußerst brutale Züchtigungen und körperliche Qualen, zu denen unter anderem das Herausreißen von Körperteilen und das Abtrennen von Gliedmaßen gehörte, herbeigeführt werden.

Kaiser Joseph II nahm sich der Sache an und änderte dieses Urteil, gemäß dem damaligen Rechtsverständnis eine Milderung: Der Herzenfresser wurde zunächst auf dem Richtplatz gebrandmarkt, anschließend drei Tage hintereinander vom Scharfrichter mit je hundert Stockhieben gezüchtigt und danach in die Provinzstadt Graz auf den Schlossberg ins ewige Gefängnis nur bei Wasser und Brot gebracht, wo er nach einigen Monaten verstarb.